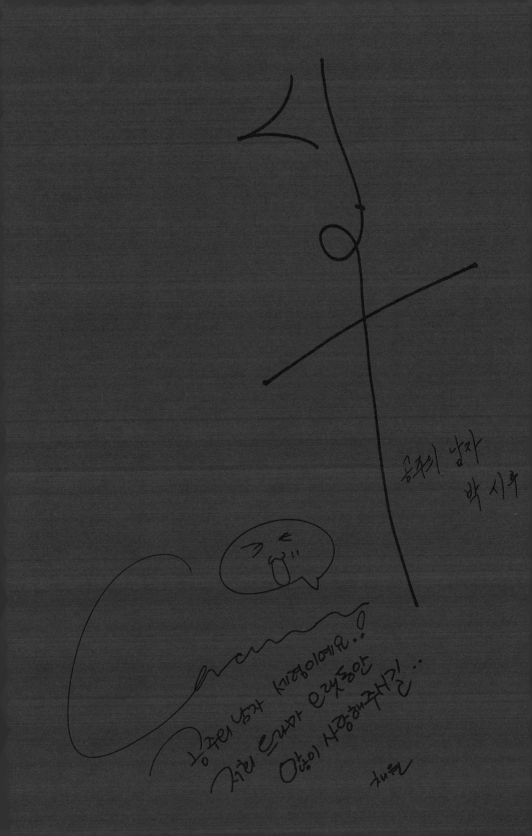

공주의 남자

처음으로…
부부의 연緣을 맺어도 좋을 사내라 생각했습니다.

그의 여식임이 한스럽습니다.

사랑이 컸다 한들 어찌 그 죄를 다 갚을 수 있겠습니까.

마지막 소원은 당신 손에, 당신 품에 죽는 것입니다.

다음 세상에는 들꽃으로 태어나고 싶습니다.

시들어 꽃잎이 떨어지면 바람에 날려

그리운 임의 옷자락에라도 살포시 내려앉을 수 있도록…….

숲에서의 일조차 추억이 될 날이 있겠지요…….

이렇게라도 만날 수 있어서 다행입니다.
여전히 아름다운 그대, 살아 있어 줘서 고맙습니다.

헤어질 수 없는, 함께여야만 하는 나의 연인

모두가 부러워하는 공주의 자리에 있으나
나는 그저 무료할 뿐이구나……

내 마음을 바꾸어 네 마음이 되고 보니
비로소 서로 그리워함이 이렇게 깊었음을 알겠네

세상을 향해 묻습니다.

정情이란 무엇이냐고.

나는 대답할 것입니다.

우리로 하여금 아무런 망설임도 없이

삶과 죽음을 서로 허락하는 것,

그것이 바로 정情이라고.

問世間 情是何物 直教生死相許

금나라 원호문이 쓴 〈매피당〉 중에서

공주의 남자

1

김정민 기획 · 조정주 김욱 원작 · 이용연 장편소설

페이퍼스토리

| 일러두기 |

조선 역사의 흐름을 바꾼 계유정난(1453년)이라는 비극적 사건을 배경으로 한
〈공주의 남자〉는 긴장감 넘치는 전개와 극적 재미를 더하기 위해 역사적 인물 및
사건들에 상상력을 가미하여 재구성한 소설입니다.

차
례

역모의 밤

"내가 살아 있다고 알려라. 이 대호 김종서가 버젓이 살아 있다고 알리거라!"

승유는 그 길로 말을 타고 달리기 시작했다.

피 냄새가, 형님의 피 냄새 아버지의'피 냄새가 승유의 온몸을 휘감고 있었다.

이것은 꿈이 아닐까.

참혹한 지옥도로 변해버린 집 안을 둘러보던 승유는 눈을 질끈 감아버렸다. 혹시라도 감은 눈을 뜨면 말끔히 예전의 정겨운 집으로 돌아가 있을 것처럼. 하지만 소용없었다. 검붉은 빛으로 가득 메운 참극의 피비린내가 승유의 후각을 잔인하게 공격해오고 있었기 때문이다.

처참한 시체로 변해버린 형님, 울고 있는 아강을 부여잡고 오열하던 형수 류씨. 힘겹게 눈을 떠 아들에게 역모를 고하라며 승유를 떠민 아버지, 아버지……

대호大虎라고 불렸던 승유의 아버지 김종서. 열여섯에 문과에 급제하여 세종을 거쳐 문종과 단종에 이르기까지 임금의 곁에서 보필하며 충절을 다 바쳤던 분이다. 두 정승과 더불어 좌의정으로 단종을 보필하며 선왕의 고명을 받들고 있던 아버지 김종서는 호랑이처럼 단호하고 강직했지만 한없이 너그러운 분이셨다. 그런 아버지가, 평생을 군주를 위해 조선을 위해 바쳤던 아버지의 마지막이 이런 참극이라니……. 승유는 억장이 무너지는 고통을 느꼈다.

"나는 이미 선대왕마마께 씻지 못할 죄를 지은 대역죄인이다."

김종서는 비탄에 젖어 말했다.

눈 감는 순간까지 어린 세자의 안위가 걱정되어 피눈물을 흘렸던 선대왕을 생각하면 김종서는 이대로 생을 끝낼 수는 없었다.

"내가 살아 있다고 알려라. 이 대호 김종서가 버젓이 살아 있다고 알리거라!"

승유는 그 길로 말을 타고 달리기 시작했다. 오늘 밤, 주상께서 경혜공주의 향교동 사저로 외출중이라는 것을 잘 알고 있었다. 아직 어린 열세 살의 임금은 권력의 암투 속에서 제 뜻을 펼칠 수 없었다. 정치를 대신해줄 이도 없는지라 고독한 어린 임금은 누이인 경혜공주의 사저로 자주 찾아왔다. 그 나약함을 비집고 수양이 이 참극을 벌인 것이다. 더 늦게 전에 가야 했다.

서둘러 채찍질을 하며 달렸지만, 승유는 진공상태 속에서 달리는 것만 같았다. 제자리걸음인 것 같았다. 여전히 자신의 집에서 한 발자국도 떠나오지 못한 것 같았다. 피 냄새가, 형님의 피 냄새 아버지의 피 냄새가 승유의 온몸을 휘감고 있었다.

오지 않는 여인을 기다리며 승법사에서 머무는 동안 자신의 혈육이 도륙당하고 있었다는 사실이 승유를 괴롭혔다. 어둠은 끝도 없이 이어졌고, 승유는 정신없이 말을 채찍질하며 내달렸다. 어느 순간 정적이 깨지고 요란한 말발굽 소리가 승유의 귓속을 파고들었다.

역모다! 수양의 역모를 고해야 한다!

숨이 턱까지 차오르는 줄도 모르고 달려왔건만, 경혜공주의 사저는 이미 수양의 손아귀에 들어가 있었다. 군주를 지키는 내금위들은 이미 한성부 군사들에 의해 제거된 상태였고, 그 선봉에 선 죽마고우의 얼굴을 본 승유는 하늘이 노래지는 것 같은 충격을 맛보았다.

수양이 한명회 무리들을 이끌고 기세등등하게 들어섰다.

"주상전하! 역모이옵니다. 이 수양이 주상전하께 역모를 고하러 왔사옵니다!"

수양대군의 거칠 것 없는 목소리에 경혜공주의 온몸이 차갑게 얼어붙었다. 악귀 같은 얼굴의 수양의 입에서 역모를 일으킨 좌상 김종서를 척살하였다고 내뱉었기 때문이었다. 조카이자 군주의 목에 곧바로 칼을 들이대는 비정한 숙부 수양대군의 살기에 경혜공주와 어린 임금 단종은 공포에 사로잡혔다.

김종서가 죽었다. 그 말은 아무도 이들을 지켜줄 자가 없다는 말과 같았다. 그 말은 곧, 수양의 뜻대로 모든 것이 이루어진다는 말과 같았다. 경혜공주는 동생이자 군주인 단종을 품에 꼭 껴안았다.

그 사소한 장난을 하지 않았더라면 이런 참극을 막을 수 있었을까. 공주의 머릿속에 후회가 스치고 지나갔다. 공주는 온 힘을 다해 단종을 감싸안았다. 그렇게 껴안고 있으면 아무 일도 생기지 않을 것처럼…….

운명의
붉은실

한 팔로 세령의 허리를 감싸 안고는 허공으로 몸을 던졌다.

승유는 세령을 안은 채 풀숲으로 굴러 떨어졌다.

"공주마마는 목숨이 두 개라도 되십니까? 어찌 아녀자가 그리도 방자합니까?"

가파른 벼랑 끝에 홀로 피어 있는 꽃.

한 번 보면 잊을 수 없을 만큼 아름답지만 가까이 다가갈 수조차 없는 꽃. 감히 올라갈 생각조차 들 수 없는 위태로운 벼랑이라 그저 먼발치서 올려다보고 저절로 돌아서게 하는 자태, 문종의 장녀 경혜 공주가 바로 그랬다.

일찍 어머니를 잃은 어린 딸이 안쓰러워 문종은 경혜공주를 금지옥 엽으로 아꼈다. 어머니 현덕왕후를 그대로 빼닮은 경혜공주의 외모는 목련꽃 같이 고운 피부, 초승달을 얹은 듯 고운 눈썹, 흰 눈꽃밭에 떨어진 붉은 매화꽃처럼 붉은 입술, 어느 하나 빠질 것 없이 아름다웠다.

하지만 어릴 적부터 곱게 자라난 경혜공주는 너무 차갑고 도도한 성격이 단점이었다. 궁궐에서 경혜공주를 만나보았던 이들은 하나같이 아름다우나 향기는 없는 그림 속의 꽃 같다고 말했다.

인간적인 매력이라고는 눈곱만치도 없는, 그야말로 경국지색이라는 자신의 외모만 믿고 너무도 버릇이 없다고. 경혜공주는 멀리서 한번 보고 지나쳐야 될 아름다움이라고 말이다.

하지만 경혜공주에게는 억울한 일이었다. 그녀는 궐 안에서 일어나는 모든 일이 지루하고 권태로웠다. 온갖 진귀한 장식품과 고운 비단으로 치장하는 일도 지겹기만 했다. 매일 거울을 보며 단장을 하고 치장한들 누구한테 보여준단 말인가. 보여줄 이도 없는데 매일 아침 공들여 치장을 하고 장식 노리개를 고를 때마다 한숨이 새어 나왔다.

'모두가 부러워하는 공주의 자리에 있으나 나는 그저 무료할 뿐이구나……'

얼마 전부터 공주는 처소 뒤편에 작은 화단을 가꾸기 시작했다. 처음에는 이런저런 종류의 낯선 이국의 아름다운 꽃들을 가꾸고 있노라면 마음이 평화로워졌었다. 그러나 그것도 잠시, 곧 지루해지기 시작했다. 그렇다고 다른 무언가를 하기도 마땅치 않았다. 수를 놓는 것도 싫고, 난을 치는 것은 더더욱 싫었다. 악기를 다루고 싶었지만 그것은 공주가 해서는 안 되는 일이었다. 공주는 이런 마음을 단 한 번도 내색한 적이 없었다. 어머니 현덕왕후가 돌아가신 후 그녀의 청이라면 뭐든지 들어주셨던 아버지 문종께 심려를 끼치는 일은 더욱 싫었다. 자애롭고 현명한 아버지 문종은 경혜공주에게는 크고 든든한 나무와 같았다. 그러나 몸이 약했던 아버지는 자리보전을 하고 일어날 때마다 마음이 점점 더 약해지셨다. 때때로 어린 세자 홍위*를 바

※ 홍위 : 훗날 단종

라보며 나지막이 한숨을 짓는 것을 경혜공주는 여러 차례 보았다. 그럴 때면 경혜공주 역시 어린 나이였음에도 여섯 살 어린 동생이자 장차 왕이 될 홍위를 바라보며 아버지를 대신해 자신이 동생을 지켜내겠노라 다짐을 하곤 했다. 그래서 곁을 주지 않은 것뿐이었다.

'아무도 나를 구중궁궐 속에서 곱게만 자라 아무것도 모르는 공주처럼 대하게 하진 않으리라.'

함부로 넘겨보지 못하도록, 때가 되면 출궁하게 되겠지만 그렇다 하더라도 세자의 하나밖에 없는 누이를 만만하게 보지 못하도록 하기 위함이었다.

하지만 그 어느 누가 남의 마음을 내 맘 같이 알 수 있다던가.

"공주마마, 종학從學*에 드실 시간이옵니다."

경혜공주의 잔심부름을 도맡아하는 은금이가 경혜공주를 상념에서 깨웠다.

잠시 은금이를 물끄러미 바라보다가 경혜공주가 물었다.

"오늘은 어느 분이 나오신다더냐?"

"그걸 제가 어찌……."

그런 걸 어떻게 아느냐는 듯 은금이 고개를 조아렸다.

경혜공주는 경대를 열고는 가만히 얼굴을 비춰보았다. 피곤한지 조금 창백해 보이긴 하지만, 그래서 더 요염해 보였다. 경혜공주는 만족한 듯 살며시 미소를 지었다.

※ 종학從學 : 종친들의 교육기관. 일종의 왕족학교.

"지루한 일과 중에 그래도 가장 흥미로운 시간 아니더냐. 가야지. 스승님을 기다리게 할 수야 없지. 그렇지 않느냐, 은금아."

경혜공주는 향낭의 향을 한 번 맡고는 소매 단 안으로 집어넣고 살포시 일어났다.

"그렇사옵니다, 공주마마."

대답은 그리 하면서도 은금이는 입을 삐죽거렸다. 오늘도 분명 죄 없는 직강 어르신 한 분을 당황케 하시려는 게 분명했다. 저러다 흉한 소문이라도 나면 어쩌시려고 그러는지 은금은 괜히 제 가슴이 두근거렸다.

"재상불교在上不驕면 고이불위高而不危라…….."

30대 초반의 염 직강이 풀이를 기다리며 앉아 있었다.

염 직강이 앉아 있는 곳과 공주가 앉아 있는 안쪽은 중간에 발이 쳐져 있어 공주의 자태는 희미하게 형체만 보였다. 공주가 대답이 없자 염 직강이 슬쩍 경혜공주 쪽을 쳐다보았다.

그제야 공주는 도도하면서도 차가운 목소리로 천천히 풀이를 했다.

"높은 자리에 있으면서도 교만하지 아니하면 높으나 위태롭지 아니하고."

염 직강이 고개를 끄덕이고는 다시 이어갔다.

"고이불위高而不危면 소이장수귀야所以長守貴也*."

"스승님."

---

* 고이불위 소이장수귀야高而不危 所以長守貴也 : 효경에 나오는 말로, 지위가 높더라도 위태롭지 않으면 그것이 오래도록 귀함을 지키는 방법이 될 것이라는 뜻.

느닷없는 공주의 부름에 염 직강이 움찔했지만, 이내 허리를 굽히며 대답했다.

"예, 공주마마."

공주는 뭔가 의심스러운 듯 책장을 뒤적거리며 말했다.

"제 서책에는 방금 스승님께서 읽어주신 그 문장이 보이질 않습니다."

"그럴 리가요. 제가 수백 번도 더 읽은 서책을 드린 것이온데……."

"그럼, 제가 지금 스승님께 거짓이라도 아뢴다 이 말씀이옵니까?"

공주의 싸늘한 말투에 염 직강의 몸이 굳었다.

"그것이 아니오라……."

"오셔서 직접 확인해 보시지요."

염 직강이 놀라 눈이 휘둥그레졌다. 염 직강은 공주의 소문을 익히 들어왔다. 그간 공주에게 강론하러 들어왔다가 도망간 직강이 몇이던가. 그들은 하나같이 공주가 사소한 핑계를 대고 스승을 놀리고 당황케 만들어 쫓아낸다고 말했다. 이전에 도망쳐 나왔던 직강들은 모두 단단히 마음을 다잡고 절대 공주의 기에 눌려서는 안 된다고 염 직강에게 신신당부를 했다.

"염 직강은 강직한 분이시니 이번 기회에 공주마마의 못된 버릇을 고쳐주시오."

염 직강은 공주마마가 뭐라고 한들 흔들리지 않겠노라 다짐하고 강론에 들어왔다. 다행히 공주는 얌전하게 강론을 따라왔고, 생각보다 쌓은 학식도 단단하여 나름 뿌듯해하던 참이었다. 그런데 방심하던 차에 올 것이 온 것이다.

'와서 보라니! 저 발을 걷고 공주마마 곁으로 다가오란 말인가?'

어찌해야 좋을지 몰라 염 직강이 당황한 사이, 경혜공주가 말했다.

"제가 직접 그리로 가서 보여드려야겠습니까?"

경혜공주가 몸을 움직이는 기척을 내자 염 직강은 자신도 모르게 몸을 일으켜 세웠다.

"아, 아니옵니다. 공주마마. 소신이 가겠사옵니다."

염 직강이 조심스레 다가가 숨을 깊이 들이마시며 잠시 망설이더니 천천히 발을 들어올렸다. 발 너머 처음으로 보는 경혜공주의 얼굴을 본 염 직강은 황홀한 공주의 자태에 자기도 모르게 눈이 휘둥그레졌다. 익히 들어왔건만 공주의 아름다움은 절세가인이 따로 없었다.

그 옛날 일국의 왕의 눈을 멀게 하여 나라를 망하게 했다던 여인의 미모가 이 정도일까. 숙련된 도공이 정성들여 빚은 듯 매끄럽고 뽀얀 백자 같은 피부, 곱게 간 먹 같이 검고 풍성한 머리칼, 염 직강을 뚫어져라 쳐다보는 공주의 흑옥 같은 눈동자는 실로 곱고도 고왔다.

분명 공주의 도발에 넘어가지 않겠노라 학자의 위엄을 보이겠노라 다짐했건만, 염 직강은 공주의 미색에 그만 아찔해졌다. 하지만 내색하지 않으려 애쓰며 서책으로 시선을 옮기고는 책장을 넘기려는데, 공주의 손이 그만 염 직강의 손에 겹쳐졌다.

"다음 장을 보시지요."

염 직강이 흠칫 놀라 손을 빼내며 뒤로 물러앉아 머리를 조아렸다.

"소신의 잘못으로 그만 공주마마의 옥수玉手에 소신의 손이……."

"책장을 넘기다 그리 된 것을 무엇이 그리 잘못이라고 스승님께서 사죄를 하십니까. 혹시 제게 다른 마음이라도 품으셨습니까?"

너무도 당돌한 공주의 말에 염 직강이 화들짝 놀라 고개를 들었다. 그러자 순간 염 직강의 얼굴 앞에 닿을 듯 가까이 다가와 있는 경혜공주의 얼굴과 마주쳤다.

공주의 숨결이 느껴지자 염 직강도 그만 얼굴이 상기된 채 공주의 얼굴을 뚫어져라 쳐다보았다.

"공주마마, 다과 준비했사옵니다."

은금이 다과상을 들고 들어왔다.

"아유, 망측해라."

은금이 눈살을 찌푸리며 자신을 바라보자 염 직강은 깜짝 놀라며 자리에서 벌떡 일어났다.

'당했구나.'

염 직강은 수치심에 휩싸여 발을 걷고 후다닥 강론방을 뛰쳐나갔다. 경혜공주는 염 직강이 나가는 뒷모습을 보며 그제야 흡족한 듯 미소를 지었다. 그 모습을 본 은금은 고개를 절레절레 흔들며 걱정스럽다는 듯 쳐다보았다.

"오늘은 좀 늦었구나. 일부러 그런 게냐?"

"예? 그럴 리가요, 공주마마."

"조금만 더 늦었다가는 염 직강의 목이 달아날 뻔했느니라."

은금은 닿을 듯 가까이 얼굴을 마주하고 있던 공주마마와 염 직강의 모습이 떠올라 눈을 질끈 감으며 고개를 내저었다.

참으로 늠름한 자태다. 당당하게 뻗은 다리, 유연하면서도 단단한 등, 꼿꼿하게 세운 목덜미, 윤기 흐르는 검은 털. 세령은 홀린 듯이 아버지의 애마인 '비호'를 쳐다보았다. 벌써 몇 번이고 비호의 등에 올라타보려고 했지만 그때마다 비호는 매몰차게 세령을 내쳤다.

　세령은 조심스레 비호의 곁으로 다가갔다. 비호는 네까짓 것 안중에도 없다는 듯 무심하게 딴청을 피웠다.

　"참으로 점잖구나. 비호 너는 참으로 음전해."

　세령은 비호를 달래듯 나지막이 속삭이며 천천히 손을 뻗어 비호의 갈기를 쓰다듬었다. 비호는 귀찮다는 듯 꼬리를 한 번 휙 흔들었지만 그래도 꿈쩍도 하지 않은 채 다른 곳을 쳐다보고 있었다. 세령은 비호가 언제 마음을 바꾸어 날뛸지 몰라 조심스레 눈치를 살폈다.

　"내가 네 주인이 되고자 함이 아니다. 네 주인은 내 아버지뿐 아니더냐. 나는 그냥 한 번만, 딱 한 번만 너와 함께 달려보고 싶다. 딱 그것뿐이다."

　세령은 마치 비호가 듣기라도 하는 양 그렇게 달래가며 살포시 등자鐙子*에 발을 얹었다. 비호가 여전히 꿈쩍도 하지 않자, 세령의 얼굴에 미소가 번졌다.

＊등자鐙子 : 말을 타고 앉아 두 발로 디디는 제구.

"드디어 네가 내 맘을 알아주는구나."

세령이 등자를 밟고 비호의 등 위로 올라타려는데, 비호가 감히 어딜 넘보느냐는 듯 역정을 내며 몸을 흔들었다. 그 바람에 세령은 중심을 잃고 바닥으로 쿵 떨어졌다.

"아가씨!"

마침 세령을 찾아왔던 몸종 여리가 이를 보고 놀라 세령을 일으켰다.

세령은 여리가 들어오는 바람에 비호가 몸을 틀었다고 생각하고는 원망스레 여리를 쳐다보았다.

"하필이면 왜 지금이냐? 이번에야말로 비호가 내게 등을 내어주려고 했는데!"

"그게 무슨 섭섭한 말씀이세요. 아가씨는 제가 들어오기 전에 쿵 떨어지셨는걸요? 저 비호 놈이 생긴 것도 딱 오만방자하게 생겼지 않습니까. 대군마마 아니고서는 아무한테도 안 내어줄 놈입니다. 그러니 제발 맘 접으십시오. 아가씨 몸에 온통 멍투성이가 아닙니까."

여리는 질 수 없다는 듯 속사포처럼 세령에게 잔소리를 해댔다. 거의 같이 자란 것과 마찬가지인 여리는 세령에게는 몸종이기 전에 오랜 친구와도 같았다. 그렇다고 해도 신분이 하늘과 땅 만큼이나 차이가 나는 데다 여리는 분수를 잘 아는 아이여서 지나침이 없었다.

"안방 마님께서 아까부터 기다리고 계십니다. 얼른 가보세요."

세령은 옷고름을 정리하며 서둘러 마구간을 나왔다. 여리가 뒤따르며 부산스럽게 세령의 옷자락에 묻은 짚을 떼어내느라 바빴다.

마당으로 나오자 30대 후반의 단아한 외모의 윤씨부인이 굳은 표정으로 세령을 쳐다보았다. 그 뒤로 세령의 두 동생이 서 있었다. 바로 아래인 남동생 숭의 옆에 서 있는 여동생 세정이 세령을 흘깃 쳐다보고는 인상을 찌푸리는 모양새가 아무래도 세령이 마구간에 다녀온 것을 아는 눈치였다.

"왜 이리 늦은 게야! 또 마구간을 기웃댄 게냐?"

윤씨부인이 엄한 목소리로 세령을 다그쳤다. 세령이 뭐라고 말할 틈도 없이 여리가 나섰다.

"아닙니다요, 마님. 비호 근처에도 안 가셨습니다."

"내가 여리 너한테 물었더냐!"

"어머니, 실은 소녀가……."

세령이 윤씨부인에게 이실직고하려는 순간, 누군가 세령의 어깨에 손을 얹었다.

"그럴 리가요, 부인. 발목을 다쳐 종학에도 가지 못한 아이예요. 또 말에 오를 리가 있겠소?"

세령이 돌아보았다. 온화한 미소를 띠며 세령을 바라보고 있는 아버지, 수양대군이었다.

당당한 체구와 강한 용모의 수양대군은 왕의 풍모를 갖추고 있었다. 누구라도 병약한 문종을 보고 수양을 보게 된다면, 어쩌면 왕이 되어야 할 이는 수양이라고 생각했을지 모른다. 수양대군 역시 그것을 잘 알고 있지만 숨겨야만 했다. 군왕이 살아 있는데 그러한 말이 돌아다닌다면 수양대군의 목숨뿐만 아니라 가족의 생사조차 장담할 수 없는 노릇이다. 그것이 종친이라는 것의 업보임을 수양은 잘 알고 있었다.

"오랜만의 입궐이니라. 왕가의 일원으로서 기품을 잃지 말거라."

"네, 아버지."

"종친이 불학무식하다는 소리를 들어서는 아니 된다. 모두 열과 성을 다해서 강론에 임하여라."

수양은 장성한 자식들을 두루 훑어보면서 흡족한 듯 고개를 끄덕였다.

세령이 형제들과 더불어 입궐할 채비를 갖추러 총총히 사라졌다. 내내 엄격한 얼굴로 세령을 쳐다보고 있던 윤씨부인의 표정이 그제야 풀어졌다.

"그 댁에 사람은 보내셨습니까?"

"지금쯤 당도했을 거요."

수양이 구름 한 점 없는 하늘을 훑어보며 미소를 지었다.

'이 혼사가 성사된다면 문제 될 것은 아무 것도 없을 게야.'

김종서는 손에 놓인 서찰을 무심하게 쳐다보고 있었다.

불편한 기색이 역력한 김종서의 장남 승규가 마당에 서 있는 남자를 쳐다보았다. 수양의 심복인 임운은 고개를 숙인 채 잠자코 기다리고 서 있었다.

"이게 뭔가?"

"소인은 그저 서찰을 전해드리라는 명령을 받고 왔사옵니다. 금세 답신을 보내기 어려울 거라 하셨으니 소인은 이만 물러가겠습니다."

임운이 그대로 마당에서 물러나자 승규가 아버지 곁으로 다가왔다.

"아버님, 수양대군이 보낸 서찰이라면 읽을 만한 가치도 없습니다. 그대로 돌려드리십시오."

"저쪽에서 무슨 계책을 준비하는 것 같구나. 그렇다면 들여다봐야겠다."

6진을 개척하고 선대왕의 총애를 입었던 김종서. 세월을 비켜가지 못해 외모에는 지나온 세월이 내려앉았건만 '대호大虎'라는 별명답게 그는 여전히 건재했다.

봉투를 열고 서찰을 꺼내는 순간, 김종서의 눈썹이 꿈틀했다. 도대체 수양이 무슨 서찰을 보냈나 싶어 승규가 슬쩍 쳐다보곤 자기도 모르게 입을 떡 벌렸다.

단정하게 접혀 있는 서찰의 겉면에 '청혼請婚'이라고 적혀 있었다.

세령은 종학에서의 시간이 못마땅했다. 어릴 적부터 귀에 못이 박히도록 들었던 이야기의 재탕일 뿐 아니던가. 아녀자는 이래야 한다 저래야 한다. 아녀자로서 지켜야 할 도리와 덕목은 이제 지겨울 정도로 들었다. 차라리 또다시 낙상할지언정 비호와 함께 시간을 보내는 편이 더 즐거웠다. 종학 강론실 안에서 맥없이 앉아 직강이 들어오길 기다리고 있는데, 세정이 팔꿈치로 툭 건드렸다.

"좋겠어, 언니는."

"무슨 소리야? 뜬금없이."

세정이 세령의 얼굴을 물끄러미 바라보다가 장난스럽게 배시시 웃었다.

"어머니랑 아버지 말씀 나누시는 걸 우연히 들었는데, 언니 혼처가 정해졌나 봐."

세령의 눈이 똥그래졌다. 언젠가는 혼인을 하고 집을 떠나야 한다는 건 알고 있었지만 막상 현실로 다가왔다 생각하니 아득해졌다. 혼인을 하고 나면 말을 타는 일은 꿈도 꿀 수 없을 것 아닌가.

"잘못 들은 게 아니고?"

세정은 자기 귀를 가리키며 똑똑하게 들었노라고 장담을 했다.

"그래. 언니 시집가는 거 싫지? 아버지께 말씀 드려, 날 보내라고."

세정은 계속해서 말했다.

"혼처가 어딘지 알아? 주상전하도 함부로 못한다는 우상대감 댁 막내 자제, 김. 승. 유. 함자도 근사하지 않아?"

"우상대감님 댁 자제분이라고?"

세령은 대호라는 별명의 김종서를 떠올리며 머리털이 곤두서는 듯했다. 그런 강직하고 엄격한 분의 아드님이라면 세령은 앞날이 그야말로 암흑천지일 것이라는 생각이 들었다.

어두운 표정의 세령을 보며 세정이 놀리듯 말을 이었다.

"언니 같은 천방지축 처녀한테 딱 맞는 작은 호랑이인 셈이지. 감축하옵니다."

목례까지 하며 약을 올리는 세정이 못마땅해서 세령은 자리를 박차고 일어났다.

"조금 있으면 강론 시작인데 어딜 가려구?"

"오랜만에 공주마마님께 문후 드리러 간다. 세정이 너는 안 갈테냐?"

"됐어. 그렇게 콧대 높고 오만방자한 공주마마, 문후는 무슨!"

생각만 해도 싫다는 듯 홱 몸을 돌리고는 서책을 뒤적이는 세정을 두고 세령은 밖으로 나왔다. 세령은 '혼인'이라는 무거운 짐을 안고 경혜공주의 처소인 자미당紫微堂[*]으로 향했다. 은금의 안내로 경혜공주에게 문후를 하고 앉은 세령의 얼굴이 어둡게 가라앉았다.

숙부인 수양대군에게는 어쩔 수 없이 경계를 품고 있는 경혜공주지만, 한 살 밖에 나이차가 없는 데다 자매가 없는 공주에게 세령은 여동생과 같은 존재였다. 세령도 경혜공주를 친언니처럼 따랐다. 그런 사이인지라 경혜공주는 세령에게 뭔가 좋지 않은 일이 생긴 걸 알아차렸다.

"안 좋은 일이라도 있는 게냐?"

세령이 고개를 떨어뜨린 채 묵묵부답 한숨만 내쉬자, 경혜공주가 어서 말해보라며 재촉했다.

"아버지께서 제 혼담을 넣으셨다고 합니다."

마지못해 세령이 고하자, 의외라는 듯 경혜공주의 눈이 커지더니 이내 미소가 조용히 번졌다.

"축하받을 일인데 왜 안색이 그 모양인 게야."

"마마는 이 높은 궁 안에 갇혀 지내시는 게 갑갑하지도 않으십니

---

*자미당紫微堂 : 경혜공주가 묵고 있던 처소. 현재 자미당은 소실되었고, 고종이 자미당 터에
재건한 자경전慈慶殿이 남아 있다.

까? 평생을 궁 안에 머물다가 혼인하게 돼서 나가시면 또 그 집 담장 안에 갇혀 평생을 머물러야 되지 않습니까."

경혜공주의 고운 눈썹이 슬쩍 올라갔다.

"뭐가 갑갑해? 궁이란 데가 없는 게 없는 곳인데. 세상의 온갖 진귀한 것들이 모두 있고 그것들을 보고 즐기는 것만으로도 즐거운 일이거늘, 무엇이 답답하단 말이냐?"

경혜공주는 자개로 장식된 함을 열고 휘황하게 빛나는 갖가지 장신구들을 꺼내 보였다.

"아름답지 않느냐? 마음에 드는 것을 하나 고르거라. 혼담이 오간다고 하니 내 하나 선물해주고 싶구나."

공주가 책상 위에 늘어놓은 갖가지 아름다운 장신구들을 쳐다보았지만 세령의 마음을 휘어잡는 것은 없었다. 그저 곧 혼인해야 된다는 생각에 한숨만 나왔다.

"마음에 드는 게 없느냐?"

"저는 그저, 이대로 아버지와 함께 살면서 자유롭게 살고 싶을 뿐입니다. 아직 비호의 등에 오르지도 못했고, 아직 구경해보지 못한 것들도 너무 많습니다. 이대로 혼인해버리는 건 너무 억울합니다."

"비호? 말 타는 걸 아직 그만 두지 않았더냐?"

세령의 얼굴에 그제야 화색이 돌았다.

"드디어 제게 마음을 열어주는 것 같았습니다. 오늘 아침만 하더라도 제가 등자에 발을 떡하니 올려놨는데도 가만히 있어 주지 않겠습니까. 아마 조금만 더 있으면 비호를 타고 들판을 달릴 날이 올 겁니다."

경혜공주는 못마땅한 듯 고운 이마를 찌푸리며 고개를 저었다.

"대체 아녀자가 말은 왜 타겠다는 게야? 참으로 볼썽사납구나. 남정네들이나 하는 짓거리에 그리 몸을 상하다니?"

"그러시는 마마는 다 신지도 못할 비단신들을 왜 자꾸 모아들이십니까?"

"갖고 싶으니까."

"저도 마찬가지입니다. 타고 싶으니까. 하지 말라고 하니 더 하고 싶어지는 게 인지상정 아닙니까. 들판에 흐드러지게 핀 들꽃 사이로 비호를 타고 신나게 달리며 바람을 맞아보는 게 제 소원입니다."

마치 지금 말을 타고 들판을 달리는 듯 달뜬 얼굴로 말하는 세령의 얼굴이 순간 싱그럽게 빛났다. 경혜공주는 자신에게는 없는 세령의 건강한 아름다움을 본 것 같아 슬며시 질투가 났다.

"그따위 들판에 꽃이 무슨 대수더냐. 내 후원에 가보아라. 조선 땅에선 볼 수 없는 신묘하고 기이한 화초들이 얼마나 많은지. 내가 직접 가꾼 화초들을 보면 들꽃 따위는 생각도 들지 않을 게다."

그때 은금이가 조심성 없이 문을 열고 들어왔다. 숨을 헐떡이는 모양새가 급히 뛰어온 모양이었다.

"공주마마, 새로 들어오실 분이 어떤 분인지 알아냈습니다."

"아직도 들어올 자가 남았다더냐?"

경혜공주는 죄 없는 은금을 향해 눈을 흘겼다. 공주의 성격을 아는지라 주눅도 들지 않은 채 숨을 고르며 은금이 답했다.

"직강 김승유라고 하옵니다. 김종서 대감댁 막내아들 말입니다."

그 말을 듣고 세령의 귀가 번쩍 열리는 것 같았다. 직강 김승유라니, 세령의 뺨이 자기도 모르게 붉게 물들었다.

"마마, 강론에 드실 시각입니다. 세령 아씨도 여종친반에 드셔야죠."

은금이 재촉하자 경혜공주는 짜증스럽다는 듯 자개함의 뚜껑을 탁 닫았다.

"강론, 강론. 따분하기 그지없구나. 내 안 갈 것이야."

"공주마마! 그러다 주상전하께서 아시는 날엔……."

"아바마마께서 나를 어쩌실 수 있는 분이더냐?"

세령은 할 말을 잃고 멍하니 경혜공주를 바라보았다. 그러다 정신을 차리고 자세를 바로잡았다.

"공주마마…… 그분, 직강 김승유 말이옵니다."

공주가 호기심 어린 표정으로 세령을 쳐다보았다. 말을 못하고 망설이는 세령을 보며 공주가 답답한 듯 인상을 찌푸렸다.

"아버지께서 혼담을 넣었다는 분이 바로 그분이옵니다."

세령이 토해내듯 내뱉고는 고개를 푹 떨어뜨렸다.

경혜공주는 당황스러웠다. 수양대군이 우상에게 청혼을 넣었다? 도대체 어떻게 돌아가고 있는 것일까. 숙부는 무슨 생각으로 우상대감에게 청혼을 넣은 거지? 두 분은 견원지간* 아니던가.

공주는 고개를 돌려 세령을 쳐다보았다.

※ 견원지간犬猿之間 : 개와 원숭이 사이라는 뜻으로 대단히 사이가 나쁜 관계.

"진정 김승유가 네 낭군감이란 말이냐?"

"예."

세령은 시무룩한 표정으로 대답했다. 하지만 복잡한 생각을 털어내고 갑자기 생기있는 목소리로 말했다.

"마마, 혹 궐 밖에 나가보고 싶지 않으세요?"

"궐 밖? 그러면 강론은 어찌하고?"

경혜공주는 강론에 안 들어가겠노라고 큰소리쳤지만 그래도 걱정은 되었다.

"제가 들겠습니다. 제 눈으로 직접 봐야겠어요."

세령의 말에 공주의 얼굴에도 화색이 돌았다.

"그래, 그렇게 하자꾸나. 혼인날에서야 보는 지아비 얼굴을 미리 보는 일이 어디 흔한 일이냐. 들어가서 지아비 될 사람이 눈 코 입 똑바로 붙어 있는지 구경이나 한번 해보거라."

"공주마마, 그런데 들키기라도 하는 날에는 어찌지요?"

"스승이라고는 하나 공주의 얼굴을 함부로 올려다볼 수 없을 뿐더러, 김승유와 네 사이에는 발이 쳐져 있으니 걱정하지 않아도 된다."

"……."

"네 말대로 나도 궐 밖으로 나가봐야겠다. 네가 말하는 세상 모습이 얼마나 대단한 것인지 내 한번 직접 봐야겠다."

순간 경혜공주의 눈이 반짝 빛났다. 세령은 공주의 표정을 보고 진심이라는 것을 알았다. 세령은 지아비 될 사람을 만날 수 있는 절호의 기회라는 생각이 들자 갑자기 마음이 들떴다. 직접 눈으로 보고 말하는 것을 듣고 그가 지아비가 될 만한 사람인지 판단하리라. 어쩌면 그와 세령에게 운명처럼 붉은 실이 서로 이어져 있을지도 몰랐다. 만약 조금이라도 부족함이 있다면 그 실을 싹둑 끊어버릴 것이다.

"좋습니다. 해보겠습니다."

공주와 세령의 위험한 모의를 듣고 있던 은금은 한숨을 내쉬며 고개를 저었다.

대호 김종서의 막내아들 김승유.

큰 호랑이 김종서에게는 작은 호랑이가 둘 있었다. 아버지 김종서의 성품을 그대로 빼닮은 맏아들 승규와 호탕하고 자유분방한 막내아들 승유가 바로 그 작은 호랑이들이었다.

강직하고 대쪽 같은 김종서의 성품은 승규에게 그대로 내려갔지만, 승유에게는 아버지의 대범한 기질이 더 많이 넘어왔다. 그래서 승유는 막역한 친구들과 기방에서 밤새 술을 마시며 노는 것도 좋아했고, 격식이라는 것에서 자유로운 면도 있었다. 아버지와 승규가 병약한 문종에게 충절을 바치며 위태로운 왕세자로 있는 세자의 안위를 위해 신심을 다 바치는 호랑이들이라면, 승유는 그것에서 한발자국 물러나 세상을 맘껏 향유하는 호랑이인 셈이다.

이날도 종학에서 직강 신분으로 처음 입궐하는 날이었음에도 승유는 기방에 널브러져 단잠에 빠져 있었다. 입궐 기념으로 죽마고우인 신면과 정종과 함께 운종가[*] 기방에서 거나하게 판을 벌였었다.

지난 밤 과음의 흔적이 남은 술상, 쓰러진 술병과 먹다 만 안주들, 옷고름이 다 풀어헤쳐진 채 흐트러진 승유 곁에 정종이 대자로 뻗어 자고 있었다.

입궐 전날 기방에서 흥청망청 취해 외박한 것을 아버지가 아신다면 불호령이 떨어질 것이 뻔하다.

"네 이 놈!"

아버지가 노한 얼굴로 일갈하는 바람에 승유는 깜짝 놀라 눈을 번쩍 떴다. 그러자 눈앞에 황홀한 듯 자신을 내려다보고 있는 기녀 명월의 얼굴이 보였다.

"나리는 주무시는 모습도 어찌 이리 고우십니까. 저도 모르게 자꾸만 나리 얼굴로 요 방정맞은 입술이 다가가지 않겠습니까?"

명월이 승유에게로 조심스레 다가가며 한껏 교태를 부렸다. 하지만 승유는 명월을 가볍게 밀쳐내고는 서둘러 관복으로 갈아입었다.

"그리 수작을 걸어도 안 넘어오시니……. 어쩜 향마저도 이 년의 음심을 동하게 할꼬."

"그런 망측한 짓거릴랑 저기 있는 두 놈들에게나 하거라. 이 몸은 입궐해야 하는 몸이니라."

승유가 가리킨 곳에는 신면과 정종이 전날의 과음에 짓눌린 채 꿈속을 헤매고 있었다. 명월은 두 장정의 자는 모양새를 물끄러미 보더

---

[*] 운종가雲從街 : 많은 사람들이 구름같이 모여들었다 흩어진다는 거리로, 현재의 종로.

니 성에 차지 않는다는 듯 팽 하니 콧소리를 내며 고개를 돌렸다.

"같은 동무인데 어찌 이리 달라. 어디 우리 서방님 발끝에 미치기라도 해야 쳐다보기라도 하지요."

"어허, 여기 네 서방이 어디 있다고 그런 방정맞은 소릴 하는 거냐. 바쁘다, 비키거라."

관복으로 갈아입은 승유가 찬바람 소리를 내며 명월을 지나쳐 방을 나섰다.

명월이 매몰찬 승유의 태도에도 아랑곳하지 않은 채 붉은 입술을 앵두처럼 오므리고는 소리죽여 웃었다. 그도 그럴 것이 승유의 목덜미에 명월이 찍어놓은 붉은 입술연지 자국이 인장처럼 선명하게 박혀 있었던 것이다. 옷매무새를 여미며 정신없이 달려나온 승유는 말에 올라탔다.

직강으로 처음으로 입궐하는 날인데 지각이라니 낭패였다. 분명 종학의 다른 분들은 아버지의 뒷배만 믿고 제멋대로라고 입질을 해댈 게 분명할 것이다. 변명해봤자 구차해질 뿐 당당하게 들어가는 수밖에……

승유는 종학 집무실 문 앞에 서서 옷매무새를 다시 한 번 가다듬고는 헛기침을 하며 문을 열었다. 내심 기세 좋게 들어가 늦어서 죄송하다고 사죄드리려 했는데 문을 열고 들어가니 분위기가 말이 아니었다. 종학의 모든 직강들이 굳은 얼굴로 일제히 문을 열고 들어오는 승유를 쏘아보았던 것이다. 승유는 자기도 모르게 고개를 숙이고 겸연쩍게 웃고 말았다.

그리고는 다시 정신을 차리고 격식을 갖추어 인사를 하는 승유에게 누군가 큰소리로 고함을 쳤다.

"자네는 뭐하는 사람인가! 어디서 오는 길인고?"

"소인, 서고에서 독서삼매경에 빠졌다가 그만……."

"뭐라? 독서 삼매경?"

"죄송합니다. 직강의 본분을 다하고자 밤새 서책에 빠져 있다 그만 늦잠을 자고 말았습니다."

능청스럽게 변명을 늘어놓으며 자리에 앉으려는데, 스승인 이개가 한마디 했다.

"대체 어느 서고에서 기녀들이 책을 읽어준단 말이냐, 네놈 얼굴부터 들여다보거라."

"얼굴이요? 어? 이게 뭡니까?"

"그걸 네 놈이 알지 누가 아느냐?"

승유는 손으로 여기저기 문질러 보더니 어쩔 줄 몰라했다.

"자네가 숨을 쉴 때마다 술 냄새가 요동을 치는구먼. 그래, 젊을 때니 한 번은 봐 주겠네."

"우상 어른 뒷배만 믿고 직강이란 직책 따위는 안중에도 없는 것입니다."

"이대로 넘어가서는 아니 됩니다."

이대로 넘어가다니 무슨 소리냐는 듯 다른 직강들이 한마디씩 내뱉었다.

"소인의 잘못이오니 어떤 벌이든 달게 받겠습니다."

승유가 담담하게 사죄의 뜻을 밝히자, 이개가 승유를 물끄러미 바라보았다.

"어떤 벌이든 달게 받겠소?"

"예."

고개를 끄덕이며 단단한 얼굴로 바라보는 승유에게 이개가 뜬금없이 미소를 지어 보였다.

"그럼, 지금 당장 공주마마 강론에 들어가거라."

담담하던 승유의 눈이 커졌다. 이게 무슨 소린가!

"공주마마 스승님은 염 직강님이 아니십니까?"

자리에 앉아 있는 염 직강을 쳐다보았지만, 염 직강은 일자로 입매를 누른 채 휙 고개를 돌려버렸다. 그 모습에 승유의 표정에 짓궂은 표정이 떠올랐다.

"또, 공주께서 직강님을 희롱하신 겝니까?"

"희롱이라니, 가당치도 않소."

염 직강이 반박하듯 말을 하고는 헛기침을 했지만 다른 직강들의 표정에서 진상은 충분히 읽을 수 있었다. 공주마마께서 강론에 들어온 직강들을 희롱하여 내쫓은 게 어디 이번 한번 뿐이던가. 종학 내에서 쉬쉬하며 입단속을 해오고 있다 하지만 공주마마가 스승을 희롱하여 내쫓았다는 소식은 스스로 발을 달고 은근히 퍼져 있었다. 조심스레 퍼져가는 소문에 종학의 수치라며 일어선 직강들도 있었다. 공주마마의 나쁜 버릇을 휘어잡겠노라 스승자리를 자처하고 지원했던 최 직강은 강론하려고 들어간 지 한 식경이 채 넘기도 전에 벌건 얼굴을 감싸 쥔 채 뛰쳐나오고 말았다. 그 뒤에 성품이 강직하고 바위 같다고 해서 모두의 추천으로 들어갔던 염 직강마저 이렇게 도망쳐 나왔으니 종학의 체면이 말이 아니었다.

"알겠습니다."

승유는 빙그레 웃으며 답했다.

공주마마의 화려한 복색을 갖춰 입은 세령은 강론 방에서 기다리고 있었다. 아무리 발이 쳐져 있다곤 하나 긴장되는 것은 어쩔 수 없었다. 경혜공주와 옷을 바꿔입고 강론에 들어오겠다 청한 이 장난이 만약에 들키기라도 하는 날에는 아버지의 얼굴에 먹칠을 하는 것임은 물론이요, 왕실의 법도를 무너뜨렸다 하여 물고를 맞을 수도 있었다. 종친이라는 자리가 자칫 발을 잘못 들이면 그대로 역모의 사슬에 얽매이는 자리 아니던가. 그런 생각을 하니 세령은 자기도 모르게 몸이 떨렸다.

그럼에도 지아비가 될 사내가 잠시 후에 들어올 것을 생각하니 한편으로는 조금 설레기도 했다. 그 대단한 김종서 대감의 자제 분이라니, 분명 대쪽같이 반듯하고 강골임에 분명하리라.

그때, 은금의 목소리가 들렸다.

"공주마마, 직강나리 납시었사옵니다."

문이 열리는 소리가 들리자 세령은 깊게 숨을 깊게 들이마셨다.

발 너머로 승유가 들어오는 게 보였다. 늠름한 자태에 얼굴선이 부드러웠다.

‘호랑이처럼 생겼을 줄 알았는데 뜻밖에 고운 얼굴을 가지셨네.’

승유는 흐트러짐 없이, 아름다운 걸음으로 걸어와 세령에게 정중하게 절을 했다.

발 사이로 보이는 승유의 모습을 쳐다보며 세령도 마주 절을 했다.

“공주마마, 직강 김승유라고 하옵니다. 명성이 자자하신 공주마마를 모시게 되어 지극한 광영이옵니다.”

온화한 음성이지만 어쩐지 말 속에 뼈가 있는 느낌이 들어 세령은 잠시 머뭇거렸다.

그러자 승유가 계속 말을 이었다.

“소신이 늦어서 언짢으셨습니까? 그 아리땁다는 목소리도 들려주시지 않으니…….”

확실히 직강 김승유는 공주마마께 무언가 비꼬고 있는 것 같은 느낌이 들었다. 효경*을 펼치라는 승유의 말이 들렸지만, 세령은 승유를 물끄러미 쳐다보았다. 우상대감의 자제 분이라더니 저렇게 방자할 수가. 아무리 주상전하의 신임을 한 몸에 받고 있는 분이시라지만 어찌 저럴 수가 있을까.

승유는 경혜공주가 미동도 하지 않은 채 자신을 뚫어져라 쳐다보고 있는 것을 느끼고 있었다.

‘이번에는 무슨 수로 발을 올리시려나.’

언제쯤 경혜공주가 도발을 해올지 승유는 흥미진진해졌다. 직강들

---

*효경孝經 : 공자와 증자가 효도에 관하여 문답한 것을 기록한 책으로 13경十三經 중 하나.

의 숨을 멎게 하고 고고한 염 직강마저 다리 힘을 풀리게 한 공주마마의 그 대단한 미색이 참으로 궁금했다.

"삼종지도三從之道라 함은 무엇이옵니까? 여인이 어려서는 제 부모를 따르고, 시집을 가서는 지아비를 따르며, 사별 후에는 아들을 따라야 함을 이르는 말입니다."

승유가 효경을 읊으며 강론을 하고 있었지만 세령은 귓등으로 흘릴 뿐이었다. 아침에 비호의 등에서 낙마하면서 다쳤는지 정좌를 하고 앉아 있으려니 발목이 시큰거렸다.

세령은 자세를 조금 바꾸어 치마를 조금 들어 올리고는 버선을 내렸다. 푸르스름한 멍이 발목에 번져 있는 것을 보자 통증이 더해졌다.

공주마마의 옷자락이 내는 바스락 소리에 승유는 슬쩍 발 너머를 쳐다보았다. 공주가 치마를 슬쩍 걷어 올리고는 발목을 드러내고 있는 것이 보였다.

"결국 삼종지도는, 여인이란 한낱 사내의 그림자에 불과하다는 가르침이지요."

세령은 아픈 발목을 만지작거리면서도 승유의 말이 귀에 들려왔다.

'그림자? 입만 열면 오만방자한 말이 쏟아지는구나.'

세령은 공주마마 대신 강론에 들어오길 천만다행이라는 생각이 들었다. 김종서 대감의 평판만 믿고 혼담을 넣은 아버지가 안타까울 뿐이다. 서둘러 강론 시간이 지나가길 기다리며 세령은 아픈 발목을 만지작거렸다.

승유는 공주마마가 아무 말도 없이 백옥 같은 발목을 드러낸 채 만지작거리는 것을 보았다. 발 아래로 슬쩍 보이는 하얀 종아리. 승유는 드디어 올 것이 왔구나 싶어 여유만만한 웃음을 흘렸다.

"그 정도로 되시겠습니까?"

무슨 말인가 싶어 세령이 쳐다보았다.

"아예 발을 걷으시지요. 종학 스승들의 혼을 쏙 빼놓았다는 그 자태, 천하의 양귀비도 울고 갔다는 마마의 미색을 어디 한번 보여주시지요."

세령은 기가 막혀 입을 다물지 못했다. 도대체 공주마마께 이 무슨 망발이란 말인가!

그때, 승유가 자리에서 일어나더니 세령 쪽으로 성큼 다가왔다.

"이제 발을 걷으셔야지요, 소신 기꺼이 보아드리겠습니다."

그러더니 손을 뻗어 발을 걷어 올렸다. 세령은 너무나 갑작스러운 상황에 놀라 눈이 휘둥그레졌다. 아무리 김종서 대감 자제 분이라지만, 이래도 되는 건가!

발을 걷어 올린 승유가 세령의 얼굴을 뚫어져라 쳐다보더니 입가에 미소가 슬며시 번졌다.

'뭐야, 저 표정은?'

승유는 세령의 얼굴을 한동안 훑어보더니 시선을 내려 치마가 걷혀진 채 드러나 있는 발목을 쳐다보았다. 세령이 아차 싶어 얼른 치마를 휙 내렸다.

"공주마마, 종아리가 아니라 더욱 은밀한 데를 보여주신다 하여도 소신은 흔들리지 않사옵니다."

"······!"

이게 대체 무슨 소린가?

한발 더 나아가 승유는 세령의 머리끝에서 발끝까지 천천히 훑어보며 말했다.

"공주께서 미색을 무기로 삼으신다면, 사내들에게 웃음을 파는 기녀들과 다를 게 무엇이겠습니까?"

세령의 얼굴이 창백하게 굳었다. 이건 도저히 있을 수 없는 망발이다. 그런데 승유가 거기에 한마디 더 보탰다. 미소가 번져 있던 얼굴이 순간 엄하게 가라앉고는 세령을 쏘아보았다.

"강론 시에 스승을 골려먹는 못된 행동거지는 더 이상 용납지 않겠사옵니다. 그럼 오늘 강론을 이만 마치겠나이다."

승유는 제 할 말만 끝내고 손에 잡고 있던 발을 놓았다. 그러자 촤르르 심장이 철렁하는 소리를 내며 승유와 세령 사이에 다시 발이 내려졌다.

서책을 챙겨 태연히 강론방을 나가려는 승유의 모습을 보자 세령에게도 오기가 생겼다.

"발을 걷으십시오."

침착하게 명령하는 세령의 목소리에 승유가 쳐다보았다.

'오호, 반격을 하시겠다.'

승유는 공주마마가 어떤 식으로 나올지 호기심이 일었다.

그 틈을 못 기다리고 이번에는 단호한 목소리가 흘러나왔다.

"발을 걷으라 하였습니다."

승유는 태연히 세령 쪽으로 가서 발을 걷어 올렸다.

그러자 자신의 치마를 휙 들어 올려 자신의 종아리를 보여주는 게 아닌가. 승유는 기가 막혔다.

"공주마마, 대체!"

한심하고 어처구니가 없어서 승유는 자기도 모르게 탄식처럼 내뱉었다.

"어혈입니다!"

세령이 승유를 똑바로 올려다보며 힘주어 말했다. 승유도 그제야 세령의 발목에 시퍼렇게 멍이 든 것을 발견했다. 세령이 다시 휙 하니 치마를 내리고는 말을 이었다.

"신체발부수지부모身體髮膚受之父母라, 신체는 부모님께 받은 것으로 상하지 않게 하는 것이 효도의 시작일진대, 아픔을 참지 못해 스승님께 망측한 꼴을 보인 죄, 송구하기 그지없나이다."

승유는 아차 싶은 생각에 시선을 아래로 떨어뜨렸다.

"헌데, 스승님. 더욱 은밀한 곳이라 하셨습니까? 대체 어디를 고대하셨는지요? 일국의 공주가 옷고름을 풀고 치마라도 걷길 바라셨습니까?"

승유가 당황하여 고개를 돌리는데, 목덜미에 찍힌 붉은 연지 자국을 세령이 발견하고는 한심하다는 듯 인상을 찌푸렸다.

'별수 없는 사내구나.'

"아니면 그 목덜미에 입맞춤이라도 해드리길 바라셨습니까?"

승유는 급히 제 목덜미를 만져보았다. 손에 묻어 나온 붉은 연지를 보고는 기방에서 깨어날 때 제 얼굴을 뚫어져라 바라보던 명월의 얼굴이 떠올랐다.

'이런 낭패가 있나.'

"벌건 대낮에 창부의 입술연지를 버젓이 칠하고 다닐 만큼 막돼먹은 자라면, 그런 난잡한 상상쯤은 별일이 아니겠지요. 허나 여기는 지엄한 궁 안입니다. 색주가에나 어울릴 법한 농지거리라니 불쾌하기 그지없나이다."

공주마마에게 한 방 먹었다 싶어 승유는 얼굴이 굳었다.

"여인네들이 한낱 사내들의 그림자에 불과하다 하였습니까? 허나 이리 경박하기 그지없는 남정네들을 어찌 믿고 따르오리까?"

세령은 공주마마를 대신하여 이 오만한 직강을 단단히 혼내주었다 생각하니 뿌듯해졌다. 그러면서도 이 사내와의 혼담을 어떻게 하면 없던 일로 되돌려 놓을 수 있을지 암담했다.

수양대군이 김종서에게 넣은 혼담은 세령에게만 골칫거리가 아니었다. 병약한 문종에게 대호 김종서는 믿고 의지할 만한 사람이었다. 선대왕에서부터 이어진 그의 충정은 의심할 것이 못되었다. 그는 타고난 무인이자 문인이었으며 평생 그 정신을 올곧게 지켜왔다. 그런데 수양이 그에게 혼담을 넣었다? 그것은 병약한 자신의 강력한 오른팔을 수양이 쳐내고자 한다는 뜻임을 문종은 잘 알고 있었다. 하지만 자신이 먼저 김종서에게 말을 꺼낼 수는 없었다. 그는 충직한 신하임이 분명하지만 앞으로도 그러할지는 알 수 없는 일이었다. 누가 앞날을 내다볼 수 있단 말인가. 게다가 문종 그 자신은 잦은 병치레를 앓고 있었다. 그러다 덧없이 세상을 떠나게 된다면 어린 왕세자 홍위를 대신해서 수양이 앞에 나설 터인데, 그때도 김종서가 왕세자에게 충절을 바칠 것인가? 아니면, 누가 봐도 왕재의 면모를 갖춘 수양대군에게 김종서가 남은 충절을 바칠 결심을 할 수도 있었다.

문종은 결국 이 모든 것이 약한 몸을 타고난 자신의 잘못이라고 스스로를 탓했다. 얼마 전에는 수양과 안평,[*] 온녕군을 비롯한 종친의 실세들을 포함하여 조정 신료들이 모두 모인 자리에서 경혜공주의 길례를 서둘러야 한다는 말이 나왔었다. 그때 온녕군이 수양을 중심으로 종친부에서 길례 절차를 논의하겠다는 것을 김종서가 단칼에 잘라냈었다. 예조에 길례청을 설치해야 된다고 단호하게 말했는데 의외로 수양이 순순히 동조한 데다 기꺼이 물심양면으로 도와주겠노라고 장담했었다. 어찌 보면 수양대군 쪽의 일을 김종서가 막아낸 것처럼 보이면서도 둘의 '혼담' 얘기를 듣고 나니 그것이 꼭 그렇게 보이지만은 않은 것도 사실이었다. 여러모로 문종의 머릿속은 복잡하기 이를 데 없었다.

경혜공주는 세령의 가마를 타고 저잣거리로 나갔다. 궐 밖 세상이 얼마나 좋은지 어디 한번 직접 확인해보겠다며 나서는 경혜공주를

---

*안평安平 : 세종의 셋째 아들. 예술적 기질이 넘치는 안평대군은 왕위에 대해서 욕심이 없었던 반면, 수양대군은 스스로 왕재임을 깨닫고 왕에 대한 욕망이 강했다. 온녕군은 그런 수양의 편이었다.

은금이 펄쩍 뛰며 말렸지만, 공주는 눈 하나 깜짝하지 않고 뿌리치고 나갔다.

"함부로 입을 놀렸다간 살아남지 못할 것이다."

세령의 옷으로 바꿔 입은 채 흔들리는 가마 안에 몸을 맡긴 경혜공주는 난생 처음으로 궐 밖을 나선다는 설레임에 들떴다. 궐 밖 세상이 궁금하지 않다고 세령에게 말은 했었지만 사실 경혜공주도 담장 밖이 궁금했었다. 그저 가만히 처소에 앉아서 책을 읽거나 화단을 가꾸거나 장신구를 만지작거리는 단조로운 일상생활. 화려한 비단신을 수십 켤레도 넘게 수집했지만, 정작 그 신을 신고 갈 곳은 없었으며 아름다운 비단신이라고 칭찬해 줄 사람도 없었다.

'바깥세상은 어떤 곳일까. 얼마나 흥미로운 세상일까.'

조심스레 가마의 문을 열고 바라본 세상은 소란스러웠다. 봇짐을 지고 가는 상인들, 바삐 걸어가는 평민들, 빽 소리를 지르며 와르르 뛰어가는 어린아이들. 궐 안에서는 상상하기 힘든 정신없는 풍경이 펼쳐졌다. 갖가지 물건들이 펼쳐져 있는 난전에는 악다구니를 쓰는 아낙네도 보이고, 대낮부터 술에 취해 비틀거리는 사내도 있었다. 경혜공주는 익숙하지 않은 소음에 머리가 아플 지경이면서도 자꾸만 눈이 쏠렸다.

'얼마나 다양한 표정들인가. 나는 저들처럼 저렇게 웃어본 적이 언제이던가. 저 아이처럼 온 몸으로 뛰어본 적이 있었던가.'

걸어 다니기 시작할 때부터 왕실의 법도에 따라 항상 엄격하게 격식을 차려야 했던 경혜공주에게는 있을 수 없는 일이었다.

'저들이 부럽구나.'

경혜공주는 문득 세령이 떠올랐다. 이런 세상에서 말을 타고 뛰어다니고 싶다 그 말이었겠지. 세령이라면 분명 언젠가 말을 타고 들판을 달릴지도 모른다.

경혜공주는 생각에 잠겼다. 말을 타고 너른 들판을 달리며 온 세상의 바람이 자신에게로 쏟아져 들어오는 상상을 하였으나 갑자기 기분이 나빠졌다. 공주에게는 세상이 뒤엎어진다고 해도 있을 수 없는 일이었다. 그러자 바깥의 생생한 소리들이 짜증스럽게 느껴져서 거칠게 창문을 탁! 하고 닫았다.

"여리야."

"네, 공주… 아니, 세령 아씨."

"한 번만 또 그렇게 불렀다간 물고를 맞을 줄 알거라."

"네, 아씨."

"잠시 조용한 데서 쉬자꾸나. 어지럽다."

운종가 근처에서 가마가 내려졌다. 여리가 준 삯으로 가마꾼들이 근처 주막으로 목을 축이러 갔다. 경혜공주는 창을 열고 물끄러미 밖을 내다보았다. 운종가 기방으로 한 무리의 기녀들이 나서는 모습이 보였다. 생전 본 적도 없는 화려한 옷차림과 화장으로 치장한 기녀들을 보며 공주는 눈살을 찌푸렸다. 화려하기는 하나 어딘가 천박해 보이는 옷차림이었다. 그녀들에게서 풍기는 분 냄새가 가마가 있는 곳까지 풍겨 오는 듯했다. 기녀들은 하늘거리는 몸짓으로 걸어가며 무엇이 그리 즐거운지 높은 소리로 까르르 웃어댔다. 공주는 창문을 다시 닫았다.

"여리야, 그만 궐로 돌아가자."

"네, 아씨. 가마꾼들을 불러오겠습니다."

경혜공주는 궐 밖으로 괜히 나왔다는 생각이 들었다. 보지 않았다면 몰랐을 것을, 직접 눈으로 보고 나니 궐에서의 생활이 더욱 무료하게 느껴졌다. 은금이의 말을 들을 걸 그랬다고 공주는 고개를 저으며 한숨을 쉬었다. 그때 벌컥 하고 가마 문이 열리더니 웬 사내가 뛰어 들어왔다.

"웬 놈이냐!"

경혜공주의 말이 채 끝나기도 전에 사내가 공주의 입을 손으로 틀어막았다. 사내는 급박한 듯 숨을 헐떡이며 공주에게 조용히 하라고 눈으로 신호를 보냈다. 그 표정이 어쩐지 절박해 보이기도 하고 사내의 눈을 보니 나쁜 마음을 먹고 있는 것도 아닌 것 같아 경혜공주는 조금 안심이 되었다. 하지만 이게 무슨 봉변이란 말인가. 역시 은금이의 말을 들을 걸 그랬다.

사내는 잔뜩 긴장한 채 공주의 입을 틀어막고 바깥 동정을 살피는 데 여념이 없었다. 공주가 더 이상 참지 못하고 사내의 손을 뿌리치고는 힘껏 사내의 뺨을 후려쳤다. 사내는 갑작스런 경혜공주의 반격에 정신이 번쩍 드는 듯 놀라 바라보았다. 대낮에 봉변을 당했음에도 꼿꼿한 태도로 단호하게 노려보는 경혜공주의 차가운 미색에 사내의 표정이 얼어붙었다.

그때 가마 문이 다시 한 번 스르르 열리면서 두 사람 사이에 숨 막히는 정적이 무너졌다.

"어이구, 숨어서 소꿉놀이라도 하시나?"

열린 가마 문으로 고개를 들이미는 얼굴이 보였다. 험상궂은 얼굴에 칼자국까지 나 있는 함귀의 얼굴이다. 어떤 험한 짓거리라도 능히해낼 인상의 함귀를 보자 경혜공주는 자기도 모르게 온몸이 굳었다. 함귀가 시커먼 손을 가마 안으로 쑥 밀어 넣고는 사내를 잡아끌어 내가마 밖으로 내동댕이쳤다. 그러자 옆에 서 있던 칠갑과 막손이 사내를 무자비하게 발로 찼다.

"사대부의 자제 분께서 아낙네 가마에 뛰어들어 숨으시다니 비겁하십니다요."

함귀 무리들이 사내의 목덜미를 붙잡고는 질질 끌고 가는 것을 경혜공주가 파랗게 질려서 쳐다보았다. 사내는 끌려가는 와중에도 경혜공주 쪽을 뚫어져라 쳐다보았다. 어쩐지 몰매를 맞아 아픈 표정이라기보다는 이런 꼴을 보이는 게 부끄러운 듯했다.

그들이 보이지 않게 될 즈음에서야 여리가 가마꾼을 데리고 돌아왔다. 경혜공주는 한시바삐 자미당으로 돌아가고 싶은 생각뿐이었다.

경혜공주는 처소로 돌아와 은금의 도움을 받으며 옷을 갈아입었다. 잠시 외출했을 뿐인데 머리가 무겁고 피곤했다. 세령은 눈빛을 반짝이며 그런 공주를 쳐다보았다.

"궐 밖 구경은 어떠셨습니까?"

공주는 태연하게 옷자락을 매만지며 자리에 앉았다.

"별 다를 게 없더구나. 천한 것들 말소리로 귀가 따갑고 길바닥은

먼지투성이라 숨조차 쉬기 힘들었다."

"그러셨습니까?"

"더럽고 위험한 곳이야. 다시는 나가고 싶지 않다."

세령은 피곤해 보이는 경혜공주의 안색을 살피며 물끄러미 쳐다보자 공주가 잊고 있었다는 듯 말을 꺼냈다.

"그래, 네 낭군이 될 자는 어떠하더냐?"

세령은 눈썹을 찡그리며 한숨을 내쉬었다. 그 모습을 보자 공주가 빙그레 웃었다.

"왜, 서책만 아는 고루한 자이더냐?"

그러자 세령이 단호한 얼굴로 공주를 바라보았다.

"한량 같은 꼴에 더없이 무례한 자입니다."

"한량?"

"목덜미에 입술연지나 묻히고 다니는 그런 난봉꾼이더이다. 게다가 오만하기 이를 데 없습니다."

입술을 삐쭉이며 승유에 대한 험담을 하는 세령을 보니 공주도 호기심이 일었다.

"입술연지라, 종학에 그런 스승이 있다니. 그런데 연지 자국은 어찌 보았니? 혹 발을 걷은 게야?"

공주의 물음에 세령이 당황스러워 얼굴이 붉어졌다. 은금이 말문이 막힌 세령을 거들어주었다.

"그 직강께서 먼저 발을 걷으시는 바람에……."

그 말에 경혜공주의 눈썹이 살짝 올라갔다. 흥미로운 직강이로고.

"그거 잘 되었구나. 네 얼굴까지 보았는데 이제 와 내가 들어갈 수야 있니? 난 후원에서 화초나 돌볼 터이니 너는 네 낭군님과 다정하게 학문이나 익히거라."

세령이 놀라 경혜공주를 쳐다보았다.

"마마!"

경혜공주의 말에 세령은 당황스러웠다. 어떻게 공주마마의 강론에 매번 들어간단 말인가. 그러다 들키기라도 하면? 하지만 경혜공주가 들어갔다가 김승유가 눈치채기라도 한다면? 그 오만한 직강은 분명 그 일을 조정에 거론할지도 모를 일이었다. 그렇게 된다면 아버지께 불효막심한 죄를 짓는 것일 뿐만 아니라 왕실의 명예에도 먹칠을 하는 것이다. 선택의 여지가 없었다.

멍하니 비호의 등을 쓰다듬으며 세령은 한숨을 내쉬었다. 그러다 목덜미에 연지 자국이 묻어 있던 승유의 모습이 떠올라 기분이 확 상했다. '어떻게 하면 이 혼담을 물릴 수 있을까.'

함귀 무리에게 끌려가던 사내는 가마 안에서 만난 아름다운 여인에 대한 생각으로 머릿속이 온통 꽉 들어차 있었다. 사내의 이름은 정종. 전 중추원부사 정충경의 아들이다. 명문가인 해주 정씨 가문의 장손이긴 하지만 가세가 기울어 병든 어머니의 약값조차 대기 힘든 처지였다.

죽마고우인 김승유와 신면은 부친이 아직 건재하여 풍족하게 생활하고 있어 이런저런 유흥은 그들이 모두 부담하였지만, 집안일까지 벗들의 도움을 받기는 자존심이 허락하지 않았다. 천한 함귀 무리에게 목덜미를 잡혀 끌려가는 이유도 그들에게 돈을 빌렸기 때문이었다.

함귀는 자모전가*의 두목이었다. 피도 눈물도 없는 잔혹한 무리라는 것은 익히 알고 있었지만 나날이 병세가 깊어지는 어머니를 생각하니 다른 방도가 없었다. 그래서 갚을 수도 없는 돈을 빌려 썼고 이제 그 대가를 치를 차례인 것이다. 이렇게 맞아 죽는다 해도 별 수 없었다.

'마지막 가는 길에 선물로 하늘에서 그리 아리따운 선녀를 보게 해 주셨나 보군.'

정종은 그런 생각을 하며 빙그레 웃었다.

"우리 양반 나리는 뭐가 그리 좋아 비실비실 웃으시나?"

막손이가 억센 주먹을 정종의 배를 향해 푹 내질렀다. 비명소리도 나오지 않을 만큼 통증이 와서 정종은 허리를 꺾으며 쓰러졌다.

승유는 신면과 함께 저잣거리를 걸어가고 있었다. 얼마 전 한성부 판관으로 영전한 신면은 무관답게 골격이 크고 단단했다. 신면의 영전을 축하하기 위해 운종가에서 또 한잔 거나하게 마실 작정이었다. 그래서 정종을 데리러 집으로 찾아갔었지만 어제 나가서 여지껏 들어오지 않았다는 말만 듣고 돌아나온 참이었다.

"종이 그 녀석 아직도 기방에서 뒹굴고 있는 거 아냐?"

※ 자모전가子母錢家 : 오늘날의 사채업자. 자모전은 이자와 본전을 합친 말.

신면이 기가 막힌다는 듯 말했다.

승유는 그러고도 남을 놈이라며 웃었지만 머릿속에는 당돌하게 승유를 쳐다보며 야단치던 공주가 머물러 있었다. 천하일색이라고 귀가 아프도록 들어왔던 것치고는 공주마마의 미색이 평범해서 놀랐으나, 가만히 생각해보니 이목구비가 단정하고 어쩐지 생기가 팔팔하게 느껴져 매력적이기도 했다. 승유는 혼자 비실 웃었다.

"승유 자네 무슨 생각하느라고 그리 혼자 웃나?"

"오늘 재밌는 일이 있었지."

"아! 자네 오늘 공주마마 강론했다고 그랬지? 그래, 과연 천하절색이시던가?"

"아무래도 그건 뜬소문이 아닐까 싶네."

신면이 그게 무슨 소리냐며 승유를 다그쳤다. 승유가 공주마마와 있었던 일을 말하려고 하는 찰라 저 멀리 함귀 무리에게 얻어맞고 있는 정종을 발견했다. 빙글거리며 웃고 있던 얼굴이 대번에 차갑게 가라앉더니 승유는 정종에게로 한달음에 달려갔다. 영문을 몰라 뒤쫓아 오던 신면도 그제야 정종을 발견하고는 정색을 하고 함귀 무리 앞에 떡하니 버티고 섰다.

"당장 멈추지 못할까!"

신면이 위엄 있는 목소리로 함귀 무리에게 소리쳤다.

정종이 지기知己의 목소리를 알아듣고는 고개를 들어 쳐다보았다.

칠갑이 팔짱을 낀 채 너스레를 떨며 앞으로 나섰다.

"상관하지 말고 가슈."

그 말이 끝남과 동시에 뒤에 서 있던 막손이 정종의 배를 힘껏 걷어 찼다. 벗을 향해 괜찮다는 듯 웃고 있던 정종의 얼굴이 고통으로 일 그러졌다.

"네 이놈! 양반가의 자제에게 폭력을 쓰고도 무사할 줄 아느냐!"

신면이 정종을 향해 다가서려고 하자, 함귀가 쓰윽 나서서 가로막 았다.

"나리, 이 양반께서는 우리 자모전가에서 전을 빌리시고는 그대로 오리발이십니다. 그러니 어쩌겠습니까, 저희도 먹고살아야 하니 피치 못해 모셔가는 길입니다."

승유가 함귀 쪽으로 한걸음 다가왔다. 거친 외모에 눈매가 길게 찢 어진 것이 쉽게 볼 작자는 아닌 것 같았다.

"자네들 행수가 누군가?"

"그걸 아시면 어쩌시려고. 우리 나리께서 대신 갚아주시려나?"

함귀가 누런 이를 드러내며 비릿하게 웃었다.

"내 차후에 책임지고 해결해 줄 터이니 그 친구를 그만 놔주게."

승유의 말에 함귀가 피식 웃더니 곧바로 정색을 했다.

"나리, 자모전가에서 몇 년 굴러먹다 보면 이런저런 양반이고 상놈 이고 죄다 봅니다. 그러다 보니 이골이 난 말이 있는데 그게 뭔지 압 니까? 바로, 차후에 책임진다! 그 말이외다."

"약조를 한다 하지 않는가? 어서 친구를 놔주게!"

함귀의 불손함을 참지 못하고 신면이 버럭 소리를 지르며 정종에게 로 다가섰다.

그러자 발끈한 막손이가 신면을 향해 시커먼 주먹을 내질렀다. 신면이 날랜 몸짓으로 주먹을 피하고 오히려 막손의 얼굴에 주먹으로 후려쳤다. 막손이 비명소리와 함께 코를 감싸 쥐며 나자빠지자 함귀와 칠갑이 덤벼들었다. 그때 신면이 나서서 제지했다.

"내 부친 되시는 분은 우의정 김종서 대감이시네. 내 아버지 이름을 걸고 분명히 약조하네. 그러면 되겠나?"

그 말을 들은 함귀의 입가가 씰룩거리며 흥미롭다는 듯 승유의 얼굴을 찬찬히 들여다보더니 고개를 가로저었다.

"그거로는 아니 되겠습니다."

"이거면 믿겠는가?"

신면이 가슴팍에서 한성부 명패를 꺼내어 함귀의 눈앞에 들이밀었다.

"어이구, 한성부 판관 나리였습니까?"

함귀가 명패를 보고 나더니 비꼬듯이 허리를 조아리며 인사를 했다.

"내 분명히 약조하겠네."

승유가 다시 한 번 말하자 함귀가 무리들을 향해 눈짓을 보내더니 침을 퉤 뱉고는 어슬렁거리며 사라졌다. 승유와 신면이 정종을 부축해서 일으켰다. 정종은 별일 아닌 것처럼 표정관리를 해보려고 했지만 욱신거리는 통증에 자기도 모르게 '악' 하고 소리를 내고 말았다.

잔뜩 불콰하게 취해서 집으로 들어오던 승유는 사랑채에 불이 켜져 있는 것을 보았다. 야심한 시각에 사랑채에 두 사람의 그림자가 마주 앉아 있는 것을 보자 승유는 입김을 불어 술 냄새를 확인해 보았다. 마지막으로 옷매무새를 점검하고는 사랑채 앞으로 다가섰다.

"아버님, 소자 승유이옵니다."

사랑채 문이 스르륵 열리고 김종서가 얼굴을 드러냈다. 승유의 모습을 보아하니 또 술을 걸치고 온 게 분명하자 김종서의 입매가 못마땅한 듯 한일자로 꾹 맞물렸다.

"손님이 드셔 계시옵니까?"

"또 부어라 마셔라 한 게냐?"

"신면이 얼마 전에 한성부 판관으로 영전하여 축하주로 한 순배 하였습니다."

"들어가 쉬어라."

김종서는 언짢은 기색을 드러내 보이며 문을 소리 나게 탁 닫아 버렸다.

밤늦게 김종서에게 찾아온 손님은 수양대군이었다. 얼마 전에 청한 혼담에 대한 답변을 듣고자 직접 찾아온 것이었다. 수양은 부드럽게 웃으며 김종서를 쳐다보았다.

"호탕한 성품의 자제를 두셨습니다."

김종서는 대꾸하지 않은 채 수양의 속내를 꿰뚫듯 물끄러미 바라보았다.

"송구하게도 제 여식은 음전하질 못합니다. 호탕한 지아비를 만나야 소박이나마 면하겠지요."

"정녕, 이 혼담의 의미가 단지 그뿐입니까?"

"우상과 나만이 돌이킬 수 없는 참극을 막을 수 있습니다."

김종서의 눈빛이 서늘하게 빛났다.

"참극이라 했습니까?"

"주상전하께서 승하하신 후……."

"말씀을 삼가시오!"

김종서가 주먹으로 책상을 탕 하고 내리쳤다.

"나 수양이 옥좌를 돌같이 보며 어린 세자저하[※]를 보필만 하겠다면 믿으시겠습니까?"

김종서는 수양을 매섭게 노려보았다. 하지만 수양은 개의치 않은 채 말을 이었다.

"조선 땅에서는 개도 믿지 않을 소리지요. 세자저하께서 등극하시면 왕재인 수양부터 쳐 죽여야 한다! 그것만이 어린 저하와 이 조선을 살리는 길이다, 하겠지요."

무슨 말을 하려나 싶어 김종서는 말없이 수양을 쏘아보았다.

"그러면 나는 살기 위해 대감을 칠 것입니다. 종국에는 대감과 나 둘 중 누군가는 피를 보겠지요."

온화한 미소를 짓던 수양의 표정이 문득 매섭게 가라앉았다.

"나 김종서는 죽음 따위는 두렵지 않소."

김종서가 단호한 얼굴로 결사의 의지를 표명했다.

"나와 대감만이 아닙니다. 아무런 죄도 없는 우리 자식들이 칼에

※ 왕에게는 '전하殿下', 왕세자에게는 '저하邸下'라고 존칭을 붙였다.

찔리고 목이 잘려 피 흘리는 꼴을 기어이 보시겠습니까?"

그런 일마저 감당해야 할 일이라는 것을 김종서도 잘 알고 있었다. 하지만 그도 부모인지라 흔들리는 눈빛까지는 어쩔 수 없었다. 그것을 엿본 수양이 다시 부드럽게 말을 이었다.

"대감과 제가 손을 잡으면, 아까운 그 아이들을 살릴 수 있습니다."

숨 막히는 적막이 흐르고 두 사람의 시선이 마치 날 선 검처럼 허공에서 부딪쳤다.

혼담을 성사시키기 위한 아버지의 노력과는 상관없이 세령은 어찌하면 혼담을 피할 수 있을지 생각하느라 머리가 아팠다. 게다가 공주마마를 대신해서 강론에 또 들어갈 생각을 하니 머리가 지끈지끈거렸다.

"제가 꼭 들어가야겠지요?"

"네가 자초한 일 아니더냐. 직강이 네 얼굴을 봤으니 어쩌겠느냐? 정 못 견디겠으면 네 입으로 그 직강에게 사실을 밝히거라."

경혜공주가 세령을 쳐다보며 장난스럽게 웃었다.

"네 말대로 무료한 궁궐 생활에 이 정도 장난이야 활력소가 아니겠느냐."

공주는 대수롭지 않다는 듯이 말하고는 화려한 무늬가 수놓아진 치마를 골라잡았다.

세령은 마지못해 옷을 벗고 공주의 복색으로 갖춰 입었다. 은금이가 경혜공주의 세세한 지시에 따라서 세령에게 옷을 입혔다. 재미있는 놀이라도 하듯이 공주는 세령의 복장을 꼼꼼하게 점검하며 이것저것 갈아입혔다. 마침내 모든 치장이 끝나고 화려한 공주로 변신한 세령을 본 경혜공주의 얼굴에 만족스러운 미소가 번졌다.

"옷이 날개라더니 공주가 따로 없구나."

"무슨 말씀입니까. 아무리 차려입은들 제가 어찌 공주마마님처럼 되겠습니까?"

그러자 경혜공주가 무언가 생각난 듯 자개함을 열어 노리개 하나를 꺼내 들었다. 영롱한 비취가 화려하게 장식되어 있는 노리개였다. 경혜공주는 화룡점정을 찍는 것처럼 손수 세령의 저고리에 노리개를 달아 주었다.

"이제야 좀 볼 만하구나."

세령의 얼굴이 붉어졌다.

지난 번보다 한층 더 복색에 신경을 써서 그런지 세령은 가만히 앉아 있는데도 불편하기 그지없었다. 가슴팍에 달아놓은 노리개는 달걀만 한 비취가 달려 있어서 그런지 무겁고 답답했다. 이런 거추장스러운 것을 여인네들은 왜 못 달아서 안달일까.

"직강께서 듭시옵니다."

문이 열리고 승유가 들어오자 세령은 꼿꼿한 자세로 몸을 바로잡고 승유를 쳐다보았다. 승유는 여전히 아름다운 걸음으로 다가와 세령에게 절을 했다. 세령이 승유에게 맞절을 하며 오늘은 어디에 연지를 묻히고 오셨으려나 싶은 마음에 눈매가 가늘어졌다. 절을 하며 허리를 숙이니 가슴팍이 더 꽉 조이는 것 같아 세령은 숨이 막혔다.

"강론 전에 몇 말씀 올리겠습니다. 제게 내리셨던 공주마마의 질책은 아프게 새기겠습니다. 마마께서도 사제간의 예를 엄격히 지켜주시옵소서."

이건 또 무슨 수작인가 싶어 세령은 승유를 물끄러미 쳐다보았다.

"앞으로는 이유 없는 강론의 중지는 인정할 수 없습니다. 또한 강론 시에 공부한 내용을 모두 필사하여 다음 강론 때 제출하여 주십시오. 그날 배운 모든 구절은 반드시 암기하십시오. 수시로 회강※을 치러서 확인할 것입니다. 만약 회강을 통과하지 못한다면 다시 처음으로 돌아갈 것입니다. 아시겠습니까?"

승유의 의도를 파악한 세령이 피식 웃었다. 오만방자한 데다 성격까지 치졸하구나.

"왜 답이 없으십니까?"

"그리하시지요."

"망극하옵니다."

"스승이라는 지위를 악용하여 전날의 일을 앙갚음하고자 하신다면 힘없는 제자가 무슨 수로 막으오리까? 스승님의 치졸함을 너그러이 받아들이고자 하옵니다. 당장 회강을 치르시지요."

"당장 말입니까?"

당돌한 세령의 말에 승유가 놀라 쳐다보았다.

오랜만에 몸이 가벼워진 문종은 후원으로 산책을 나갔다. 우의정

※ 회강會講 : 스승 앞에서 그동안 배운 내용을 암기하는 일종의 구술시험.

김종서는 수양과의 서찰 내용에 대해서 아직 아무런 언질도 주지 않은 상태였다. 문종은 복잡한 심기를 다스리고자 경혜공주가 가꿔 놓은 후원의 꽃들을 바라보았다. 화려하게 자태를 뽐내고 있는 갖가지 꽃들을 보노라니 문득 공주의 모습이 그리워졌다.

'공주도 어서 좋은 배필을 만나야 할 터인데……'

아들 홍위를 보호하고 공주를 아껴줄 그런 배필. 문종의 머릿속에 김종서의 아들이라면 충분히 그럴 수 있겠다는 생각이 들었다. 하지만 수양이 우의정에게 이미 혼담을 넣은 이상 말을 꺼낼 수 없는 노릇이었다.

문종이 두어 발자국 떨어져 서 있던 내시 전균을 돌아보았다.

"공주는 지금 어디에 있는가?"

"강론 시간인 줄 아옵니다."

"그래. 공주의 스승이 염도열 직강이던가?"

"아니옵니다. 이번에 김승유 직강으로 바뀌었다 들었사옵니다."

"김승유라면, 우의정의 자제 아닌가."

"예, 우의정 대감의 막내 자제 분으로 아옵니다."

문종은 잠시 생각에 잠겨 있다가 공주의 강론방 쪽으로 발걸음을 옮겼다.

"내 공주의 강론을 참관하러 가겠네."

강론방에서는 발을 사이에 두고 승유와 세령의 팽팽한 신경전이 벌어지고 있었다.

"자어사부資於事父 이사모以事母 이애동而愛同하며 자어사부資於事父 이사군以事君 이경동而敬同이라."

승유가 운을 뗐다.

"아비를 섬기는 바탕으로 어미를 섬기면 사랑하는 마음이 같을 것이고, 아비를 섬기는 바탕으로 임금을 섬기면 공경하는 마음이 같을 것이니라."

세령이 막힘없이 대답했다.

승유는 세령을 한 번 힐끗 보았다.

"안 배우신 데까지 척척 잘도 하십니다."

세령은 만족스럽게 미소지었다. 그도 그럴 것이 어릴 적 지겹도록 읽어야 했던 효경이라면 눈 감고도 외울 지경이었다. 배워놓으면 언제든 써먹을 데가 있다더니 바로 이런 걸 두고 하는 말이로구나 싶었다.

그때 갑자기 승유가 강독하기를 멈추고 부산하게 자리에서 일어섰다. 이번에는 또 무슨 수작인가 싶어 잔뜩 귀를 세운 채 발 건너를 보려 애쓰는데, 곧 승유의 목소리가 들렸다.

"주상전하, 공주마마의 강론을 맡은 직강 김승유이옵니다."

순간 세령의 심장이 철렁 내려앉았다. 발 너머 열려 있는 문으로 이개가 들어와 있고 예를 갖추고 서 있는 승유가 보였다. 그리고 이어서 문종이 들어오는 모습이 보였다.

세령의 등줄기에 식은땀이 흘러내렸다. 세령은 서둘러 일어나 예를 갖추었다.

문종은 승유의 단정한 외모와 바른 자태를 보고 흡족한 듯 쳐다보았다. 발 건너편에 예를 갖추고 서 있는 공주를 바라보고는 다시 한 번 승유를 쳐다보았다. 그러고 나니 문종에게는 승유가 참으로 탐나는 부마감이라는 생각이 스쳤다.

"잠시 들렀네. 못난 여식을 맡아주어 고맙네."

"당치 않사옵니다, 전하."

승유가 허리를 숙이며 대답했다.

"내 잠시 참관하고 싶은데, 결례가 되겠는가?"

문종의 말에 승유가 잠깐 멈칫하다 답했다.

"어인 말씀이시옵니까, 망극하옵니다."

문종이 한편에 자리를 잡고 앉자 모두 자리에 앉았다. 이윽고, 승유가 침착한 목소리로 효경의 구절을 강독해나갔다.

"고모취기애故母取其愛하고 이군취기경而君取其敬하니 겸지자부야兼之者父也＊라."

"……."

세령은 어찌해야 좋을지 몰라 입술만 파르르 떨렸다.

승유가 세령 쪽을 쳐다보며 풀이를 기다렸지만 묵묵부답이다.

"공주마마, 강독하시지요."

목소리를 냈다간 그대로 들통 날 판국이었다. 잔뜩 긴장한 세령이 자기도 모르게 두 손을 꽉 움켜쥐었다. 이마에서는 땀이 송글송글 배어나오고 입술이 바들바들 떨렸다.

＊그러므로 어머니에게서는 사랑하는 마음을 취하고 임금에게서는 공경하는 마음을 취하니 이 두 가지를 겸한 것이 아버지라는 뜻.

"공주마마!"

승유는 당황해서 채근했다.

문종은 승유를 향해 손을 들어 제지했다. 문종의 얼굴에 미소가 번져 있었다.

"허허허, 공주의 학식이 아직은 많이 부족한가 보구나. 김 직강은 공주에게 자애로운 스승이 되어주게나."

승유는 몸 둘 바를 몰라 하며 고개를 조아렸다.

"송구하옵니다. 스승이 미거하여 주상전하께 누를 끼치옵니다."

"괘념치 말라."

문종이 자리에서 일어나자 모두 따라서 일어섰다.

그때 이개가 문종에게 다가섰다.

"여기까지 납시었는데 공주마마를 보고 가시지요. 발을 올려드리겠습니다. 김 직강은 돌아서게."

세령은 모골이 송연해져서 그만 두 눈을 질끈 감았다. 승유가 뒤돌아서자 이개가 나인에게 발을 들어 올리라고 명했다. 나인이 총총히 다가와 발에 손을 뻗어 들어 올리려는 순간이었다.

"그만 두어라."

나인이 발을 올리던 손을 멈추고 다시 내렸다. 세령은 자기도 모르게 참고 있던 숨을 토했다.

"임금보다 스승을 각별히 여겨야 할 곳이 이곳 종학이거늘, 강론의 흥을 깨서야 되겠는가. 계속 하거라."

승유가 다시 몸을 돌리고는 문종을 향해 깊게 허리를 숙였다.

"우상의 자제라, 과연 듣던 대로 총명하고 수려하구나. 장차 공주뿐만 아니라 세자에게도 많은 가르침을 주거라."

"성은이 망극하옵니다."

문종이 승유의 어깨를 한 번 토닥이고는 강론방을 나서자, 이개와 전균도 뒤따라 나갔다. 승유가 방 밖 복도로 나가 예를 갖추고 배웅하는 모습을 보며 세령은 안도의 한숨을 내쉬었다.

승유는 방으로 돌아오자마자 세령을 향해 쏘아보며 한마디 내뱉었다.

"스승을 골탕 먹이는 방법도 참으로 다양하십니다."

승유가 뭐라 하든 대꾸할 기력조차 없이 기진맥진한 상태였다.

문종에게 수양대군은 자신의 사후에 세자의 보위를 위협하는 강력한 왕재였으며, 김종서는 조선 팔도의 실질적 병권을 장악하고 있는 실세 중의 실세였다. 문종은 우의정 김종서와 함께 후원의 궁터에 앉아 있었다. 문종은 홍위가 과녁을 향해 활시위를 당기는 모습을 바라보며 흐뭇하게 미소 짓고 있었다. 홍위가 쏘는 화살은 번번히 과녁의 중심을 꿰뚫지 못했다. 김종서가 홍위 곁으로 가서 활사위를 당기는 법과 화살을 놓는 법을 가르쳐주었다. 그리고는 직접 활을 쏘아 과녁을 명중시켜 보이기도 했다. 고령임에도 여전한 활솜씨*를 자랑하는 김종서를 보며 홍위가 부러운 듯이 쳐다보았다.

※ 김종서는 22세에 문과로 급제한 문신이자 세종 때 6진을 개척한 명장이기도 했다.

"부족한 실력을 확인하는 것도 용기이니라. 거듭 시도하거라. 점점 나아지지 않느냐."

용기를 얻은 홍위가 다시 화살을 집어 들고 신중하게 활사위를 당겼다. 그 모습을 대견하다는 듯 바라보던 문종이 말했다.

"수양은 참으로 타고난 왕재요."

"전하, 당치도 않으시옵니다."

"나는 아마 오래 살지 못할 듯합니다. 이 아비마저 죽으면 저 어린 것이 숙부의 등쌀을 어찌 견딜꼬."

문종의 옆에 앉아 있던 김종서가 의자에서 내려와 무릎을 꿇었다.

"전하!"

"저 아이의 목숨을 보전할 수 있다면 내 이 자리에서 당장 거꾸러져 죽어도 여한이 없소."

"전하, 신 김종서 몸 둘 바를 모르겠나이다."

"내 무덤 앞까지 변치 않는 충절을 보여줄 자가 그대라 믿었으나, 더는 그대를 믿을 수 없소."

생각지도 못한 문종의 말에 당황하여 김종서는 고개를 들었다.

"어인 까닭이시옵니까? 연유를 밝혀주시옵소서. 전하!"

문종은 김종서의 눈을 뚫어져라 바라보았다. 한 점 부끄럼도 없이 흔들림 없는 눈으로 자신을 바라보는 김종서를 보니, 문종은 제 자신이 흔들리고 있다는 것을 깨달았다.

"대체 수양과 비밀리에 무엇을 도모하는 게요?"

"전하!"

문종이 수양대군이 보낸 서찰에 대해서 알고 있음이 분명했다. 전하께서 모르시도록 처리하고 싶었건만, 그 일이 어찌 전하에게까지 닿았는지 모를 일이었다.

어쩌면 수양이 일부러 전하께 그 사실을 흘렸을지도 모른다는 생각이 일었다. 전하께서 김종서를 바라보는 눈동자에 이토록 의혹이 서린 적이 있었던가. 역시 수양은 만만한 상대가 아니었다.

세령은 집으로 돌아오는 가마 안에서 초주검 상태로 늘어져 있었다. 다시는, 다시는 그 같은 일을 또 겪고 싶지 않았다. 전하께서 멈추라 하지 않았다면 세령은 그야말로 심각한 곤경에 처했을 것이다. 지옥이 따로 없었다.

세령은 전하께 들킬 뻔했던 것을 공주마마에게 전하고 이제 위험한 놀이는 그만 하겠다고 말했다. 하지만 경혜공주는 버텨보라며 청을 물리쳤다. 만약 강론에 들어가길 거부한다면 직접 전하께 사실을 고하겠노라는 말에 세령은 어쩔 수 없이 물러서고 말았다.

마구간 앞에 쪼그리고 앉아 심란한 얼굴로 비호를 쳐다보고 있노라니, 그 마음 다 안다는 듯한 얼굴로 비호가 또각또각 다가왔다. 거짓말처럼 비호가 세령의 옆에 와서 멈춰 서자 심란했던 세령의 마음은 온데간데없이 사라졌다. 혹시 뒤에 아버지가 오신건가 싶어 돌아보니 아무도 없었다. 세령은 조심스레 일어나 비호를 쳐다보았다.

"나를 위로해주는 거냐?"

물론 비호는 대답이 없었다. 하지만 얌전히 세령의 옆에 서 있었다.

마치 어서 올라타라는 듯 기다리고 있는 것도 같았다.

"이번에는 내치지 않을 거냐?"

비호의 태도에 믿기지 않는다는 듯 세령이 천천히 고삐를 틀어쥐어 보았다. 그런데도 비호는 얌전히 고삐를 잡혀주었다. 세령이 반색하며 비호의 등을 한 번 토닥이며 씽긋 웃었다.

"정 네 뜻이 그러하다면……."

세령이 등자에 발을 얹고 비호의 등에 올라타는 순간까지 비호는 꿈쩍도 하지 않았다. 혹시라도 마음이 바뀌어 세령을 털어낼지 몰라 고삐를 바싹 움켜잡고 준비 자세를 취했지만 비호는 점잖았다.

궐에서의 일은 어느새 깡그리 잊히고 비호의 등에 올라탔다는 흥분이 세령을 온통 휘감았다. 세령이 자기도 모르게 몸을 들썩이며 "됐다!" 하고 소리를 내자, 비호가 흔들 제자리걸음을 하는가 싶더니 슬슬 마구간을 나서기 시작했다. 비호가 움직이자 세령은 그제야 왈 칵 겁이 나기 시작했다. 비호를 멈추려면 어떻게 해야 하는지 세령은 몰랐던 것이다.

텅 빈 마당을 지나쳐서 열려 있는 대문으로 세령이 타고 있는 비호 가 나가는데도 아무도 보지 못했다. 세령은 다행이다 생각하면서도 한편으로는 두려움이 앞섰다.

세령이 말을 타고 나간 그 시각에 수양대군은 김종서의 답을 기다 리며 여유롭게 서책을 읽고 있었다. 그렇게 단단히 말해뒀으니 곧 답 이 올 것이라 생각했다. 게다가 문종이 서찰 소식을 듣고 예민해져 있다는 보고를 전균※을 통해 들은 터였다. 이 일이 성사되지 않더라도 문종과 우상 사이에 가느다란 금이라도 그어졌다면 그것으로도 성과는 있었다.

"대군 마님, 소신 운이옵니다. 기별이 왔사옵니다."

수양의 옆에서 차를 따르고 있던 부인 윤씨가 그 말에 반색했다.

"대감, 혼담에 대한 답신이 드디어 온 모양입니다."

윤씨가 기대에 차서 문을 열었다.

"우상대감 댁이냐?"

임운이 마당에 서서 윤씨를 향해 머리를 조아리며 말했다.

"아니옵니다. 입궐하시라는 명패가 왔사옵니다."

자못 실망스럽다는 얼굴로 윤씨가 수양을 쳐다보았다.

수양은 읽던 서책을 덮고 무슨 일로 입궐하라는 건지 생각에 잠겼다.

며칠 지나면 대대적인 장날이 들어설 예정이라 그런지 저잣거리는 평소보다 더 북적댔다.

승유와 정종이 한가로이 걸으며 거리를 구경하고 있었다. 하지만 정종의 걸음새가 영 삐딱한 것이 함귀 무리에게 맞은 다리가 아직 성치 않은 모양이었다. 승유는 정종의 어깨를 괜히 힘껏 퍽 내리쳤다.

※ 전균(田畇) : 태종 9년 1409년에 태어나 성종 1년 1470년에 사망한 환관. 1453년 계유정난 당시 수양대군을 적극 도운 공으로 세조의 즉위 이후 승승장구하였다. 대표적인 권력형 내시로 알려진 인물.

"또다시 자모전가에 발을 들여놓는 날에는 벗이고 뭐고 없다!"

끙, 아픈 등짝을 움츠리면서도 정종은 배시시 웃었다.

"그나저나 한낱 계집일 뿐이라던 공주마마한테 당한 소감이 어때?"

"참, 그 머릿속엔 뭐가 들었는지."

생각하니 기가 막힌 듯 승유가 혀를 끌끌 찼다.

"그래서, 벌이라도 줄 테냐?"

"고심 중이다."

승유가 지나가는 길의 옆 골목, 말을 타고 지나가는 한 여자의 모습이 보였다. 무심코 고개를 돌려 쳐다보던 승유가 그것을 보고 눈이 휘둥그레졌다. 그럴 리가 없다 싶어 눈을 끔뻑이며 다시 쳐다보았지만, 공주마마가 확실했다. 말의 등짝에 붙을 듯이 잔뜩 웅크린 채 말을 타고 가고 있는 공주를 보자 승유의 입이 쩍 벌어졌다.

승유는 정종에게 긴히 볼일이 생겼다는 핑계를 대고 서둘러 공주의 뒤를 쫓아갔다. 터벅터벅 천천히 걸어가고 있는 말을 보자니 공들여 관리한 것 같은 준마였다. 그런 훌륭한 말 위에 올라타서는 벌벌 떨며 가고 있는 모습이라니, 승유가 보기에 가관이었다.

공주가 저잣거리 구경을 나온 건지 아니면 말이 구경을 나온 건지 헷갈릴 정도로 말은 태연히 걸어가고 있고, 공주는 긴장으로 얼어붙어 있었다.

한참 저잣거리를 걸어간 끝에 세령을 등에 태운 비호는 어느 초가집 옆의 물웅덩이에서 멈춰 섰다. 그리고는 웅덩이에 고인 물을 마셨다. 웅덩이 옆에는 말을 묶어놓는 기둥이 하나 있었다. 다른 두 필의 말도 평화롭게 물을 마시고 있었다. 세령은 별 탈 없이 천천히 걸어준 비호가 기특하고 대견해서 비호의 목덜미를 쓰다듬어주었다. 세령은 그제야 긴장이 조금 풀렸는지 어깨를 펴고 잠시 주위를 둘러보았다. 하지만 저만치 뒤에 승유가 숨어서 지켜보고 있는 줄은 꿈에도 몰랐다. 비호는 물을 달게 먹고 나자 기분이 좋은지 고개를 흔들며 푸르르 소리를 냈다.

"자, 비호야. 이제 그만 가자."

세령이 고삐를 잡아끌었지만 비호는 꿈쩍도 하지 않은 채 고개를 좌우로 흔들흔들거렸다. 이러다가 또 내동댕이쳐지는 거 아닌가 싶어 세령의 몸이 바짝 긴장했다.

그때 초가집에서 남정네 한 명이 뛰쳐나왔다. 뒤이어서 잔뜩 화가 난 얼굴의 아낙네가 밥상을 들고 뒤따라 나오더니 남정네를 향해 밥상을 냅다 집어던졌다. 와장창!

요란하게 그릇들이 깨지고 구르는 소리에 말들이 놀라 펄쩍 뛰었고, 비호도 놀라 몸을 꿈틀 움직였다. 그 바람에 세령이 더 놀라서 자기도 모르게 움찔, 다리를 움직였다. 그것을 신호로 안 비호가 큰 울음소리를 내더니 갑자기 속력을 내며 달리기 시작했다. 덩달아 세령도 겁에 질려 빽 비명을 질렀다. 쏜살같이 달려 나가는 비호의 등에 납작 엎드린 세령은 움켜잡은 고삐만은 놓지 않았다.

승유는 이 모든 상황을 어처구니없다는 듯이 지켜보았다. 그러다 쏜살같이 눈앞을 지나쳐가는 공주의 말을 보고는 이대로 둘 수 없다는 생각이 들었다. 저러다가 낙상하면 큰일이었다. 승유는 기둥에 매여 있던 말 하나에 냉큼 올라타 공주를 뒤쫓아 달려갔다.

비호는 말 그대로 쏜살같이 마을 빠져나가 들판으로 내달리기 시작했다. 세령은 언제나 꿈꿔왔던 들판을 내달리며 온몸으로 바람을 맞는 꿈이 현실로 다가왔지만, 느낄 새가 없었다. 꿈은 꿈일 뿐 현실은 악몽이었다. 엄청난 속도로 내달리는 비호의 등에 바싹 붙어서 두려움에 떨며 눈을 꼭 감았다. 눈을 감고 보니 두려움이 조금 사라지는 것도 같았다. 그 오만불손한 한량 김승유에게 시집을 가느니 이렇게 말을 타고 달리다가 낙상해서 죽는 게 낫겠다 싶은 속 편한 생각까지 들었다.

'마지막으로 내게 등을 허락해준 걸지도 모르지.'

세령을 태운 비호가 달려가는 방향 저 앞쪽으로 시퍼런 강이 보이기 시작했다.

말을 타고 뒤따라 달려오는 승유는 멀리 강물이 있는 것을 보고 속력을 냈다. 공주가 탄 말은 어찌나 날랜지 거리를 좁히기 여간 어려운 게 아니었다. 겨우 공주의 말을 따라잡아 나란히 달리기 시작했을 때 이미 공주는 눈을 꼭 감은 채였다.

"공주마마!"

귀에 익은 목소리가 갑자기 들려오자 세령은 환청을 들은 줄 알았다. 그 오만방자한 놈의 목소리가 환청으로까지 들리다니. 그런데 다시 한 번 "공주마마!" 하고 부르는 소리가 들렸다. 세령은 눈을 번쩍 떴다. 이게 어쩐 일인가! 눈앞에 애타게 공주마마를 외치고 있는 승유가 있는 게 아닌가. 세령은 강론 시간의 악감정이 눈 녹듯 사라지고 반가움으로 눈물이 날 뻔했다.

푸른 강물이 점점 다가오는데 세령이 탄 비호는 멈출 생각도 없이 달리고 있었다. 승유가 손짓으로 앞을 가리켰다. 세령은 그제야 앞을 바라보고는 자신이 엄청난 일을 저질렀다는 것을 새삼 깨달았다. 세령은 두려움에 떨며 승유를 바라보았다. 말의 움직임 때문에 요동쳐 보이는 승유의 모습이 점점 가까이 다가오는 듯 느껴졌다. 그리고 그 순간, 획 세령 쪽으로 승유가 몸을 날렸다.

세령의 뒤쪽으로 올라타는 데 성공한 승유는 세령에게서 말고삐를 빼앗듯 건네받았다. 말고삐를 당기며 비호를 멈추려고 하지만 때는 이미 너무 늦었다. 강물이 지척으로 다가와 있었다.

승유는 망설임 없이 한 팔로 세령의 허리를 감싸 안고는 허공으로 몸을 던졌다. 승유는 세령의 몸이 다치지 않게 보호하려고 안간힘을 쓰며 세령을 안은 채 풀숲으로 굴러 떨어졌다.

한참을 굴러 겨우 멈춰서 세령은 긴장이 탁 풀렸다. 하지만 세령이 다칠세라 온몸으로 바닥에 몸을 부딪쳤던 승유는 통증으로 얼굴이 일그러져 있었다. 저절로 신음이 새어 나올 정도였다.

세령은 승유가 자신을 꽉 부둥켜안은 채 고통으로 끙끙거리는 소리가 귓전에서 들려오자 깜짝 놀라 승유를 밀치고는 벌떡 몸을 일으켰다. 밀쳐진 부위가 꽤 아픈 곳이었는지 승유가 억, 소리를 내며 뒤로 나동그라졌다. 세령이 씩씩거리며 승유를 노려보았다.

그 모습에 어처구니없어진 승유가 몸을 힘겹게 일으키며 한마디

했다.

"강물에 빠지려는 걸 구해줬더니 봇짐 내놓으라는 심보가 이런 건가 싶습니다?"

세령은 여기저기 쑤시고 결려 움직일 때마다 얼굴을 찌푸리는 승유를 보았다. 조금 미안한 생각이 들었다. 거기서 멈추었으면 좋았을 것을 승유가 다시 말을 덧붙였다.

"공주마마는 목숨이 두 개라도 되십니까? 어찌 아녀자가 그리도 방자합니까?"

비난을 듬뿍 담아 건네는 승유의 말에 세령의 얼굴이 다시 굳었다. 역시 어찌할 수 없이 오만한 작자다.

엉켜버린
실타래

은금이는 잔뜩 신이 나서 새처럼 종알거렸다.

"직장 김승유를 부마로 삼으신다고 하셨다옵니다."

이런 연緣이, 있나. 김승유는 세령을 공주라고 알고 있을 터였다.

문종의 명을 받고 입궐한 수양대군은 편전으로 들어서는 순간 뭔가 심상치 않은 일이 벌어졌음을 직감했다. 김종서를 비롯한 대소신료들이 모두 정좌해 있고 문종 역시 당당한 태도로 옥좌에 앉아 있었다. 수양은 종친들과 함께 자리에 앉아 무슨 일인지 머리를 굴렸다.

조극관, 민신, 권람을 비롯하여 안평, 온녕대군 등은 편전 안에 팽배한 긴장감 속에서 무슨 일이 벌어질지 몰라 잔뜩 몸을 곤추세웠다. 잠시 후 그 긴장감을 풀어버리듯 부드러운 문종의 목소리가 흘러나왔다.

"과인은 오늘 경혜공주의 부마 간택을 매듭짓고자 하오."

"한시 바삐 주혼主婚*을 정하시고 초간, 재간, 삼간의 간택 절차를 진행하심이 옳은 줄 사료되옵니다."

---

*주혼主婚 : 왕실의 혼사를 맡아 주관하는 책임자

안평대군이 문종의 뜻을 받들며 답했다.

"번거로이 삼간의 절차를 다 밟을 필요가 있겠소?"

문종이 말하자 안평을 비롯한 종친들과 대소신료들이 왕의 모두 의중을 몰라 쳐다보았다. 물론 담담하게 눈을 감고 앉아 있는 우의정 김종서를 제외하고. 수양은 김종서를 물끄러미 노려보았다.

"혹여, 전하의 마음에 두신 적임자가 있으십니까?"

안평이 조심스럽게 물었지만, 문종은 대답 없이 조용히 장내를 둘러보았다. 그 바람에 편전 안에 나지막이 술렁거리는 소리가 울렸다.

"누구이옵니까? 마음에 품은 자를 말씀해주시옵소서."

긴장을 참지 못하고 온녕대군이 머리를 조아렸다. 이 모든 상황이 뭔가 불길한 느낌이 들어 수양대군은 입을 다문 채 문종의 입이 열리기만 기다리고 있었다.

마치 그것을 즐기듯이 문종이 한참 동안 답이 없자, 모두들 어서 말씀해달라고 입을 모았다.

"과인은……."

장내에 다시 터질 것 같은 긴장감이 흐르는 가운데 모두들 문종의 입만 쳐다보았다.

"과인은 우의정 김종서의 자제 김승유를 부마로 삼을 것이오."

잠시 정적이 깔리는가 싶더니 일순 술렁거리기 시작했다. 그제야 김종서가 천천히 눈을 뜨고는 수양을 쏘아보았다. 그 꼿꼿한 표정을 쳐다보는 수양대군의 눈빛이 분노로 뜨겁게 달아올랐다.

편전 안은 무거운 침묵이 내려 앉았다. 가라앉은 공기를 찢어놓으며 온녕대군이 문종을 향해 말했다.

"어찌 간택의 절차도 없이 부마를 정한단 말씀이십니까? 이는 지엄한 왕실의 예법에 어긋나는 처사이옵니다."

문종은 온녕이 수양의 편에 서 있다는 것을 잘 알고 있었다. 그는 동생이자 적인 온녕대군의 얼굴을 복잡한 심경으로 바라보았다.

"과인의 뜻으로 부마를 정하는 것이, 예법에 맞지 않다?"

그때 권람이 머리를 조아리며 나섰다.

"신 권람 아뢰옵니다. 자질도 검증되지 않은 자를 부마로 맺으시려 하신다니 통촉하여 주시옵소서."

권람의 말에 문종의 눈에 불꽃이 튀었다.

"우의정 김종서 대감의 자제인 김승유가 부마로 부족하단 말이오?"

장내에 앉아 있던 이들이 문종의 호통소리에 눈을 크게 뜨고 머리를 조아렸다. 문종이 저리 강단 있는 목소리로 소리쳤던 날이 언제였던가. 주상의 위엄이 새롭게 되살아나는 것 같아 김종서와 안평대군을 위시한 문종에게 충직한 이들의 가슴이 벅차올랐다. 하지만 반대로 수양의 가슴에는 차가운 폭풍이 몰아치고 있었다. 문종이 저리 행동하는 데에는 분명 이유가 있을 것이라고 직감했다.

'내 수족을 잘라내려고 한 걸음 떼어놓으신 겁니까, 전하. 하지만 이 수양은 이대로 물러설 수 없습니다. 저는 당하기 전에 먼저 쳐낼 것입니다.'

모두들 묵묵부답 잠자코 있는 김종서와 수양대군을 번갈아 쳐다보앉다. 수양이 포문을 열었다.

"종친을 대표하여 신 수양 아뢰옵니다. 전하께오서 직강 김승유를 어심에 두셨을진대 어찌 신하된 도리로 따르지 않으오리까? 또한 신이 알기로 김승유의 학식과 인품이 가히, 그 부친을 닮아 부마가 되기에 모자람이 없는 줄로 아옵니다."

김종서가 눈을 가늘게 뜨고 수양을 쳐다보았다.

"다만, 왕실의 예법을 따르자는 말 또한 지당하오니 형식적이나마 간택의 절차를 밟아 김승유를 천거하겠나이다. 소신에게 주혼을 맡겨 주신다면 이 또한 크나큰 광영일 것이옵니다."

문종은 수양의 속내를 짐작하기 어려워 잠시 동생의 얼굴을 쳐다보았으나 그 속을 알아낼 수 없었다.

"수양이 주혼을 맡음이 마땅하다. 그리하라."

미심쩍은 마음을 뒤로 하고 문종이 수양의 청을 허락하였다.

김종서는 궐의 회랑을 걸으며 생각에 잠겼다. 주혼을 맡아 승유의 부마간택 절차를 추진하겠다는 수양의 속내가 불쾌하게 머릿속에 달라붙어 있었다. 수양은 저리 쉽게 물러설 위인이 아니었다. 대담하고 영악한 수양의 수를 한발 앞서려면 이 쪽에서 다음 수를 먼저 고심해야 했다. 김종서가 부마간택과 그 이후의 일을 헤아리고 있는데, 그의 앞을 막아선 이가 있었다. 수양대군이었다. 수양은 가증스럽게도 만면에 온화한 미소를 머금은 채 김종서를 쳐다보았다.

"혼담에 대한 답은 잘 들었습니다. 이 수양 대신 주상전하를 택하신 겝니까?"

"그 서찰은 펼쳐보지도 않고 태워버렸소이다. 그러니 답할 것도 없지 않겠습니까."

차갑게 대꾸하는 김종서의 말에 수양의 얼굴에 머물던 미소가 순간 사라졌다. 두 사람은 시선을 피하지 않은 채 잠시 매섭게 노려보았다. 영겁 같은 찰나의 시간이 흐르고 수양이 다시 미소를 입에 물었다.

"감축하옵니다."

깍듯하게 예를 갖추고는 수양이 돌아섰다. 멀어지는 수양의 뒷모습을 보는 김종서의 눈빛이 불안하게 흔들렸다. 김종서는 어쩐지 좋지 않은 예감이 들어서 가슴이 저릿해졌다.

경혜공주는 호들갑을 떨며 달려 들어온 은금에게서 그야말로 놀랄 만한 소식을 접했다. 부마간택이 곧 있을지 모른다는 소식을 듣기는 했었지만 아직 시일이 한참 남아 있을 줄 알았었다.

그런데 부마간택이 시작되는 것도 아니고 아바마마께서 부마를 정해두었다는 말을 듣고 공주는 가슴이 서늘해지는 느낌이 들었다.

'이렇게 서두르는 것이 혹시 그 일 때문 아닐까?'

숙부께서 우상대감에게 혼담을 넣었다는 소식이 아바마마께 들어간 것이 틀림없었다. 믿고 의지하던 우상대감이 혹시라도 수양과 가족의 연을 맺게 될까 두려워 서두르시는 거다 싶었다. 그렇다면 과연 어느 집안의 자제를 심중에 두시는 것일까. 우상대감에게 필적할 만한 세勢를 가진 인물은 흔치 않았다. 순간 공주의 머릿속을 스치는 사람이 있었다. 그럴 리가 없다 싶으면서도 설마 하는 생각에 은금의 얼굴을 쳐다보았다. 상전의 속내도 모르고 뭐가 그리 즐거운지 은금이는 잔뜩 신이 나서 새처럼 종알거렸다.

"직강 김승유를 부마로 삼으신다고 하셨다옵니다."

이런 연緣이 있나. 김승유는 세령을 공주라고 알고 있을 터였다. 지아비가 될 사람이라면 바꿔치는 장난을 한 것이야 웃고 넘어갈 수 있으리라. 게다가 먼저 발을 걷어 올린 것도 직강이 먼저였으니 말을 꺼내지는 않을 터였다. 게다가 세령은 그 자가 마음에 들지 않는다고 했다. 공주 역시 부마에 대해서는 어린 왕세자 홍위를 보호해줄 사람이면 족하다고 생각해 온 터라 지아비로서의 기대는 품지 않았었다. 김종서 대감의 자제라면 분명 세자저하를 충심으로 보필해 줄 것이다. 그렇게 생각하니 다행이다 싶으면서도 경혜공주의 마음은 어지러웠다. 뭔가 잘못된 것 같다는 생각이 멈추지 않았던 것이다.

시퍼런 강물이 기세 좋게 흐르고 있는 강가. 바람은 시원하게 불어오고 있었지만 세령은 그 바람을 느낄 새도 없었다. 저만치 떨어져 있는 승유는 세령이 타고온 비호를 이리저리 쓰다듬으며 다친 곳은 없는지 살피고 있었다. 승유의 표정에 비호에 대한 찬탄이 담겨 있는 것 같았다.

그러다 문득 제 꼴을 쳐다보노라니 세령은 한숨만 나왔다. 치맛단은 찢어진 데다가 저고리는 흙투성이였고 머리칼은 애써 정돈 해보았지만 아무래도 빗질한 것만 같지 않았다. 이래저래 속이 상해 벌떡 일어나려던 세령이 낮은 신음소리와 함께 풀썩 주저앉았다. 일전에 다쳤던 발목이 다시 도졌던 모양이었다. 세령은 발목을 내어놓고는 정성스레 주물렀다.

승유가 그 모습을 보고는 혀를 끌끌 차며 고개를 저었다.

"어찌 이리 무모하십니까? 공주도 아녀자에 불과하다 일렀거늘, 조선의 어느 여인네가 벌건 대낮에 주제넘게 말에 올라 대로를 활보하느냐 이 말입니다."

엄한 스승의 태를 내며 승유가 세령을 나무랐다.

"주제넘다 하셨습니까?"

세령이 발끈해서 답했다.

"내 당장 궁으로 돌아가 마마님을 출궁시킨 수문장과 상궁 나인들을 엄벌에 처할 겁니다."

승유가 비호의 고삐를 틀어쥐고 세령에게 다가왔다. 희한하게도 비호는 승유가 하는 대로 순순히 따랐다. 세령은 그것도 못마땅했다.

"벌은 스승님도 받으셔야지요!"

승유가 어이없다는 듯이 허 하고 헛웃음을 지었다.

"감히 공주에게 방자하다, 주제넘다 이리 불경한 언사를 함부로 내뱉으시다니요."

잔뜩 힘주어 세령이 말했다.

"그게 싫으시면 이대로 모른 채 갈 길을 가시지요."

답할 말을 잃은 채 세령을 쏘아보는 승유를 모른 체하며 세령이 일어섰다.

"그리 하고 싶은 마음이 태산이나… 스승 된 자의 도리를 저버릴 수는 없지요. 오르십시오."

승유는 부글부글 끓는 속내를 감추고 비호의 등을 탁탁 두들겼다.

세령은 마치 경혜공주가 된 것마냥 도도한 눈빛으로 승유를 쳐다보았다.

"등을 빌려주시지요."

승유가 세령의 말을 못 알아듣고 눈을 치켜뜨며 쳐다보았다.

"말에 오르라 하지 않았습니까. 등을 빌려주시지요."

승유는 그제야 알아듣고는 기가 차서 웃었다.

"소신의 등을 밟고 오르시겠다 그 말이옵니까?"

"왜요, 한낱 아녀자가 등을 밟고 오르겠다니 불편하십니까? 감히 일국의 공주 앞에서 사내의 알량한 자존심 따위를 내세우시는 겁니까?"

세령이 매섭게 내뱉고는 당당하게 비호의 옆으로 가서 섰다.

승유는 공주의 말이 고깝지만 등을 내어줄 수밖에 없다 생각했다. 할 수 없이 승유는 세령 앞에서 몸을 숙이고 무릎을 꿇었다. 그제야 세령의 입가에 미소가 슬며시 번졌다.

세령은 야무지게 승유의 등을 꾹 밟고는 비호의 등에 올라탔다.

비호의 말고삐를 쥐고 승유가 옆에서 걸어갔다. 세령은 비호의 등에 오른 이후부터 아무 말도 없이 묵묵히 걷고 있는 승유가 내심 신경이 쓰였다. 어색한 침묵이 지속되는 가운데 세령은 문득 무서운 생각이 퍼뜩 들었다. 이대로 고삐를 잡은 채로 궐로 들어가려는 건가?

승유가 세령을 데리고 들어가며 수문장에게 경혜공주라고 고하는 날에는 그야말로 큰 소란이 일 게 분명했다. 어쩌면 아무 것도 모른 채 세령을 데리고 온 직강마저 문책당할 만한 일이었다. 그 생각이 들자 오금이 저려서 세령은 몸을 움찔했다. 예민한 비호가 세령의 몸짓을 신호로 순간 속력을 냈다. 조금 전의 공포가 떠올라 세령이 두 눈을 질끈 감았지만, 비호는 얼마 못 가 멈췄다. 승유가 고삐를 단단히 틀어쥔 채 제지했기 때문이었다.

승유는 갑자기 속도를 내며 달리려는 비호의 고삐를 잡아채고는 진정시켰다. 이렇게 잘생기고 훌륭한 명마가 엉뚱한 주인을 만나 고생이다 싶어 안타까웠다. 승유는 괜히 비호의 목덜미를 툭툭 두들겼다. 그러다 공주의 얼굴을 흘깃 쳐다보니 잔뜩 겁에 질려 보였다.

"그리 무서운 걸 왜 타려 하십니까?"

승유가 무심코 툭 내뱉었다. 승유의 말에 세령이 가만히 눈을 떴다. 이번에는 비난이나 조롱의 기운이 담겨 있지 않은 것 같았다. 세령은 담담하게 대답했다.

"어찌 사내가 여인의 마음을 헤아릴 수 있겠습니까."

승유도 세령의 목소리에서 냉랭함이 사라진 것 같아 물끄러미 올려다보았다.

"사내가 아니라 스승이라면, 헤아릴 수도 있지 않겠습니까?"

세령이 승유를 내려다보았다. 두 사람의 시선이 마주치자 누가 먼저랄 것도 없이 고개를 돌렸다.

"정말 그러합니까? 탁 트인 곳에서 말을 타고 달리면, 정말 속이
다 후련해집니까?"

"바람을 느낄 만큼 달려야지요."

세령은 잠시 눈을 감고 말의 움직임에 몸을 맡겼다.

"무서워도 느껴보고 싶습니다."

승유는 세령의 말을 들으며 천천히 걸어갔다.

"여인이란 혼인을 하면 문 밖 출입 한 번 수월치 않은데, 그 답답함
을 견딜 만한 기억 하나쯤은 있어야겠지요."

쓸쓸함이 배어 나오는 세령의 말에 승유가 가만히 올려다보았다.
담담한 얼굴로 생각에 잠겨 있는 세령의 얼굴이 승유의 마음에 조용
히 각인되었다. 문득 부끄러운 마음이 들어 승유는 고개를 돌렸다.

경혜공주는 아무래도 아바마마께 사실을 고해야겠다는 생각이 들
었다. 결심이 서자마자 서둘러 강녕전※으로 향했다. 아바마마의 뜻을
거역할 생각은 아니지만 혹시라도 있을 불미스러운 일을 예방하기 위
해서라면 야단을 맞더라도 사실을 말해야 할 것 같았다. 서둘러 잰걸
음으로 찾아갔지만 우의정이 들어계신다는 말에 무거운 발걸음을 돌
렸다.

이렇게 서두르시는 연유가 무엇일까. 혹여 아바마마께 병환이 있으
신 건 아니겠지. 평범한 사람이라면 들뜨고 축복받아야 할 혼례가 이

※강녕전康寧殿: 임금의 처소. 동온돌은 왕의 침전, 서온돌은 왕비의 침전.

렇게 가슴이 메도록 아프다니 공주는 서글퍼졌다.

　승유는 세령을 데리고 운종가 기방으로 향했다. 승유는 기방 대문 앞에서 세령에게 내리라고 말했다. 세령이 의아한 얼굴로 주위를 둘러보았지만 승유는 묵묵부답 말이 없었다.

　"이 곳이 대체 어딥니까?"

　"이런 행색을 하고는 궐로 모실 수 없습니다."

　승유가 세령의 찢어진 치맛자락을 가리키며 말했다. 세령은 험한 상상을 하기 딱 좋은 꼴을 하고 있는 자신의 모습에 한숨을 내쉬었다. 세령이 비호의 등에서 내려서자 승유가 말을 이끌고 기세 좋게 대문을 열고 들어섰다. 무심코 뒤따라 들어가던 세령은 진한 분 냄새와 화려한 복색의 기녀들을 보고 놀라 휘둥그레졌다.

　기녀들은 승유가 들어오자 갖은 애교를 떨며 부산스럽게 달라붙었다. 익숙한 일인 것마냥 여유롭게 승유는 기녀들을 물리쳤다. 세령은 꿔다 놓은 보리짝처럼 한편에 서서 물끄러미 쳐다보았다.

　왁자한 기녀들의 소음에 밖을 내다보던 명월이 승유를 발견하고는 버선발로 뛰어나왔다.

　"어머나, 서방님. 어젯밤엔 어인 일로 걸음을 안 하신 겝니까."

　명월이 간드러진 목소리로 다가와 승유의 오른팔에 뱀처럼 감겨드는 것을 보며 세령은 고개를 홱 돌렸다. 승유는 얼마 전에 명월이 장난친 일로 공주에게 기가 꺾였던 일이 떠올라 명월의 몸을 재빨리 떼어냈다. 그리고는 자기도 모르게 세령을 쳐다보았다. 옆에 비켜선 채 불쾌하다는 표정이 역력한 세령의 얼굴을 보니 승유는 창피했다.

"쓸데없는 소리일랑 그만하고, 깨끗한 옷가지 한 벌 가져 오너라."

"어디다 쓰시게요? 설마 서방님이 입으시려고요?"

명월이 까르르 웃었다. 승유가 턱짓으로 세령을 가리켰다.

명월은 그제야 세령을 발견하고는 여인네 특유의 질투심이 치솟아 잔뜩 경계 어린 눈빛을 보냈다.

"저 거지 같은 꼴을 한 여인네는 뉘랍니까? 참하게 생긴 분이 어디서 좀 뒹구셨나 본데……."

비꼬는 것 같은 명월의 말에 세령이 발끈하여 노려보았다.

명월은 아랑곳하지 않고 고개를 돌려 승유를 바라보았다. 그러더니 이제야 발견한 듯 승유의 옷에 묻은 흙을 보며 농을 건넸다.

"두 분이서 같이 뒹굴다 오셨나……."

모여 있던 기녀들이 목소리를 높여가며 웃어댔다. 세령은 낯이 뜨거워졌다.

"너희들 입에 농지거리로 올라가실 분이 아니시다. 방으로 모셔라."

승유가 매섭게 기녀들의 웃음을 단칼에 잘라냈다. 명월이 괜히 입술을 삐쭉이며 팽 하니 돌아서며 세령을 향해 따라오라고 손짓을 했다.

명월은 세령을 객방 안에 들이고는 새치름하게 눈을 흘기며 문을 닫고 나갔다. 명월의 시기 어린 눈빛을 보니 좀 전 승유의 오른팔에 감겨들던 명월의 모습이 떠올라 기분이 나빠졌다.

'입술연지를 남겼던 주인공인 모양이로군. 천하의 난봉꾼 같으

니…….'

불쾌함도 잠시, 장지문 너머에서 귓가에 마구 들려오는 소리에 세령은 정신이 번쩍 들었다. 술에 취한 사내들이 기녀들을 희롱하는 소리, 앙탈을 부리는 기녀들의 재잘거림, 누군가 넘어지기라도 했는지 쾅 소리가 울리기도 했다. 아무도 방에 들어오지 않았건만 세령은 심장이 쿵쾅거렸다. 죽을 뻔했던 강가에서의 일은 비할 바가 못 되었다. 세령은 조심스레 일어나 숨을 곳을 찾아보았다.

승유는 기녀들이 들고 들어온 옷가지들을 살펴보았지만 하나같이 색깔이 화려하고 천박해 보였다. 여염집 여인네가 입을 만한 옷이 눈을 씻고 봐도 없자 승유는 포기하고 그나마 그 중에서 가장 얌전한 옷을 한 벌 골라잡았다.

세령이 들어가 있는 객방 문 앞에서 승유는 들어가겠노라고 고했다. 하지만 문 너머에서는 아무 말도 들려오지 않았다. 문을 열고 방으로 들어서니 텅 비어 있었다. 혹시 봉변이라도 당한 건 아닌가 싶어 뒤돌아 나오려던 승유의 시선을 끄는 것이 있었다. 병풍 틈 사이로 삐져나와 있는 세령의 치맛자락이었다.

세령은 벽과 병풍 사이 좁은 틈에서 잔뜩 몸을 웅크린 채 잠들어 있었다. 처음에는 승유가 돌아올 때까지 잠시 숨어 있을 생각이었는데 온몸이 두들겨 맞은 것처럼 지친 탓에 곯아떨어지고 말았다. 승유는 세상모르고 잠이 든 세령의 옆에 조용히 앉았다. 세상에 이렇게 천방지축인 공주가 어디 있단 말인가. 혀를 끌끌 차며 쳐다보았다. 옆에서 승유가 지켜보는 줄도 모르고 무장해제된 채 곤히 잠든 세령의 얼굴에 슬그머니 미소가 스며들었다. 잠이 든 게 아니었나 싶어 주춤 뒤로 물러나려는데 세령이 그저 잠결에 미소 지었을 뿐이라는 걸 알았다.

'꿈속에서 시원하게 들판이라도 달리고 계시는가.'

승유는 천진한 미소를 띠고 있는 세령을 찬찬히 훑어보았다. 천하절색이라고 소문날 만한 미색은 아님이 분명하지만 승유의 마음을 끌어당기는 매력이 있었다. 승유는 자기도 모르게 이끌리듯이 천천히 세령의 얼굴로 다가갔다. 그러다 퍼뜩 정신을 차리고는 고개를 흔들며 물러났다.

'꿈속일지언정 소원대로 들판을 달리시는 중이신데 잠시 기다려드리지요.'

기녀에게 빌려온 옷을 옆에 내려두고 일어서는데 세령의 찢긴 치맛자락 사이로 맨발이 드러나 있는 것이 보였다. 승유는 이맛살을 찌푸리며 혀를 찼다.

'도무지 방심할 수 없는 공주로군.'

세령의 치맛자락을 조심스럽게 잡고 맨발을 가려주던 승유는 세령의 발목께에 있는 시퍼렇게 멍든 자국을 보았다. 희고 여린 발목에 번져 있는 멍 자국이 더욱 선명해 보였다.

세령은 해가 뉘엿뉘엿 떨어질 즈음에서야 겨우 눈을 떴다. 어둑해진 객방이 낯설어서 도대체 여기가 어딘가 잠시 멍해져서 바라보았다. 발치 끝에 놓인 옷 한 벌을 보고 나니 정신이 들었다. '저 옷을 입고 가야 되는 거지.'

세령은 아득해져서 몸을 일으켰다. 그러다 발목이 이상한 느낌이 들어 치마를 걷고 쳐다보았다. 세령은 흰 천으로 곱게 감겨져 있는 발목을 보며 의아한 듯 천을 풀어보았다.

멍이 든 발목께 주위로 약초 찜이 올려 있었다. 어쩐지 멍자국이 조금은 옅어진 것 같은 느낌이다. 세령은 눈을 흘기고 가던 기녀의 모습이 떠올랐다. 겉으로는 그래도 이런 걸 베풀 줄도 아는 구나 싶어 흐뭇해졌다. 하지만 그것도 잠깐, 옷을 갈아입고 궐로 데려다주겠다는 승유의 말이 떠올랐다. 세령은 어찌하면 사람들의 눈을 피해 도망갈 수 있을지 옷을 갈아입으며 궁리하기 시작했다.

세령이 주위의 눈치를 살피며 조심스레 대문으로 향했다. 다른 기녀들과 비슷한 옷차림인지라 별로 눈에 띄지도 않는데도 너무 긴장하며 걷는 터라 그 모습이 승유의 눈에 확 들어왔다.

겨우 대문에 당도했나 싶어 문을 여는데, 승유가 막아섰다.

"어딜 가십니까, 공주마마."

세령이 당황하여 주위를 둘러보았다.

"마, 말이 어디 있나 하여……."

"지금은 탈진하여 당장은 데려가기 힘들다기에 가마를 대령한 참입니다. 나가시지요."

승유가 대문을 열어주며 세령에게 길을 터주었다.

"하필 치마도 이런 낯 뜨거운 색을 골랐습니까? 좀 더 음전하고 고상한 색채로 다시 가져다주십시오."

다급한 마음에 세령이 되는 대로 내뱉었다.

"고상이라… 척하니 맨발을 드러내놓고 잠에 빠져 있던 여인의 입에서 나올 말은 아닌 듯 싶습니다만."

승유의 빙글거리며 웃는 모양새가 자신을 조롱하는 것 같아 세령은 얼굴이 뜨거워졌다.

"지금쯤 궐이 발칵 뒤집혀졌을 겁니다. 서두르십시오."

승유가 앞서서 대문을 나서는 것을 보며 세령이 난처한 듯 절뚝이며 뒤따랐다.

그때 세령과 승유를 지켜보는 이가 있었다. 승유에 대한 원망과 세령에 대한 질투로 숨어서 지켜보던 명월이었다. 세령이 대문 밖으로 나가는 것을 확인하고는 슬며시 나온 명월이 의아한 듯 고개를 갸웃거렸다.

'저 촌스러운 계집이 공주마마라고……?'

대문 앞에 덩그러니 놓인 작은 가마를 앞에 두고 세령이 머뭇거렸다. 다행인지 불행인지 가마꾼들이 보이지 않았다. 승유가 자리를 비운 가마꾼들에게 역정을 내는 사이 세령은 달아날 궁리를 하느라 정신이 없었다. 다급한 마음에 괜히 옷을 매만지던 세령은 경혜공주가 선물해준 비취 노리개가 떠올랐다. 장신구에 익숙하지 않은 세령인지라 옷을 갈아입으면서 깜빡 잊고 그냥 나왔던 것이다.

"방에 노리개를 두고 나왔습니다."

세령은 최대한 태연하게 말했다. 승유가 몸종을 부르려 몸을 돌렸다.

"비취가 달려 있는 귀한 물건이옵니다. 스승님께서 손수 가져오십시오."

승유는 세령을 쳐다보았다. 표정이 절박한 것을 보니 곡절이 있는 노리개인가 싶어 할 수 없이 대문 안으로 들어갔다.

객방으로 들어가 세령이 벗어 개어놓은 옷가지를 들쳐 보며 노리개를 찾았지만 보이지 않았다. 승유는 또 공주에게 놀림을 당한 건가 싶어 인상이 찌푸려졌다. 그러다 방 한구석에 쳐박혀 있는 비취색 노리개를 발견했다. 도대체 어느 여인네가 이런 귀한 장신구를 함부로 굴리는 건지 승유는 어처구니가 없었다. 노리개를 쥐어들고 다시 밖으로 나와 보니 세령은 없고 가마꾼과 가마만이 기다리고 있었다.

"대령했습니다."

승유가 가마에 대고 말했다. 하지만 아무런 답이 없었다.

"또 주무시는 겝니까?"

가마 안에 노리개를 넣어둘 요량으로 가마 문을 여는데 공주는 온데간데없고 텅 비어 있었다. 승유는 한 방 먹었다 싶은 생각에 거칠게 가마 문을 내려놓았다.

'천하절색이 아니라 천방지축이구나.'

승유는 어둠이 내리도록 기방 근처를 돌아다니며 공주의 행방을 찾아보았지만 끝내 공주를 만날 수 없었다. 설마 혼자 돌아간 건가 싶어 궐로 향했다. 어둑해진 궐문 앞에는 철통 같이 입구를 지키고 있는 수문병이 기십 명 서 있었다. 수문장이 그 앞을 왔다 갔다 하는 모습을 보고 승유가 냉큼 다가섰다. 수문장이 승유를 알아보고는 반갑게 웃었다.

"아니, 김 직강 아니신가. 야심한 시각에 관복도 없이 어인 일인가?"

"꼭 봐야 할 서책을 두고 나왔습니다. 잠시 다녀오겠습니다."

"지금 말인가?"

"내일 공주마마 강론에 꼭 필요한 서책인지라……."

수문장이 잠깐 생각을 재더니 선심 쓰듯 말했다.

"번개처럼 다녀와야 되네. 아니면 우리 둘 다 경을 칠 터이니."

승유는 궁궐의 후미진 곳에서 이리저리 거닐며 누군가를 기다리고 있었다. 잰걸음으로 다가오는 기척에 돌아보니 은금이었다. 은금은 예를 갖추며 승유를 쳐다보았다. 야심한 시각에 공주마마의 나인을 부른 연유가 뭔지 의심스러워 무슨 일이냐고 조심스레 물었다.

"공주마마께서는 뭘 하고 계신가?"

황당한 승유의 질문에 은금이 눈이 똥그래졌다.

"그걸 김 직강님께서 어찌 물으십니까?"

은금이 얼굴 가득 경계심을 내뿜으며 되물었다.

"내 알아야 할 일이 있네."

엄한 표정으로 말하는 승유의 기에 눌려 은금이 고개를 푹 숙였다.

"마마께서는 주상전하를 알현하고 계시옵니다."

"전하를 알현하신다? 들어오긴 왔단 말이군."

신출귀몰한 공주의 행방에 기가 막혀 승유가 중얼거렸다. 은금이 영문을 몰라 물끄러미 쳐다보기만 할 뿐이었다. 그러자 승유가 문득 손을 뻗어 은금에게 내밀었다.

승유의 손바닥 위에는 곱게 접힌 손수건이 놓여 있었다.

"무엇이옵니까?"

"공주마마께 갖다드리게. 그리고 자네, 공주마마 곁에 단단히 붙어 있으시게. 만에 하나라도 마마의 안위를 해치는 일이 생길 시에는 경을 치게 될 것이야."

매섭고도 엄하게 은금에게 당부하고 나서 돌아서는 승유를 보며 은금은 자기도 모르게 파르르 떨렸다. 공주마마께 무슨 좋지 않은 일이라도 생기는 것인가. 은금은 걱정스런 마음에 승유가 건네주고 간 손수건을 조심스레 펴다가 깜짝 놀랐다. 공주마마가 세령 아가씨한테 선물한 비취 노리개가 놓여 있었기 때문이다.

창백한 안색의 문종은 온화한 미소를 띠며 딸을 바라보고 있었다. 제 어미를 닮아 빼어난 외모를 가진 공주는 오냐오냐 키워서 그런지 고집이 셌다. 하지만 아비와 동생을 지극정성으로 생각하는 딸의 마음을 문종은 잘 알고 있었다. 어미도 그리 일찍 갔건만 든든한 바위처럼 곁에서 지켜줘야 마땅한 아비마저 이리 빨리 가야 한다니 문종은 애간장이 끓었다. 문종은 무겁게 가라앉은 공주의 표정을 안쓰럽게 바라보며 말했다.

"얌전히 강론을 받는다기에 저어하지 않는다 생각했거늘, 그리 싫으냐?"

"좋고 싫은 게 무엇이옵니까? 다만 좀 더 세자저하 곁에 있어드리고 싶습니다. 그러니 부디 부마간택을 미뤄주시옵소서."

문종은 공주의 마음을 잘 알고 있었지만 그것보다 자신의 몸을 더 잘 알고 있었다. 내 몸은 조만간 더 이상 버텨내지 못할 것이다. 문종은 딸이 안쓰러웠지만 단호하게 명령했다.

"대체 언제까지 세자 곁에 있을 게냐, 세자가 장성할 때까지? 아니면 보위에 오를 때까지?"

"아바마마!"

"정녕 세자를 위한다면 김승유와 혼인하거라! 세자를 지켜줄 수 있는 이는 명줄이 다한 이 아비도, 정사에 어두운 누이도 아니다. 오직 김종서뿐이니라."

엄하게 한마디 한마디 내뱉는 문종의 가슴이 찢어지는 것 같았다.

'힘이 없는 아비를 용서하거라.'

"아바마마께서 오래오래 계셔주옵소서."

공주가 문종의 손을 잡고 절을 하듯 엎드렸다.

"그리 부질없는 희망에 네 동생의 명운을 맡겨도 좋으냐? 아비는 네 투정을 들어줄 여력이 없다. 갈 길은 급하고 마음은 무겁구나."

공주가 잡은 손을 부드럽게 토닥이며 문종이 나지막이 한숨을 토했다. 기력이 쇠한 아바마마의 모습을 바라보던 경혜공주는 흐르는 눈물을 감추려 문종의 무릎에 얼굴을 파묻었다.

경혜공주는 문종을 만난 뒤 복잡한 심정을 추스르고자 후원에서 화초를 살폈다. 화려한 외양을 자랑하는 갖가지 꽃들을 바라보아도 공주의 눈에 들어오는 것은 아무것도 없었다.

세령과 저지른 장난도 아바마마께 고하지도 못했을뿐더러 그 어느 때보다 창백한 용안龍顔이 무겁게 공주의 가슴을 짓눌렀다. 그때 조심스레 은금이 다가왔다.

"이토록 기막힌 연이 있다더냐? 세령이 낭군감으로 알았던 자가 내 부군이 된다니."

은금이 공주의 눈치를 살피며 안절부절 하지 못했다.

"안되겠다. 내일 당장 김 직강을 만나 사실을 밝혀야겠구나."

공주의 말에 은금의 눈이 휘둥그레졌다.

"방금 다녀갔사옵니다."

"누가 말이냐?"

"직강 김승유께서……."

"이 야심한 시각에 무슨 일이라더냐?"

경혜공주가 의아한 얼굴로 은금을 쳐다보았다. 은금은 우물쭈물 망설이다 어쩔 수 없다는 듯 두 손을 내밀었다. 은금이 내민 두 손위에 승유가 준 손수건이 놓여 있었다.

"이것을 주고 가셨습니다."

공주가 이게 무엇이냐며 손수건을 건네받아 펼치자 비취 노리개가 나왔다.

"이것은 세령이에게 준 것이 아니더냐."

은금이 차마 대답을 못하고 고개를 떨어뜨렸다. 경혜공주의 눈빛이 차갑게 가라앉았다.

세령은 귀가하자마자 어머니 윤씨부인에게 호되게 야단을 맞았다. 그토록 말렸건만 또 말을 타고 나간 것은 둘째 치고 기생이나 입을 법한 천박한 옷을 입고 들어온 탓에 불벼락이 떨어졌던 것이다. 회초리가 두어 개나 부러지고 나서야 윤씨부인의 매질이 멈췄다. 또 한 번 말을 탔다가는 어미가 죽는 꼴을 보게 될 것이라는 엄포에 세령이 눈물로 맹세하고 나서야 풀려났다.

"발목을 또 다치셨다더니 붓기는 가라앉았습니다. 그래봤자 종아리가 피멍 천지지만 말입니다."

피멍이 든 종아리에 약초를 발라주며 여리가 얼굴을 찌푸렸다.

"약초찜을 받았더니 나은 모양이다."

여리가 눈을 치켜뜨며 누가 약초 찜을 해주었느냐고 물었다. 세령은 차마 기생이 해주었다는 말은 하지 못하고 자기가 직접 했다고 눙쳤다. 그러다 문득 승유가 한 말이 떠올랐다.

'고상이라……. 떡하니 맨발을 드러내놓고 잠에 빠져 있던 여인 입에서 나올 말은 아닌 듯싶습니다만.'

세령은 고개를 갸웃했다. 설마 김 직강이 직접 약초찜을 해준 것이란 말인가. 설마 그 오만방자한 자가 한낱 여인네의 발목에 약초찜을 손수 놓아줄 리가 있나 싶어 세령은 고개를 가로저었다.

김종서는 측근들과 더불어 사랑채에 모여 주안상을 받고 있었다. 민신과 조극관 등은 김종서에게 명실공이 분부粉父＊가 되었다며 감축 드렸으나 김종서의 표정은 편하지가 않았다. 수양에게 역공을 보기 좋게 넣었다고 말하는 그들에게 칼자루는 수양에게 넘어갔다고 김종서가 말했다. 수양이 주혼이 된 이상 부마간택의 절차는 수양의 손아귀에 들어간 것과 다를 바 없었다.

김종서는 수양이 어떤 계책을 쓸지 수를 읽어야 했다. 길례를 치르는 그날까지 안심해서는 안됐다. 방심할 수 없는 자, 그것이 바로 수양이 아니던가.

한편 도성 곳곳에 금혼령＊＊을 알리는 방이 붙여졌다. 혼기에 이른 전국의 모든 사대부가의 사내들은 공주의 부마간택을 위해 혼례가 금지되었다.

공주 대신 강론에 들어가기 위해 입궐하는 가마 안에서 세령은 회초리 자국이 선명한 종아리를 매만졌다. 피멍이 들도록 매질한 어머니의 마음을 헤아리지 못하는 것은 아니지만 그래도 자신의 처지가 한스러웠다. 하필이면 여인네로 태어나서 하고 싶은 것도 마음대로 하지 못하는 신세 아닌가. 한숨을 내쉬며 창을 열고 내다보려는데 여리가 얼굴을 쑥 내밀며 호들갑을 떨었다.

＊ 분부粉父 : 부마의 아버지, 즉 공주의 시아버지.

＊＊금혼령禁婚令 : 국혼을 위해 간택이 선행되던 시기에는 민간의 혼인을 금지하고 국혼에 응할 자격이 있는 자녀들을 자진신고 하도록 강요하였다.

"아씨! 공주마마님께서도 혼인하시나 봐요. 좋은 신랑 구한다는 방이 여기저기 붙었어요."

세령은 창밖을 보며 생각에 잠겼다. 꽃 같은 공주마마님의 지아비 되실 분은 얼마나 고우실까.

공주마마를 만나면 서로 혼인을 앞둔 터라 나눌 이야기도 많았다. 승유와 있었던 일을 말씀드리면 얼마나 놀라실까. 음전해야 할 아녀자가 말을 타고, 기녀의 옷을 빌려 입었다는 말을 하면 아마 까무러치실지도 모르겠다. 세령은 공주마마께서 아시면 기함을 하실 것이라 생각하고는 말하지 말아야겠다고 생각했다.

하지만 자미당에 들러 보니 공주는 없었다. 세령에게 이런저런 옷을 골라 입히는 것을 큰 재미로 알고 계신 분이 없으니 이상했다. 홀로 남아 세령이 옷 갈아입는 것을 도와주던 은금이가 혼인을 앞두고 공주마마의 심중이 복잡하다고 언질을 주었다. 세령은 공주마마 역시 혼인을 하려니 자기처럼 마음이 심란한 것이구나 싶었다.

"그런데…… 노리개는 어쩌셨습니까?"

생각에 잠겨 있던 세령이 은금의 난데없는 물음에 흠칫 놀랐다.

"뭐?"

"공주마마께서 손수 달아주신 노리개 말씀입니다."

세령은 승유에게 갖다 달라 부탁하고서 도망쳤던 일이 떠올라 난처해졌다. 오늘 승유가 강론에 올 때 부디 노리개를 가지고 왔기를 바랐다. 세령은 은금에게 너무 귀한 물건이라 집에 두고 왔다고 둘러댔다.

세령이 강론에 들어가는 것을 확인하자마자 은금은 후원에 있는 경혜공주에게 재빠르게 달려갔다. 세령에게 준 비취 노리개를 만지작거리며 공주가 대뜸 은금에게 물었다.

"사내가 아녀자의 노리개를 가지고 있었다. 이게 무슨 의미겠느냐?"

은금이 차마 대답을 못하고 얼굴을 붉히며 망설였다.

"내 직접 확인해 볼 것이다."

경혜공주의 눈빛이 차갑게 빛났다.

발을 사이에 두고 세령과 승유가 어색한 침묵 속에 마주하고 있었다. 승유는 서책도 펴지 않은 채 발 너머로 보이는 세령을 물끄러미 바라보았다. 그때 문이 열리고 나인이 찻상을 들고 들어와 승유의 옆쪽에 사뿐히 앉았다. 차를 준비하기 시작하는 나인의 정갈한 손놀림이 예사롭지 않다.

"밤사이 무탈하셨습니까?"

승유가 침묵을 깨고 세령에게 물었다.

"예."

나인이 승유의 앞에 차를 한 잔 조심스레 내려놓고 물러났다. 승유가 차를 한 모금 마시면서 장난스러운 말투로 말을 시작했다.

"이 스승은 궁 안에만 곱게 계시는 공주마마의 안위가 왜 이리 걱정되는지 모르겠사옵니다. 하릴없는 스승의 노파심 때문이겠지요?"

"그리 마음 써주시니 감사할 따름이옵니다."

살짝 마음이 상한 세령도 또박또박 힘주어 대답했다.

"타지도 못하는 말에 올라 목숨을 잃을 뻔하고, 사내 품에 안겨 스스럼없이 풀밭을 뒹군 맹랑한 어느 여인의 풍문을 들으신 적 있사옵니까?"

승유가 전날의 복수를 하듯 대담하게 선공先攻을 시작했다.

"그 사내가 반가의 규수를 색주가에 끌고 가서 야릇한 복색으로 입혔다지요?"

지지 않고 반격하는 세령의 말에 승유가 웃음으로 넘기자, 세령이 한마디를 더 보탰다.

"사내에게 남긴 그 여인의 노리개는 어찌 되었답니까?"

그때까지 나무랄 데 없는 솜씨로 차를 준비하던 나인의 손이 갑자기 파르르 떨렸다.

"아, 거기까지 들으셨습니까? 사내 곁에서 태연히 잠을 청하고 황망하게 자취를 감춘 그 여인의 노리개는……."

승유가 태연하게 읊고 있는데 갑자기 쨍그랑 하고 그릇 깨지는 소리가 들렸다. 그 소리에 놀라 승유가 쳐다보는데 나인이 준비하던 다기 그릇이 깨져 있었다. 나인은 다기 조각을 수습할 생각도, 사죄할 생각도 없이 하얗게 질린 채 앉아 있었다.

갑작스레 일어난 소란에 세령도 호기심에 조심스레 발을 걷고 쳐다보았다.

"어서 치우지 않고 뭐하는 것이냐."

꼼짝도 않고 있는 나인을 승유가 나무랐다. 세령은 옆으로 약간 비껴 앉아 얼굴을 숙이고 있는 나인의 모습이 어딘가 낯익다는 느낌이 들었다. 그때 나인이 세령을 향해 얼굴을 들었다.

세령은 놀라서 하마터면 나인의 이름을 부를 뻔했다. 나인은 바로 경혜공주였기 때문이다.

경혜공주는 어서 치우라고 나무라는 승유의 얼굴이 잊히지 않았다. 세령이 보는 앞에서 그런 수모를 당하다니 공주는 모욕감을 느꼈다. 하지만 신분을 드러낼 수 없으니 잠자코 깨진 다기 조각들을 손수 치워야 했다. 서둘러 방에서 나와 자미당으로 돌아왔으나 경혜공주의 분은 가라앉지 않았다.

세령은 강론을 마치고 경혜공주를 찾아왔다. 공주는 세령의 꼴을 보기 싫었지만 자초지종을 확인해봐야 했다.

"공주마마, 심장이 멎는 줄 알았습니다. 왜 그리 위태로운 장난을 하십니까?"

여전히 놀라움이 가시지 않은 표정으로 세령이 물었다.

"위태롭기로 치자면 너와 난 한 배를 탄 사이 아니냐. 네가 공주 노릇을 하는데 나라고 궁녀 노릇을 못 할까?"

공주는 애써 감정을 감추며 답했다.

"어찌 들어오신 겁니까?"

세령의 물음에 공주가 세령의 앞에 무언가를 툭 던져 놓았다. 비취 노리개였다.

세령이 의아한 얼굴로 노리개를 집어들었다. 이해할 수 없었다. 이게 어찌 공주마마님 손에 들어갔을까.

"어젯밤 은금이가 김 직강에게 받아왔더구나."

"이걸 전하겠다고 그 밤에 왔었단 말입니까?"

세령은 새삼 승유에게 미안한 마음이 들었다. 귀한 물건이라고 말하긴 했지만 이렇게 갖다줄 것이라고는 생각조차 못했었다.

"사내 곁에서 태연히 잠까지 자고 황망히 자취를 감춘 그 여인이 너인 게냐?"

경혜공주는 떠보듯 아무렇지도 않게 물었다.

세령이 그 말에 얼굴을 붉히며 고개를 저었다.

"아닙니다. 우연히 궐 밖에서 만난 일을 가지고 장부丈夫가 되어서는 어찌나 과장이 심한지……."

그 말을 들은 공주의 눈매가 가늘어졌다.

"둘이 퍽 가까워진 모양이구나."

"무슨 말씀이십니까. 종일 사내는 어떻고 아녀자는 어떻고를 따지는 고루한 자입니다. 그런데 김 직강 말입니다. 알다가도 모르겠습니다. 어제는 다친 제 발목에 직접 약초찜을 올려놓질 않았겠습니까."

세령은 별다른 뜻 없이 공주에게 승유와 있었던 일을 고했다. 하지만 그것이 경혜공주에게 어떤 식으로 들리는지 세령은 전혀 알지 못했다. 공주가 서늘한 얼굴로 말없이 듣고만 있자 조금씩 세령도 눈치가 보였다. 그만 물러나겠다며 일어서던 세령이 무언가 생각난 듯 환하게 웃었다.

"참, 공주마마. 부마간택을 한다 들었습니다. 감축하옵니다."

공주는 심기가 불편한 것처럼 이맛살을 찌푸렸다.

경혜공주의 길례 문제로 조정 대소신료들은 분주했다. 일국의 공주의 단순한 길례가 아니라 어찌 보면 왕세자의 안위까지 연결되는 중대한 일이기 때문이었다.

문종은 집현전 직제학 신숙주를 불러 길례청에 들어가 수양대군을 견제해달라고 친히 부탁했고, 신숙주는 충심으로 문종의 말을 따랐다. 길례청에 신숙주가 들어온다는 소식이 들어오자 수양대군 일파에서는 의견이 분분했다. 집현전 내에서도 대쪽 같은 성품으로 유명한 신숙주가 들어온다면 수양도 마음대로 의견을 관철하지는 못할 것이라는 예측 때문이었다.

하지만 수양대군은 사람의 욕망을 꿰뚫어보는 자였다. 강직한 선비일지라도 속에 품고 있는 권력에의 욕망은 조금씩은 있는 법이었다. 그것을 어떻게 누르고 변절하지 않는가는 자기 자신에게 달려 있었다. 수양은 신숙주에 대한 측근들의 우려를 불식시키듯 "대나무는 곧기는 해도 속은 텅 비어 있는 법"이라는 말로 대신했다.

그러나 측근들의 우려대로 신숙주는 수양 일파가 천거하는 부마 후보들을 깐깐하게 검증하여 솎아내었다.

그러더니 급기야 이 모든 간택에 올릴 후보들을 고르기 보다는 경혜공주와 김승유의 궁합수를 따져보는 것이 우선이라고 주장했다. 수양대군은 별다른 반대 없이 그의 뜻대로 하도록 허락했다.

관상감[※]의 주부 박수천이 궁합수를 보게 될 것이라는 신숙주의 말에 수양은 고개를 끄덕였다. 거기에 덧대어 신숙주가 한마디 했다.

"최종 간택이 끝날 때까지 박 주부의 집무실은 내금위가 지킬 것입니다. 궁합수가 누설되어선 안 되니 출입을 금해 주십시오."

수양은 온화한 미소로 그러겠노라 답하며 신숙주를 바라보았지만, 수양의 머릿속에는 고매한 이 사내를 어떻게 자신의 편으로 끌어올 것인가 바쁘게 돌아가고 있었다.

직제학 신숙주의 아들이자 한성부 판관인 신면은 최근 도성 안에서 물의를 일으키고 있는 시정잡배들을 소탕하기 위해 대대적인 작전을 펼치고 있었다. 그는 거리 곳곳을 누비고 다니며 난전상亂廛商들을 괴롭히는 왈패들을 붙잡아댔다. 빌려 쓴 돈보다 더 많아진 이자를 달라고 행패를 부리던 칠갑과 막손이도 군사들을 피해 도망쳤다.

말을 타고 진두지휘하던 신면의 시야에 그들이 걸려들었다. 부관인 송자번과 함께 더불어 그들을 쫓아갔다. 거칠 것 없이 무지막지한 칠갑과 막손이는 들은 영악하게 신면의 추격을 피해 청풍관으로 몸을 숨겼다. 마치 그들을 품어주듯 대문이 열렸다가 그들을 받아들이고는 굳건히 닫혔다.

청풍관은 고관대작들이 주로 드나드는 청루였다. 주저하는 송자번에게 신면은 단호히 문을 열라고 명령했다. 칠갑이 문을 두드릴 때는

※관상감觀象監 : 조선 시대 천문, 지리학, 역술 등을 맡아보던 관청.

그리 쉽게 열리던 대문이 송자번이 두드리자 꿈쩍도 하지 않았다. 신면은 숙고할 겨를도 없이 담을 넘으라고 명령했다.

담을 넘고 들어간 군졸이 열어준 대문으로 신면을 위시한 군사들이 들어왔다. 오가는 인적조차 없이 텅 비어 있는 마당이 보였다. 이윽고 본채 안에서 고급스러운 복색의 기녀 매향이 나왔다. 그녀는 도도한 데다 말투에 교태가 흘러 넘쳤다.

"귀한 손을 뫼시고 있습니다. 이 무슨 결례요?"

신면은 당당하게 매향을 쏘아보며 말했다.

"방금 이 곳에 숨어든 왈패를 찾고 있소. 소란 피우기 싫으면 당장 내 놓으시오."

매향은 새침하게 눈을 치켜뜨더니 무슨 소리냐고 되물었다.

그 말이 떨어짐과 동시에 신면은 기방을 뒤지라고 명령했다. 군사들이 흩어져서 청풍관 이곳저곳을 뒤지기 시작했다. 그 소란에 성난 얼굴의 사내가 소리를 지르며 뛰쳐나왔다.

"웬 소란들이냐!"

함귀였다. 신면은 함귀의 얼굴을 기억해내고는 잘 만났다는 듯 앞으로 나섰다.

"네 놈을 보니 이곳이 운종가 왈패들의 소굴이 맞구나."

함귀 역시 신면을 알아보았다.

"아, 한성부 판관 나리. 이거 오늘은 날이 좋지 않으니 다른 날 찾아오십시오. 그땐 친히 상대해드립죠."

신면은 함귀가 흘깃 시선을 주는 것을 눈치 채자마자 한달음에 본

채 안으로 뛰어들었다. 놀란 함귀와 매향이 말릴 새도 없이 삽시간에 본채 안의 겹겹이 쌓인 장지문을 열어젖히며 달려 들어갔다. 이윽고 마지막 장지문을 열어젖히는 찰라, 기척을 느끼고 검으로 손을 뻗는 순간, 신면의 목에 날카로운 검이 겨눠졌다. 신면이 검을 겨눈 자를 쳐다보았다. 날카로운 무사의 눈매를 가진 사내, 임운이었다. 그때 마지막 장지문이 천천히 열렸다.

신면의 눈앞 정면에 수양대군이 앉아 있었고 그 옆에서 흥미로운 시선을 던지고 있는 이는 한명회*였다. 불행인지 다행인지 신면은 수양대군의 얼굴을 본 적이 없었다.

무슨 일인지 묻는 수양대군에게 신면은 한성부 판관이라고 당당히 자신을 소개했다.

"이 곳 왈패들의 두목을 잡으러 왔소."

그 말에 임운의 검 끝이 더욱 날카롭게 신면의 목을 겨눴다. 수양이 팔을 들어 제지하자 임운은 그제야 검을 걷고 물러났다. 뒤이어 쫓아온 함귀와 매향이 잔뜩 날 선 얼굴로 쳐다보았다.

"왈패의 두목이라, 그렇다면 나를 찾고 계시는구만."

그 말에 신면 일행을 제외한 모두가 박장대소하며 웃어댔다.

"그렇다면 일어나시오. 한성부로 같이 가야겠소이다."

신면이 답하자 한명회와 함귀가 더욱 크게 껄껄대며 웃었다. 신면은 뭔가 잘못되었다고 느꼈으나 알 길이 없었다. 한명회가 갑자기 웃

---

*한명회 : 조선 초기의 풍운아. 권력욕이 남달랐던 한명회는 명민한 두뇌와 판단력으로 수양의 모사꾼 역할을 하며 수양의 즉위를 도와준 일등공신이었다.

음을 뚝 멈추고 신면을 뚫어져라 쳐다보았다.

"이보시게, 한성부 판관! 이 어른이 뉘신지 정녕 모르는가?"

신면은 불길한 느낌이 들어 수양의 얼굴을 유심히 쳐다보았다. 그때, 한명회가 정색을 하며 고함을 치듯 말했다.

"예를 갖추시게! 수양대군 대감이시네."

수양대군이라는 말에 너무나 놀란 신면이 한쪽 무릎을 꿇으며 급히 예를 갖추었다.

"대감, 무례를 용서하십시오."

"무례라고 생각은 하는가?"

수양의 물음에 신면은 당당히 고개를 들어 쳐다보았다. 그 얼굴을 보고 수양이 미소를 지었다. 그리고는 어느 가문의 장부인지 물었다.

"집현전 직제학 신, 숙자, 주자 어른이 제 부친이옵니다."

흥미롭다는 듯 수양대군의 눈썹이 슬쩍 치켜올라갔다가 내려왔다. 수양은 묘한 때에 맞부딪힌 인연이라는 생각이 들었다. 그러면서 한편으로는 이 또한 하늘의 뜻이라고 생각했다.

결국은 이 수양이 왕좌에 앉게 될 것이라는 하늘의 뜻.

김종서는 앞으로의 일이 어찌 될지 보이지 않아서 불길함을 누를 수 없었다. 자신의 손을 잡지 않으면 자식들까지 피를 볼지 모른다고 했던 수양의 말이 허투루 한 말이 아니라는 것쯤은 김종서도 잘 알고 있었다. 다만 도대체 어떤 간계를 꾸미고 있는 것인지 짐작이 되지 않았다. 승유가 장지문 밖에서 다녀왔다는 문안인사를 하자 그를 불러

들였다.

아들의 장래가 순탄하지 않을지도 모른다는 생각에 김종서는 승유의 얼굴을 애잔하게 바라보았다. 승유는 아버님의 눈빛이 뭔가 다르다는 것을 느끼고 물끄러미 쳐다보았다.

"공주마마는 어떤 분이시냐? 항간에 떠도는 풍문이 사실이더냐?"

김종서가 묻자, 승유는 혹시나 세령과 궐 밖에서 있었던 일이 소문이 났나 하여 긴장했다.

"무슨 말씀이신지 소자 모르겠사옵니다."

"금상께서 오냐오냐 키워 철이 없다는 얘기 말이다. 그러냐?"

승유는 그제야 풀어져서 웃으며 답했다.

"그릇된 풍문이라 사료되옵니다. 공주께서는 총명하고 생기 넘치는 분입니다."

"들던 중 다행이구나."

승유는 아버님이 뭔가 하실 말씀이 따로 있다고 느껴져 가만히 기다렸다.

"주상전하의 부마도위는 이미 결정되었느니라."

간택 절차도 없이 부마가 결정되다니, 이게 무슨 말인가 승유는 의아했다. 그때였다.

"부마는 바로 너이니라."

난데없는 김종서의 말에 승유는 눈이 휘둥그레졌다. 공주마마와 티격태격 말싸움한 것이며 말을 타고 달리다 죽을 뻔했던 공주마마를 구한 것 하며, 공주마마와 있었던 일들이 주마등처럼 스쳐지나갔다.

이런 연緣이었나. 승유는 자기도 모르게 미소를 지었다.

세령은 아버지가 곧 사냥을 간다는 말에 다급해졌다. 비호는 아직 그 기방에 있을 터였다. 혹시나 그 사이에 팔아먹지나 않았을지 걱정이 이만저만이 아니었다. 여리와 함께 비호를 찾으러 운종가 기방으로 올 생각은 아니었다. 여리가 방향 감각이 조금만 있었어도 오지 않아도 됐었다. 그 천박하고 역하도록 진한 분 냄새를 또 맡아야 된다니 진절머리가 났다.

여리가 이런 천한 곳에 세령이 들어가게 할 수 없다며 혼자 당당하게 들어갔다. 세령은 장옷을 잠시 내리고는 무료하게 주위를 둘러보며 기다리고 있었다. 그때, 하필이면 골목 저편에서 어슬렁어슬렁 말을 타고 오는 승유가 보였다.

'벌건 대낮에 또 기방에 들어가려는 게야?'

괜히 발끈했던 세령은 금세 상황을 파악하고 장옷을 뒤집어썼다. 그리고는 슬금슬금 등을 돌려 자리를 피했다. 반대편 좁은 골목 틈에 서서 살펴보고 있노라니, 그새 비호를 끌고 나온 여리가 세령을 찾아 고래고래 고함을 지르는 게 보였다. 여리가 인상을 찌푸리며 뭐라고 투덜거리는 소리가 들렸다. 아무래도 상전이 말없이 또 줄행랑을 친 게 분명하다고 생각한 것이리라.

세령은 조용해지길 기다렸다가 슬며시 모퉁이 너머로 얼굴을 내밀었다.

"무슨 궁을 그렇게 밥 먹듯이 나오십니까?"

갑작스런 승유의 호통에 세령은 심장이 떨어져 나가는 줄 알았다. 언제 왔는지 말을 끌고 온 승유가 세령의 앞에 서 있었다.

"내 오늘은 기필코, 공주마마 처소의 상궁 나인들의 주리를 틀어 엄히 죄를 물을 작정입니다!"

단단히 엄포를 놓기는 했으나 승유의 표정에 어쩐지 반가운 기색이 엿보였다.

세령도 지지 않고 대꾸했다.

"잘됐습니다. 저도 죽자고 기방에 드나드는 종학 직강의 문란함에 대해 사헌부*와 사간원**에 빈틈없이 감찰하라 이를 것입니다."

꼿꼿하게 고개를 치켜들고 쳐다보는 세령의 모습에 승유는 그만 웃고 말았다. 그 웃음에 전염된 듯 세령이 자기도 모르게 따라서 웃었다.

"그래, 오늘은 또 무슨 용무십니까?"

"말을 찾아야겠기에 어쩔 수 없이 나왔습니다."

"핑계도 참 다채로우십니다. 그런 일이야 아랫것들을 시키면 되실 일이 아닙니까?"

"스승님께서는 아실 수 없는 사정이라는 것도 있습니다."

승유는 세령을 물끄러미 바라보았다.

※　사헌부司憲府 : 고려·조선시대 관청. 기강과 풍속을 정립하고 백관 규찰의 임무.

※※사간원司諫院 : 조선시대 언론을 담당했던 관청. 주로 임금에 대한 간쟁과 반박을 담당했다.

"스승이란 자가 말리든 어쩌든 말에서 떨어져 다치든 말든 간에, 말을 또 타시겠다?"

"아닙니다. 다시는 말을 타지 않을 것입니다."

"어째서요?"

승유가 흥미롭다는 듯 물었다. 세령은 자기 때문에 노심초사하는 분과 약조를 하였다며 낮게 한숨을 쉬었다. 풀이 죽은 세령의 모습을 보니 승유의 마음이 싸해졌다.

"정말 속이 후련해지는지 몸소 겪어보시겠습니까?"

뜬금없는 승유의 말에 세령이 눈을 깜빡였다.

너른 벌판에서 승유는 세령에게 승마 강습을 해주었다. 말을 타기 전에 반드시 지켜야 할 것, 그러니까 고삐와 말갈기를 잡아야 한다는 것이나 말에 오를 때는 반드시 왼편으로 타야 된다는 것도 세령은 처음 알게 되었다. 말을 탔을 때 자세는 어떤 식을 취해야 말도 편안해하고 나도 편안한지 등 사소하지만 세령에게 중요한 것들이었다. 알고 보니 간단한 것을 이제껏 몰라서 매번 비호에게 거절당하고 낙마해야 했던 게 안타까웠다. 진즉 알았다면 좋았을 것을.

"자, 이제 발뒤꿈치로 말의 배를 가볍게 차보십시오."

세령이 긴장해서 아주 가볍게 말의 배를 찼다. 말이 움직이기 시작하자 세령이 승유를 보며 환히 웃었다. 그 웃음을 바라보노라니 승유도 좋았다.

그 시각 사이좋게 웃음을 주고받으며 강습 중인 두 사람을 지켜보는 시선이 있었다. 멀찌감치 떨어져서 숲속에 몸을 숨긴 채 지켜보고 있는 자객의 존재를 두 사람은 알 리가 없었다.

"세게 찰수록 속도가 빨라집니다. 한번 차보십시오."

세령이 조금 세게 차니 말의 발걸음이 조금 빨라졌다. 세령은 예전의 악몽이 떠올라 자기도 모르게 눈을 질끈 감아버렸다. 말고삐를 잡은 채 옆에서 뛰듯이 따라가던 승유가 세령을 불렀다.

"눈을 감으시면 안 됩니다."

세령이 눈을 떴다. 하지만 주변 풍경들이 휙휙 지나가자 두려움에 다시 눈을 감고 말았다.

그 모습을 보고는 승유가 말고삐를 당겨 말을 세웠다. 그리고는 훌쩍 뛰어 세령의 뒤편에 올라탔다. 세령은 뒤에 앉은 승유의 기척에 긴장하면서도 묘하게 가슴이 설렘을 느꼈다.

승유가 말의 배를 조금 세게 찼다. 말이 기운차게 달리기 시작하자 세령이 눈을 감았다. 눈을 뜨라는 승유의 말에 겨우 뜨고 쳐다보았지만 무섭기는 매한가지였다.

속도를 좀 더 높이겠다는 말과 동시에 승유가 다시 한 번 박차를 가했다. 말의 속도가 단숨에 맹렬한 속도로 올라가자 세령이 자기도 모르게 비명을 지르며 눈을 감았다. 승유가 세령을 진정시키며 눈을 뜨라고 말을 했지만 세령은 두려움을 떨치지 못했다. 그러자 승유가 왼팔로 세령의 허리를 감싸 안았다. 갑작스런 그 감촉에 놀라 세령이 움츠렸다.

"절대 다치게 하지 않을 것입니다. 저를 믿고 눈을 뜨십시오."

세령이 천천히 눈을 떴다. 휙휙 지나가는 풍경이 눈이 시리도록 빠르게 흘러갔지만 조금씩 적응이 되기 시작했다. 잠시 후 승유는 세령의 허리를 더욱 감싸 안으며 말의 속도를 더욱 높이기 시작했다. 세령은 승유가 허리를 감싸고 있다는 것도 잊은 채 난생 처음 느껴지는 공기의 마찰에 숨이 벅찼다. 온 세상이 세령에게로 달려드는 듯, 바람이 세령을 감싸 안는 듯 세령은 벅찬 감동으로 눈물이 났다. 너무나 시원하고 후련했다.

"스승님! 이리 신나는 일을 이제 모른 척해야 한다니 자신이 없습니다."

"오늘이 마지막입니다."

"스승님께서 또 태워주시면 안 됩니까? 한 번만 더 가르쳐 주시면 절대 홀로 말에 오르지 않을 것입니다!"

승유는 기가 막히면서도 세령의 말에 흔들렸다.

"보름날 그 기방 앞에서 뵈어요. 그날이 마지막입니다."

"그렇게 좋으십니까?"

승유가 대답 대신 물었다.

"스승님! 가슴속이 뻥 뚫리는 듯합니다!"

한껏 크게 소리를 지르는 세령의 말에 승유는 환하게 미소를 지었다.

세령은 이 질주가 끝도 없이 영원토록 계속 되었으면 좋겠다고 생각했다. 차라리 내일이 오지 않았으면 좋겠다고 생각했다. 그때, 세령의 몸이 휘청하더니 갑자기 승유와 함께 허공으로 내던져졌다. 두 사람은 괴로운 울음소리를 내며 고꾸라진 말 옆 땅바닥에 팽개쳐져 굴렀다. 그 와중에도 세령을 감싸며 승유가 온몸으로 보호하고 있었다.

심하게 충격을 받았는지 신음소리를 내며 쓰러진 승유를 세령이 다급하게 일으켰다.

"스승님, 정신 차리십시오!"

승유는 겨우 몸을 추스르고 눈을 떴다. 하지만 눈앞에 보이는 광경을 보고 경악했다. 한 무리의 화적떼들이 숲 속에서 하나둘 나오더니 말을 몰고 요란하게 달려오고 있었다. 세령은 무심코 승유의 시선을 따라 뒤돌아보다가 공포에 질려 창백해졌다.

승유는 쓰러진 말의 안장 아래에서 재빨리 검을 꺼내들었다. 그리고는 세령의 손을 잡아끌고는 숲속을 향해 달렸다. 지나치는 나무들 사이로 사정없이 날아와 박히는 화살들.

결국 화살 한 대가 승유의 어깨에 박혔다. 세령이 놀랄세라 비명을 참으며 이를 앙다물고 승유는 정신없이 숲속으로 세령을 끌고 들어갔다. 두 사람은 한참을 내달린 끝에 적당한 곳을 찾아 몸을 감추었다. 긴장이 풀린 세령은 그제야 승유의 어깨에 박힌 화살을 발견했다.

"스승님!"

승유는 조용히 하라고 손짓하며 화살을 꺾어버렸다. 세령이 치맛단을 찢어 승유의 어깨를 동여매어 지혈을 했다. 멀리 화적떼들이 칼을 빼들고 숲속을 어슬렁거리는 게 보였다.

"절대 나오지 마십시오!"

승유는 세령에게 단단히 주의를 주고는 검을 움켜쥐고 몸을 일으켰다. 그러자 세령이 승유의 소맷자락을 절박하게 붙잡았다. 승유는 괜찮다고 세령의 손을 조심스레 떼어놓고는 세령과 반대 방향 쪽으로 움직이기 시작했다. 화적떼들이 승유를 좇아 몰려가기 시작하자 세령은 조마조마해졌다. 아무리 생각해도 그냥 숨어서 기다리는 게 마음에 걸렸다. 아니 어쩌면 이게 마지막일지도 모른다는 생각에 그냥 있을 수가 없었다. 세령은 자신의 마음속에 연모의 정이 자라고 있다는 것을 아직은 깨닫지 못했다.

어느새 뒤를 따라잡은 화적떼들이 승유를 빙 둘러쌌다.

승유는 침착함을 잃지 않은 채 매서운 눈빛으로 사방을 경계했다.

"웬 놈들이냐!"

두목처럼 보이는 화적이 앞으로 나섰다.

"그러게 평소에 적을 만들지 말았어야지. 안 그러냐?"

화적떼 두목은 누런 이를 드러내며 빙글 웃었다. 그것을 신호로 화적떼들이 덤벼들었다. 승유는 정신없이 화적떼들의 칼날을 상대하는 가운데 도대체 내가 만든 적이 누구인지 헤아리느라 머리가 아팠다. 아무리 생각해도 누군가에게 원한 살 일은 없었다. 그 자모전가 패거리들인가? 빌려준 돈을 받으려면 이렇게 할 리가 없을 텐데, 아무래도 이상했다. 화적떼들은 오합지졸에 불과했지만 수적으로 열세였다. 게다가 승유는 어깨에 박힌 화살 때문에 힘이 부쳤다.

승유의 빈틈을 발견한 두목이 시퍼런 칼로 승유의 등을 베려는 순간이었다.

"안 돼!"

갑작스런 세령의 목소리에 승유가 놀라 뒤돌아섰다. 그리고는 두목의 칼날을 겨우 막아냈다. 가만히 숨어 있으라고 했더니 그새를 못 참고…… 기가 막히면서도 자기가 걱정되어 나온 세령이 안쓰러웠다. 자꾸만 세령의 안전이 신경이 쓰여 승유도 제대로 방어할 수가 없었다. 화적떼의 칼이 승유의 다리를 날카롭게 스치고 승유가 그만 무릎이 풀썩 꺾이며 넘어졌다. 세령이 비명을 질렀다. 이를 앙다물고 버티며 일어서 세령의 옆으로 다가가려는데, 두목의 칼이 승유의 팔을 스치면서 승유는 그만 검을 놓치고 말았다. 화적떼들이 비열하게 웃으며 점점 승유에게로 다가왔다.

세령이 어찌할 바를 몰라 눈물을 글썽이며 승유를 바라보았다. 승유는 자기가 죽게 되면 화적떼들의 손에 공주마마가 남겨진다는 사실이 치욕스러워 몸을 일으키려 안간힘을 썼다.

두목이 시퍼런 칼날을 치켜들며 승유의 목을 향해 후려치려는데, 세령이 승유의 앞을 막아서며 노려보았다.

"물러서라!"

세령은 두려움에 떨면서도 꼿꼿이 고개를 세운 채 두목을 노려보았다. 두목이 어처구니없다는 듯 빙글거리며 웃었다.

"같이 보내긴 아까운 얼굴이다만, 정 원한다면 얼마든지."

두목이 세령을 향해 칼을 내리치는데, 승유가 세령의 허리를 낚아채어 재빨리 땅에 엎드렸다. 그와 동시에 어디선가 날아온 단도가 두목의 가슴팍에 와서 퍽 꽂혔다. 외마디 비명을 지르지도 못한 채 고꾸라지는 두목을 승유가 고개를 들고 쳐다보았다.

갑작스레 두목을 잃은 화적떼들이 우왕좌왕하는 사이 나타난 건 바로 신면과 송자번이었다.

무관들답게 뛰어난 무술 솜씨로 그들은 오합지졸들을 제압해나갔다. 이미 두목을 잃고 전의를 상실한 화적떼들이 하나둘 줄행랑을 쳤다. 승유는 그때껏 품에 감싸 안고 있던 세령을 쳐다보았다. 하지만 세령은 창백한 얼굴로 혼절해 있었다.

연모의 정

"우연히 마주쳐 함께 말을 탔다?"

"예. 바람을 안고 달리니 더없이 상쾌하고 시원했습니다."

"사내에게 몸을 맡기고 함께 말을 달렸으니, 정이 꽤 들었겠구나."

두 사람에게 어떤 일이 벌어졌는지 모른 채 경혜공주는 문종을 알현하려 하고 있었다. 동온돌 복도 앞에서 알현을 청하는 경혜공주를 전균이 단호히 막아섰다. 잠시 오수午睡에 드셨다며 막아서는 전균에게 공주는 날 선 목소리로 호통쳤다.

"아바마마께서 날 들이지 말라 하시더냐?"

전균이 당황하여 우물쭈물하던 찰라 들어오라는 문종의 목소리가 들렸다.

문이 열리고 방 안에 들어서자 병색이 완연한 문종의 안색에 공주는 걱정이 밀려들었다. 문종은 애써 괜찮은 척 온화하게 미소를 지으며 딸을 바라보았다.

"무슨 일로 그리 애타게 이 아비를 찾느냐?"

"강론 때문이옵니다."

어렵게 입을 뗐지만 아바마마께 새로운 걱정을 안겨 환후가 더 깊어지는 것은 아닌지 걱정이 되었다.

"강론을 이만 중지해주시옵소서."

공주의 말에 문종의 눈이 날카로워졌다.

"연유가 무엇이냐? 부마가 될 김승유가 그리 싫더냐?"

"혼인을 마다하지 않을 것입니다. 그러나 강론은 중지해주시오서."

공주가 단호하게 말을 하고는 허락을 구하며 고개를 숙였다.

"네 그리 알아듣도록 일렀거늘 그리도 이 아비의 뜻을……."

문종은 말을 채 잇지 못하고 멈췄다. 갑자기 기침이 터져 나오는 것을 참느라 용안이 벌겋게 달아올랐다.

"알았으니, 그만 물러가거라."

아바마마의 용태가 심상치 않은 것 같아 공주는 섣불리 일어설 수가 없었다. 그것을 기다리지 못하고 문종이 물러가라며 재차 말했다. 경혜공주는 어쩔 수 없이 일어나 예를 갖추고 돌아섰다. 그때, 문종에게서 가슴을 찢고 나오는 듯 날카로운 기침이 연신 터져 나왔다. 공주가 놀라 돌아보니 입을 막고 있는 문종의 손가락 사이로 피가 흐르고 있었다.

"아바마마!"

전균도 놀라 어의를 불렀다. 그러자 놀랍게도 병풍 뒤에서 어의 두 명이 급히 달려나왔다. 경혜공주는 그 모습에 충격을 감추지 못한 채 바라보았다. 이토록 위중하셨단 말인가.

"어찌하여 거기 숨어 있던 게냐? 내게 무엇을 감추는 게야?"

격노한 공주가 전균을 향해 소리를 질렀다. 모두들 움찔하여 아무런 대답도 못하는 사이 문종이 잦아드는 목소리로 딸을 향해 일렀다.

"수양이 알아서는 안 된다……. 보아서는 안 돼."

공주가 놀라 곁에 주저앉아 기운 없이 쳐진 문종의 손을 잡았다.

"이 아비는 두렵구나……. 내가 눈을 감으면 세자와 네가 어찌될지 진정 두려워."

나약해진 아바마마의 말에 경혜공주는 정신이 아득해지는 듯했다.

"더 오래 버텨주지 못해 미안하구나. 참으로 미안하구나. 불쌍한 것."

문종이 흐릿해진 눈으로 딸의 얼굴을 가슴에 담듯이 쳐다보았다. 공주가 차마 참지 못하고 왈칵 울음을 터트렸다. 이 모든 게 숙부 때문이란 말인가. 수양 숙부가 두려워 병을 감추시고 내 혼례를 서두르셨단 말인가. 아바마마께서 저하와 이 못난 여식의 안위가 걱정이 돼서 위중하다 말도 못하신 채 저리 숨어 치료를 받으셨더란 말인가. 공주는 가슴이 미어졌다.

세령은 한성부 신면의 숙소에 누워 있었다. 평생 겪어서는 안 될 일을 겪은 탓인지 세령은 쉽게 깨어나지 못했다. 그 곁에 승유가 앉아 물끄러미 세령을 쳐다보았다.

신면이 들어오며 통증은 많이 사라졌는지 물었다. 승유는 괜찮다며 고개를 끄덕였다.

"그 화적떼 시체는 샅샅이 훑어보았는가?"

"그곳은 화적떼들이 수시로 출몰하는 곳이야. 마침 내가 순시를 돌지 않았다면 어쩔 뻔했나."

별다른 게 나오지 않았다고 말하며 신면은 조심하라고 덧붙였다. 하지만 승유는 뭔가 석연치가 않았다. 재물을 노렸기 보다는 단순히 목숨을 빼앗기 위해서, 그것도 자신의 목숨을 빼앗기 위해서였다는 생각이 들었다. 신면이 승유의 표정을 읽고는 맘에 걸리는 게 있느냐고 물었다. 승유는 대답하지 않은 채 뒤척이는 세령을 쳐다보았다.

"대체 누군가? 참으로 당찬 여인 아닌가. 제 목숨을 던져 사내를 지키려 하다니."

신면도 덩달아 세령을 쳐다보더니 호기심을 참지 못하고 물었다. 승유가 쉽사리 대답을 하지 못하자 신면이 짓궂게 다그쳤다.

"어찌 대답을 못해? 혹 내게도 말 못할 인연인가?"

"내 제자네."

잠자코 있던 승유의 대답을 듣고 신면이 말문이 막혀 얼굴이 휘둥그레졌다. 그리고는 도저히 있을 수 없는 상황에 놀라 세령을 쳐다보았다.

"공주마마라고? 어찌 공주마마가 그런 곳에⋯⋯."

세령이 정신이 들어 눈을 떴다. 여기가 어딘지 몰라 잠시 두리번거리던 세령이 옆에 앉아 있는 승유를 발견하고는 벌떡 몸을 일으켰다.

"스승님, 괜찮으신지요?"

신면이 반사적으로 공주마마께 예를 갖추려 몸을 일으키려는데 승유가 버럭 소리를 질렀다.

"누가 그리 위험한 일에 나서라 하였습니까? 어찌 제 몸 귀한 줄

공주의 남자 • 121

모르십니까?"

성난 얼굴로 엄하게 역정을 내는 승유의 모습에 세령은 움츠러들었다.

세령은 한성부 뜰 바위에 걸터앉아 풀이 죽은 얼굴로 발끝만 보았다. 감사 인사를 받기를 바랐던 건 아니지만 스승님이 저렇게 화를 낼 줄은 몰랐다. 마음이 아릿했다.

잠시 후 인기척이 느껴져 돌아보니 승유가 서 있었다. 세령이 눈치를 보며 조심스레 변명을 했다.

"다급한 마음에 저도 모르게 그리된 일입니다. 노여움 푸십시오."

제대로 자신의 얼굴을 쳐다보지도 못하는 세령을 보니 승유의 마음도 아팠다.

"마마의 목숨을 빌어 살아난들 소신의 마음이 편하겠습니까? 대체 언제쯤 그 무모함을 버리실 겁니까?"

매몰찬 승유의 말에 세령은 가슴까지 날카로운 통증을 느꼈다. 자기도 모르게 손바닥으로 가슴을 누르며 세령은 고개를 숙였다. 승유는 세령이 아픈 것은 아닌지 걱정스러운 눈빛으로 바라보았다.

세령에게는 숨이 막힐 것 같은 정적이 흘렀다. 그때 침묵을 깨고 한성부 입구 쪽에서 신면이 걸어왔다.

"가마를 준비했습니다. 궐까지 가시지요, 공주마마."

깍듯하게 예를 갖추며 신면이 말했다. 세령이 깜짝 놀라 승유를 쳐다보았다.

"안심하십시오. 소신의 막역한 지기입니다."

승유가 답했지만, 세령은 난감했다.

궐문 앞에 다다르자 세령은 초조해져서 가마 창을 살짝 열고 밖을 내다보았다. 하지만 대뜸, 곧 궐문 앞이니 얌전히 계시라는 승유의 잔소리가 날아왔다. 뭐라고 대꾸하기도 전에 승유가 창문을 탁 닫았다. 답답한 마음에 한숨을 푹 내쉬는데 창문이 다시 확 열렸다.

"대체 궐문은 어떻게 드나드시는 겁니까?"

전부터 궁금했다며 승유가 물었다. 세령은 뭐라고 답해야 할지 몰라 당황스러웠다.

"궐문 앞에 이르러서는 떨어져주십시오. 괜한 오해를 살까 저어됩니다."

세령이 이 말을 하고는 황급히 창문을 닫았다.

승유는 어처구니없는 표정으로 닫힌 창문을 쳐다보았다. 하지만 공주의 말도 일리는 있다 생각하여 궐문이 가까워오자 신면과 함께 물러났다.

멀찌감치 떨어져 가마가 궐 내로 들어가는 것을 확인하는데, 수문장에게 자신을 수양대군 댁 장녀라고 말하고 들어가는 세령을 보고 승유는 고개를 절레절레 흔들었다.

"참으로 맹랑하지 않은가?"

승유가 웃으며 말했다.

"종친들의 이름을 대고 출입하신다?"

신면도 참으로 기막힌 듯 허 하고 웃었다.

"저런 공주마마님은 난생 처음일세. 궐 밖을 무시로 드나드는 데다 화적떼도 두려운 줄 모르는 공주마마라니. 나도 간택단자를 넣어볼 걸 그랬네."

신면이 웃음을 머금은 채 장난스럽게 승유를 쳐다보았다. 그러자 승유가 농담처럼 곧 형수가 되실 귀한 몸이니 관심을 접으라고 말했다.

신면은 의아해서 무슨 소리냐고 물었다. 승유는 간택 절차는 형식적인 것뿐이고 자신이 이미 부마로 결정되었다는 것을 신면에게 말해주었다. 신면은 믿기지 않는 듯 정말이냐고 되물었다.

태연하게 그렇다고 말하는 승유가 신면은 놀랍기도 하고 부럽기도 했다. 저런 공주마마를 안사람으로 맞이하다니, 신면은 그것이 자신의 자리였으면 하고 바랐다.

어쩔 수 없이 또 입궐하게 된 세령은 경혜공주를 찾아갔다. 후원에서 꽃가지들을 정리하고 있던 공주는 차가운 시선으로 세령을 쳐다보았다. 하지만 엄청난 하루를 보낸 세령은 공주의 시선을 눈치채지 못했다. 그저 경혜공주에게 놀랍고 대단했던 하루를 들려줄 생각에 들떠 있었다.

승유를 우연히 만나 함께 말을 타고 달리던 때의 그 잊을 수 없는 벅찬 기분을 설명하던 세령은 다시금 그 바람이 느껴지는지 목소리가 흥분에 들떴다. 그때, 경혜공주는 들고 있던 가위로 탐스러운 꽃봉오리의 목을 잘랐다. 세령은 말을 멈추고 떨어진 꽃봉오리를 주워들었다.

"우연히 마주쳐 함께 말을 탔다?"

"예. 바람을 안고 달리니 더없이 상쾌하고 시원했습니다. 상상하던 것보다 더 말입니다."

세령은 그 기분을 다시 되살렸다.

"사내에게 몸을 맡기고 함께 말을 달렸으니, 정이 꽤 들었겠구나."

공주가 표정을 감추며 은근히 떠보았다. 세령은 허리를 감싸던 승유의 팔의 감촉이 떠올라 새삼 얼굴이 붉어졌다. 공주는 그것을 놓치지 않았다.

"당치 않습니다. 그저 말 타는 법을 배웠을 뿐입니다."

"연모는 아니란 말이냐?"

재차 묻는 공주의 얼굴을 세령은 물끄러미 바라보았다. 공주도 세령을 도도하게 쳐다보았다.

"그러면 네 마음은 어떤 것이냐?"

세령은 공주에게서 뭔가 이상한 느낌이 들었다.

"연모는… 아닌 것 같습니다."

세령도 자기의 마음이 연모인지 아닌지 확실하게 몰랐다. 처음 맞이하는 감정이니 그럴 수밖에 없었다. 하지만 공주는 세령의 얼굴을 뚫어져라 쳐다보더니 만족스러운 듯 다시 꽃들을 정리하기 시작했다.

"다행이로구나. 너와 나 사이에 거북살스러운 상황은 모면했으니 말이다."

세령은 아무래도 공주가 뭔가 달라졌다고 느꼈다. 원래 말투가 상냥한 분은 아니었지만 이렇게 냉랭하지는 않았다. 자신이 뭔가 실수한 게 있었던 것인지 세령은 생각했다.

"다시는 그 자와 만나지 말거라."

공주가 무심하지만 단호한 말투로 말했다.

"무슨 말씀이시온지……."

세령은 영문을 몰랐다. 다시 만나지 말라니, 공주가 무슨 뜻으로 이런 말을 하는지 알 수 없어 혼란스러웠다. 그때 공주가 다시 말을 이었다.

"네 아비가 우상에게 건넨 혼담은 이미 깨진 지 오래다. 김승유는 부마가 될 것이야."

쐐기를 박는 공주의 마지막 말에 세령은 들고 있던 꽃봉오리를 떨어뜨렸다.

김승유에 대한 암살이 실패로 돌아갔다는 사실을 알게 된 한명회는 기분이 좋지 않았다. 이럴 줄 알았으면 제대로 된 자객을 써야 했다고 생각했다. 목숨 바쳐 일을 책임질 생각도 못하고 허겁지겁 도망친 꼴이라니. 그러고도 상賞을 바라고 예까지 찾아왔단 말인가. 멍청한 화적떼 같으니…….

하지만 한명회의 얼굴에는 속내를 알 수 없는 웃음이 떠 있었다. 비열해 보이는 화적 한 놈이 그래도 상황 파악을 한답시고 승유가 함께 있던 계집에 대한 얘기를 늘어놓았다. 승유를 위해 목숨도 아끼지 않았다는 말에 한명회는 호기심이 일었다. 하지만 화적떼가 알고 있는 것은 그것이 다였다. 한성부 나리가 달려들어 전세가 완전히 역전되어 줄행랑을 쳤다는 것, 그 계집이 어느 사대부 집 규수인지 짐작조차 못한다는 것. 한명회는 크게 웃으며 화적떼들의 노고를 치하하며 일어났다. 곧 후한 상을 내려주겠다는 말과 함께. 그가 나가자 곁에 있던 매향을 비롯한 기녀들도 하나둘 자리에서 일어났다. 의아해하는 화적들에게 매향이 비단금침을 깔러 간다며 교태를 부리자 모두들 그런 줄로만 알았다. 화적떼들은 비단금침이 저승길로 가는 거적때기라는 것을 전혀 짐작조차 못했다.

부마가 될 사내에게 다른 계집이 있다는 것은 치명적인 약점이었다. 어쩌면 수월하게 김종서의 뒤통수를 칠 수도 있을 것 같았다. 하지만 그 계집이 누군지 알아내야 하는 게 우선이었다.

걱정 붙들어 매어 놓으시라는 한명회의 말에 수양은 가만히 고객을 끄덕였다.

세령은 밤 늦도록 앉아 있다가 수양이 들어오는 기척이 보이자 기다렸다는 듯이 달려 나갔다. 자신의 혼담이 깨진 사실을 수양에게 확인한 세령은 경혜공주의 말이 사실임을 알고 몹시 실망하였다.

수양이 인자한 얼굴로 세령의 얼굴을 쓰다듬으며 더 좋은 혼처를 마련해주겠다고 위로했지만 세령의 귓전에는 들어오지 않았다. 이렇게 끝날 인연이었던가. 세령의 입에서는 안타까운 탄식만 새어 나왔다.

김종서는 아들 승유의 어깨에 난 상처를 보고 불길한 느낌을 받았다. 자식들이 피를 보게 될 것이라는 수양의 말이 되살아나 가슴을 도리는 것 같았다. 재물을 노린 것은 아닌 것 같다는 승유의 말을 들고 보니 더욱 확신이 들었다. 김종서는 승유에게 몸가짐을 더욱 신중히 하라고 주의를 주었다. 군주의 건강이 위태로우니 어린 세자저하의 안위를 위해 목숨을 바쳐야 것이며, 그 첫걸음으로 경혜공주와 혼인을 하여 더 안전하게 곁에서 보필하는 것이라고 말이다. 그러나 승유가 부마가 되는 것을 수양대군이 강력하게 반대하고 있으니 길례가 있을 그날까지 몸을 잘 지켜내야 한다고 덧붙였다.

승유도 잘 알고 있었기 때문에 고개를 끄덕였다. 게다가 공주에 대한 연정이 문득 새롭게 다가와 승유는 가슴이 뜨거워졌다.

'그 누구도 넘보지 못하도록 내가 지켜드릴 것입니다.'

김종서는 아들의 강건한 표정을 보며 새삼 든든함을 느꼈다.

곧바로 김종서는 수양과 그 측근들이 상주하고 있는 길례청으로 향했다. 측근들을 모두 내보낸 뒤 수양대군과 독대를 한 김종서는 단호하게 말했다.

"종묘사직이 이 김종서의 피를 원한다면, 기꺼이 바칠 것이외다. 허나! 그것이 내가 아니라 내 자식을, 그리고 세자저하와 공주마마를 향한다면, 나 김종서 그 불궤不軌*한 무리를 쳐 죽이고 눈을 감을 것이외다!"

"분부가 되실 분이 지금 대군을 협박하는 겁니까?"

흔들림 없는 태도로 수양이 물었다.

"경고라 해두지요. 내 숨이 붙어 있는 한 대군은 옥좌에 오를 수

---

*불궤不軌 : 반역을 꾀하다.

없을 것이오!"

김종서는 대호大虎처럼 수양을 향해 거칠게 포효했다.

그러나 수양대군은 눈 하나 끔뻑하지 않았다. 그리 나올 것이라고 이미 짐작하고 있었기 때문이다. 그렇지 않고서야 김종서가 아니지 않겠는가. 다행히 승유를 암살하고자 한 증좌證左*가 없으니 그도 섣불리 움직일 리 없었다. 김승유와 함께 있던 계집에 대한 정보는 아직 들어오지 않았으니 수양도 다음 단계를 준비해야 했다. 왕실에서는 길례가 있을 시에 궁합수를 중요하게 여겼다. 때로 가문과 인물의 됨됨이 모두 적격할지라도 궁합수가 흉하고 길하지 못하다면 간택대상에서 배제되는 것은 당연지사였다. 수양은 관상감 주부인 박수천을 끌어들였다.

박수천은 두꺼비 같은 얼굴에 무표정한 인물로 눈매가 아주 독특했다. 날카롭게 찢어진 눈매 속에 감춰진 눈동자는 도무지 어디를 보는지 알 수가 없었는데, 역학에 도통하다고 알려져 있었다. 그래서 이번에도 그가 경혜공주의 궁합수를 담당하게 되었다. 수양은 박수천만 끌어들인다면 충분히 승산이 있는 데다가 판세를 뒤엎는 것도 가능하다고 생각했다. 하지만 문제는 박수천이 그렇게 수월한 사람이 아니라는 데 있었다. 세상을 꿰뚫어보는 그는 다른 이의 농간 따위의 것들을 하찮게 여겼다.

"공주마마와 김승유의 궁합수는 맞추었는가?"

---

*증좌證左 : 참고가 될 만한 증거.

수양대군이 물었다.

"때가 되면 알게 되시겠지요."

박수천이 퉁명스레 내뱉자 수양은 한발 물러서며 사과를 했다. 대군이 사과를 하는데도 박수천은 뻣뻣하게 송구하다는 말만 할 뿐이었다. 마치 수양이 무엇을 원하는지 이미 다 꿰뚫고 있다는 듯.

"내 자네에게 늘 묻고 싶었던 것이 있었네. 타고난 운명이란 진정 거스를 수 없는 것인가?"

수양은 박수천의 초점을 알 수 없는 눈을 뚫어져라 바라보았다. 박수천의 눈매가 가늘어지더니 수양의 얼굴을 매섭게 똑바로 노려보았다.

"거스르고 싶으신 겁니까?"

박수천은 수양의 의중을 다 알고 있다는 듯 쏘아보더니 다시 초점을 풀고 시선을 돌렸다. 수양대군은 불쾌함을 감추고 빙그레 웃으며 그를 보내주었다. 수양은 생각했다. 타고난 운명이란 없다고. 혹 있다고 하더라도 수양의 운명은 옥좌로 올라갈 운명으로 점지되어 있다고 말이다.

승유는 호위무사를 데리고 다니라는 형 승규의 말을 거부했다. 그랬다가는 몸은 안전할지 몰라도 수양 측에 좋은 놀림감이 될 것이라고 말했다.

승유는 두렵지 않았다. 공주에 대한 묘한 설렘이 그를 단단하고 두려움이 없는 남자로 만들었다. 철부지 어린아이 같은 천진난만한 공주, 어처구니없는 짓을 저질러도 어쩐지 그냥 웃게 만드는 묘한 매력이 있는 공주를 생각하면 가슴이 뛰는 듯했다. 승유는 이것이 연모戀慕인가 생각했다.

승유는 종학 집무실에 들렀다가 공주마마의 강론을 폐했다는 소식을 듣고 놀랐다. 갑작스러운 폐강 소식에 혹여 공주의 건강에 문제가 생긴 것은 아닌지 걱정스러웠다.

세령은 한참 만에 종학 여종친들의 강론에 들어갔다가 눈치만 먹고 도망치듯 나왔다. 한동안 출결하지 않은 게으른 종친이라고 낙인찍힌 모양이었다. 게다가 동생 세정의 비아냥거림을 참을 수 없었다. 세정은 누굴 닮았는지 욕심도 많고 시기심도 많았다. 세령이 선머슴이라면 세정은 천생 여우같은 계집이었다.

종학을 파하고 집으로 들어와 무심코 마구간으로 걸어간 세령은 비호 앞에 털썩 주저앉았다. 말을 타고 달리던 것이 마치 꿈결처럼 아득히 멀게 느껴졌다. 세령은 허무하고 또 허무했다.

여리는 넋이 빠져나간 듯 멍하니 비호를 쳐다보고 있는 세령을 보고 혀를 끌끌 찼다. 그렇게 혼쭐이 나고도 아직도 정신을 못 차린 철없는 세령을 보다 못한 여리가 한마디 했다.

"그러지 마시고 보름날인데, 그네타라도 구경 가시겠어요?"

"오늘이 보름이냐?"

세월 가는 줄 모르냐는 여리의 핀잔에 세령은 갑작스레 며칠 전 일이 떠올랐다. 보름날 기방 앞에서 보자고 스승님과 약조하지 않았던

가. 얼굴에 다시 화색이 돌며 방으로 서둘러 들어가는 세령을 보자 여리는 제 본분을 다한 것 같아 새삼 뿌듯했다.

세령은 여리가 방심한 틈을 타서 몰래 빠져나왔다. 장옷을 둘러쓰고 서둘러 운종가 기방 근처로 걸어갔다. 시時를 정한 것은 아니어서 세령은 초조해졌다. 만약 시를 정했더라도 이미 부마로 내정된 승유가 이 곳에 온다고 장담할 수는 없는 일이었다. 근처 골목 어귀에서 서서 기방 앞을 쳐다보고 있던 세령의 눈이 갑자기 번뜩 뜨였다.

승유였다. 승유가 기방 앞에서 누군가를 기다리듯 왔다 갔다 하고 있는 게 아닌가.

기녀들이 승유의 팔을 잡아 끌며 기방으로 데리고 들어가려는 걸 몇 번이고 뿌리치는 그를 보며 세령은 가슴이 일렁였다. 세령은 가지 말아야 한다고 생각했지만 몸이 마음대로 움직여주지 않았다. 어느새 세령은 승유 앞에 다가가서 섰다.

승유는 세령을 보고서 반가운 기색도 없이 역정부터 내기 시작했다. 약조한 것도 아닌데 왜 여길 나왔느냐, 도대체 언제까지 이렇게 무책임하게 돌아다닐 것이냐는 둥, 승유의 잔소리는 끝이 없었다.

세령은 그가 역정을 내는 이유를 알면서도 속이 상했다. 그래서 마지막으로 그의 얼굴을 본 것만으로도 족하다 생각하며 돌아서려고 했다. 그때, 승유가 세령의 팔을 잡았다. 승유의 얼굴에도 세령과 마찬가지로 아쉬움이 잔뜩 배어 있었다.

"말은 못 태워드리니, 대신 저자 구경이나 하시지요."

저잣거리는 보름날 열리는 장으로 인해 시끌벅적하고도 요란했다. 온갖 먹을거리들과 팔려고 늘어놓은 물건들이 쌓인 난전이 길게 늘어서 있었다. 한껏 들뜬 활기찬 분위기에 세령도 기분이 흡족해졌다. 승유는 아이처럼 눈을 반짝이며 둘러보는 세령이 사랑스러웠다.

멀리 와자하게 모여 있는 사람들 속에서 "와! 와!" 하는 함성이 들려왔다. 빽빽한 사람들 머리 위로 기다란 그네를 타고 있는 여인네의 모습이 보였다가 사라졌다. 세령은 이끌리듯 그곳으로 갔다. 빽빽한 사람들 사이를 억지로 비집고 들어가려 하는데 잘 되지 않았다. 승유가 사람들을 밀쳐 세령이 안으로 들어가게 해주었다. 승유는 세령의 뒤쪽에 버티고 서서는 아무도 닿지 못하게 세령의 공간을 확보해 주었다. 그것도 모른 채 세령은 넋을 놓고 그네 타는 여인들을 바라보았다.

나무에는 화려하게 장식된 그네 두 개가 매달려 있었다. 그네를 높이 굴리면 닿을 수 있는 곳에는 실로 묶어 놓은 꽃가지가 대롱대롱 매달려 있었다. 그네 타는 여인네들은 그 꽃가지를 서로 먼저 입에 물려고 애쓰고 있었다.

꽃가지를 먼저 입에 무는 쪽이 이기는 것이다. 구경꾼들은 누가 꽃가지를 먼저 낚아챌 것인가에 온통 신경이 쏠린 채 응원을 하고 있었다. 마침내 다부져 보이는 한 부녀자가 꽃가지를 물었다.

와! 하고 구경꾼들의 입에서 탄성과 함께 박수가 우박처럼 쏟아져 내렸다. 세령도 박수를 치며 어린아이처럼 해맑게 웃었다. 그런 세령을 보고 승유는 싱긋 웃었다. 꽃가지를 입에 문 부녀자가 계속 연승행진을 하고 있었는지, 구경꾼들이 혀를 내두르며 칭찬을 해댔다. 그러면서도 새로 맞붙을 여인네를 찾으려고 주위를 둘러보았다.

그러다 어떤 사람이 세령을 발견하고는 냅다 손목을 잡아끌었다. 갑작스러운 상황에 세령은 당황했지만 정작 놀란 것은 승유였다. 아무리 말려도 구경꾼들의 기세는 꺾일 줄을 몰랐다. 한번 붙어보라고 흥을 넣는 구경꾼도 있고, 양반댁 규수 차림의 세령을 호기심 어리게 바라보는 구경꾼도 있었다.

세령이 냉큼 해보겠다고 말하자, 승유는 그러다 옥체가 상하기라도 하면 큰일이라고 세령을 말렸다.

"말을 달리는 것보다야 하겠습니까? 조심, 또 조심하겠습니다."

세령은 다부지게 그네로 향해 걸어나갔다. 승유도 도무지 말릴 수 없는 공주라고 생각하며 뒤따라 나섰다. 세령은 그네에 올라 크게 숨을 들이마셨다. 맞은편에는 연승 행진 중인 부녀자와 남편이 마주 선 채 가소롭다는 표정으로 웃고 있었다. 곱게 자란 규수가 제대로 발이라도 구를 수 있겠나 하는 비웃음이었다.

이윽고, 구경꾼들이 "날자!" 하고 고함을 지르는 것을 신호로 세령과 부녀자의 그네가 움직이기 시작했다. 세령은 그네 발받침 위에서 자기도 모르게 휘청하자 식은땀이 흘렀다. 이윽고 균형을 되찾고 조심스럽게 발을 굴렀다. 연승 행진 부녀자의 그네는 이미 세령보다 배는 높게 올라가 있었다. 세령도 꽃가지를 향해 힘차게 발을 구르기 시작했다.

이만큼 다가왔다가 저만치 멀어지는 하늘. 세령은 마치 말을 탔을 때처럼 점점 기분이 좋아지기 시작했다. 바람 속을 이리저리 날아다니는 듯이 상쾌했다. 연승 행진 부녀자가 꽃가지를 간발의 차로 몇 번 놓치자 구경꾼들이 안타깝다는 듯 탄식을 내뱉었다. 하지만 세령은 이기는 것과는 상관없이 새처럼 나비처럼 그네를 타고 있었다. 승유는 하늘거리는 꽃잎처럼 날아가는 세령의 모습을 넋을 잃고 바라보았다.

구경꾼들도 세령의 자태에 하나둘 이목이 쏠렸다. 다시 한 번 연승 행진 부녀자가 꽃가지를 놓치고 구경꾼들의 안타깝다는 외침소리가 울려 퍼졌다. 세령도 어느덧 정신을 차려보니 꽃가지가 코앞에 다가와 있었다. 세령은 엉겁결에 꽃가지를 확 물어 낚아챘다. 그러자 이전과는 비교도 되지 않을 만큼의 탄성과 박수가 터져 나왔다.

꽃가지를 물고는 환히 웃는 세령의 모습은 눈이 부실 만큼 아름다웠다. 그것을 보는 승유는 심장이 두근거렸다. 세령이 구르는 그네가 하늘로 치솟을 때마다 승유의 가슴은 쿵쿵 소리를 내는 것 같았다.

한편 함귀 무리의 칠갑이가 구경꾼들 사이에서 조심스레 승유의 모습을 살피고 있었다. 칠갑은 이른 아침부터 승유의 뒤를 쫓고 있었다. 하품이 나올 정도로 지겨운 시간이 흐르던 차에 승유가 기방에서 장옷을 둘러쓴 계집을 만나는 것을 보고 그네터까지 그를 뒤쫓았다. 칠갑은 승유가 흠뻑 빠진 얼굴로 세령을 보는 모습을 보고 코웃음을 치며 비웃었다. 그러다 무심코 그네 타는 세령을 보고는 자기도 모르게 잠시 입을 떡 벌린 채 넋을 잃고 쳐다보기도 했다.

'도대체 어느 댁 규수이기에 그네도 저리 잘 탈꼬.'

철갑은 승유와 꽃가지를 손에 쥔 계집이 난전을 구경하는 것을 대여섯 걸음 뒤에서 따라가며 계속 훔쳐보았다.

승유는 장신구에는 관심도 없는 세령이 못마땅하다는 듯 손거울 하나를 억지로 세령에게 쥐어주었다. 그리고는 이리저리 비춰주는 척하며 자신의 뒤쪽을 비춰보았다. 그러다 좌판을 구경하는 척하며 승유와 세령을 흘깃거리는 칠갑을 발견했다. 승유는 세령의 손목을 낚아채고는 북적거리는 사람들 사이로 파고들었다.

"왜 그러십니까?"

하지만 승유는 대답도 없이 세령을 끌고 무작정 달렸다. 누군가 쫓아오기라도 하는 것처럼 자꾸만 뒤를 살피며 달리는 승유 때문에 세령은 지난번 화적떼가 떠올라 왈칵 겁이 났다.

이윽고 인근 숲길에 이르러 승유는 세령과 함께 작은 공간으로 들어가 숨었다.

"그때 만난 화적떼 무리입니까?"

세령이 묻는데 승유가 손으로 확 막았다. 그와 동시에 바스락 나뭇가지 밟히는 소리와 함께 칠갑이 모습을 드러냈다. 두 사람은 들키지 않으려고 숨소리를 죽이고 최대한 몸을 웅크렸다.

뒤에서 껴안은 채 손으로 입을 막고 있는 승유 때문에 세령은 숨이 막힐 것 같았다. 목덜미에 승유의 숨결이 닿자 세령은 온몸의 솜털이 서는 듯 긴장했다. 승유 역시 이런 세령을 의식하고 있었다. 세령의 귀밑머리, 고운 얼굴에서 이어지는 가늘고 고운 목덜미를 눈앞에서 보고 있노라니 현기증이 날 듯 아득했다. 심장이 요란하게 쿵쾅거려서 혹시라도 세령이 들을까 걱정도 되었다.

어느새 칠갑이 사라졌지만 두 사람은 떨어질 줄을 몰랐다. 마치 어떻게 해야 좋을지 몰라 그러고 있는 것처럼……

승유는 조심스레 세령의 입을 막고 있던 손을 풀었다. 세령은 가슴이 터질 듯 긴장했다. 승유가 손을 놓는 것 같더니 세령의 얼굴을 천천히 쓰다듬으며 가만히 고개를 돌렸다. 승유는 세령의 얼굴을 가만히 바라보았다.

"제 어머니는 홀로 외롭게 돌아가셨습니다. 함길도에 나가 계신 아버님께 평생 한이 되셨지요."

부끄러움에 줄곧 시선을 피하고 있던 세령이 승유의 얼굴을 바라보았다.

"제가 없을 때 마마께 무슨 일이라도 생긴다면, 저 또한 평생 한이 남을 것입니다. 부부의 연을 맺은 후에는 얼마든지 함께 말을 탈 것이니, 다시는 위험천만한 궐 밖으로 나오지 않겠다고 약조해주십시오."

듬직하고 진지한 얼굴로 바라보는 승유의 모습에 세령은 심장이 멎을 것만 같았다.

스승님은 자신을 공주마마로 알고 있다. 세령은 이 사내가 공주마마와 혼인하여 부마가 될 것이라는 사실이 아프도록 새롭게 다가왔다. 바라보는 것만으로도 가슴이 시린, 처음으로 느껴보는 이 떨림이 이대로 멈추었으면 했다.

그때 승유의 얼굴이 조심스럽게 세령에게 다가왔다. 세령의 얼굴을 감싸고 있는 승유의 두 손이 조금씩 떨리고 있었다. 세령은 숨을 쉴 수 없을 만큼 그와 함께하고 싶으면서도 경혜공주의 얼굴이 떠올라

버틸 수가 없었다. 두 사람의 입술이 맞닿으려는 찰라 세령이 승유의 몸을 가볍게 밀쳐내면서 일어섰다. 승유는 당황스러우면서도 자신이 경솔했다는 생각에 얼굴이 달아올랐다.

"용서해주십시오. 제가 경솔한 짓을 했습니다."

승유는 진심으로 세령에게 용서를 구했다. 하지만 세령은 고개를 숙인 채 아무 말도 하지 못했다. 용서를 구할 필요가 없다고, 자기도 지금 이순간을 멈추고 싶지 않았다고 말해주고 싶었지만 차마 그 말은 할 수 없었다. 세령은 차오르는 눈물을 들킬세라 괜찮다는 듯 고개를 숙이고 먼저 걸어 나왔다.

"나인이 기다릴 것이니 그만 가시지요."

어느새 궐문 근처에 이르러 세령이 말했다. 승유는 숲속에서의 일이 부끄럽고 미안하여 아무 말도 하지 못했다. 승유의 그런 그 모습을 보니 세령의 마음은 천 갈래 만 갈래 찢어지는 것만 같았다.

"좀 전의 일은 개의치 마십시오. 저는 괜찮습니다."

세령이 말했다. 그제야 승유가 세령을 똑바로 바라보았다.

"그리고 스승님, 약조하겠습니다."

승유는 세령의 얼굴을 가만히 쳐다보았다.

"제 걱정은 더 이상 하지 마십시오. 스승님 말씀대로 하겠습니다."

"그럼 됐습니다. 이만 들어가시지요."

승유는 그제야 마음이 좀 놓여 미소를 지으며 말했다.

세령은 찬찬히 승유의 얼굴을 들여다보았다. 마치 하나하나 기억에 담으려는 것처럼 세심하게 바라보았다. 승유는 세령의 눈동자가 어쩐지 슬퍼 보여 마음이 아렸다. 곧 다시 만날 것인데 어찌 이런 표정인지 승유는 의아했다.

"스승님. 참으로, 참으로 즐거웠습니다."

세령이 깊게 허리를 굽혀 절을 하고는 뒤돌아 궐문으로 걸어갔다. 총총히 멀어지는 세령의 뒷모습이 마치 사라질 듯 흐릿하게 보여 승유는 왠지 모를 두려움을 느꼈다. 다시는 만나지 못할 사람처럼, 손을 뻗으면 신기루처럼 사라질 것 같아서 승유는 달려가 공주를 품에 안고 싶은 마음을 주체할 수가 없었다.

도대체 어딜 다녀오는 것이냐는 여리의 닦달에도 세령은 아무 말도 하지 못했다. 아무것도 보이지 않고 아무것도 들리지 않는 것처럼 모든 것이 멈춰버린 것 같았다. 세령은 방에 들어와 문을 닫고 한동안 멍하니 서 있었다. 그때껏 머리까지 쓰고 있던 장옷이 스르륵 바닥에 떨어졌다. 세령은 아직도 손에 쥐고 있는 꽃가지를 바라보았다.

승유와 처음 만났던 날이 떠오르고, 함께 말을 타고 달리던 날도 떠오르고, 죽을 뻔했던 위기를 겪었던 날도 떠올랐다. 그리고 입을 맞추려 다가오던 승유의 얼굴도 떠올랐다.

세령이 바라보던 꽃가지의 꽃잎에 이슬이 맺히기 시작했다. 그와 동시에 세상이 다시 돌기 시작했다. 세령은 터져 나오는 울음을 참지 못하고 소리 내어 울었다.

관상감 주부 박수천은 수양대군과 독대했던 일이 심중에 남았다.

수양은 관상은 물론이거니와 타고난 운명도 왕재를 타고났다. 하지만 버젓이 왕세자가 있는 한 그는 장자長子로 태어나지 못함을 원망해야만 했다. 그런데 수양은 타고난 성품마저 욕망을 저버리지 못한지라 언제나 불꽃을 품고 있었다. 박수천은 수양을 독대하고 난 뒤 그가 곧 왕위에 오를 것이라는 직감이 들었다. 하지만 이를 발설할 수는 없었다. 그것이야말로 역모이자 대역죄인이 되는 것이다. 박수천은 자신에게 주어진 소임대로 말했다. 훗날 수양이 이끄는 운명이야 어찌되었든 자신의 소임에만 충실하고자 했다. 타인의 운명은 그리도 잘 읽어냈던 박수천이지만 자신의 운명은 알지 못했다. 그날 밤 한명회의 졸개들인 함귀 무리가 들이닥쳤던 것이다.

박수천은 청풍관 후원에 파놓은 구덩이에 내던져졌다. 자신에게 닥친 죽음의 기운을 느꼈지만 그는 당당히 구덩이에서 일어나 쏘아보았다. 한명회가 한심한 듯 그를 쳐다보며 웃고 있었다.

"천기를 읽는다는 관상감 주부가 오늘 내가 올 줄을 어찌 몰랐더냐?"

"나에게 어떠한 해코지를 한다 해도 궁합수는 얻을 수 없을 것이다."

칠삭둥이 한명회의 얼굴을 보는 순간 박수천의 등에 식은땀이 한 줄기 흘렀다. 저 놈은 자신의 입신양명을 위해서라면 물불을 가리지 않을 것이다. 하지만 긴장을 숨긴 채 박수천은 생사는 하늘이 주는 것이라며 매섭게 쏘아보았다. 그 말에 한명회가 껄껄 대며 큰 소리로 웃었다.

"이 손에 달린 생사가 몇인 줄 아는가? 자그마치 셋이네. 셋."

한명회가 말을 마침과 동시에 갑작스럽게 여인네들의 신음소리가 터져 나왔다. 그러더니 구덩이 안으로 재갈이 물린 채 포박되어 있는 여인네 둘이 굴러 떨어졌다. 박수천의 아내와 딸이었다.

박수천의 격노에도 아랑곳하지 않고 구덩이 안으로 흙이 쏟아져 들어왔다. 공포감에 울부짖는 가족들의 처절한 소리에 박수천은 눈을 질끈 감으며 참으려 했다. 하지만 죽어가는 혈육 앞에서 버틸 수 있는 아버지가 어디 있던가. 박수천은 분노와 수치심을 억누르며 그만하라고 소리쳤다. 한명회는 경혜공주와 승유의 진짜 궁합수를 내놓으면 된다고 비열하게 웃었다. 박수천은 치욕스러웠지만 수양의 운명이 제 길을 향해 걸어가고 있는 것뿐이라며 애써 자위自慰했다.

수양의 계책은 천천히 그러나 세밀하게 준비되어 가고 있었다. 집현전 직제학이자 길례청 부사 신숙주를 포섭하는 것에도 성공했다. 내내 대쪽같이 꼿꼿한 태도로 수양대군 측의 일을 조목조목 따지던 신숙주였건만 수양이 그의 명예욕을 건드리자 대쪽이 부러진 것이다.

길례청에서의 수고를 치하하겠다며 수양이 자기를 사저私邸로 초대했을 때 신숙주는 이미 어느 정도 예감하고 있었다. 조만간 수양대군과 김종서 사이에서 선택의 기로에 서게 될 것이라는 것을. 그리고 수양대군에게 승산이 있다고 판단했다. 하지만 그는 적어도 겉으로는 대쪽같이 고고한 선비였다. 제 발로 먼저 수양에게 찾아갈 수는 없는 노릇이었다. 그런데 수양이 사돈을 맺기를 청하며 먼저 손을 내밀자 신숙주는 더는 고민할 이유가 없었다. 대세가 수양대군에게 기울고 그가 자신과 자신의 가문을 더 높은 곳으로 이끌고 갈 것이라면 주저할 필요가 없다고 여겼다.[*] 신면은 아버지 신숙주와 함께 수양대군을 만났다. 무슨 용무인지도 모르고 수양의 부름에 찾아갔다가 함께 있는 아버지를 보고 적잖게 놀랐다. 게다가 난데없는 혼담까지 이어져 정신이 아득했다.

그도 그럴 것이 신면은 수양대군의 사저로 들어왔다가 세령과 마주쳤다. 공주마마가 왜 수양대군의 사저에 있는지 깜짝 놀랐다. 하지만 곧 그녀가 공주마마가 아니라 수양대군의 장녀임을 알고 신면은 더욱 놀랐다.

세령은 변명의 여지가 없어서 신면에게 그간의 곡절을 모두 설명했다. 경혜공주와 사소하게 벌인 장난이 걷잡을 수 없이 커져버렸다고 말이다.

신면은 세령이 승유에게 사실대로 말할 것을 권했다. 승유가 세령을 정혼 상대로 알고 있다가 나중에 경혜공주를 직접 대면하게 되면 상처를 받게 될 것이었다. 신면은 자기 자신도 어찌할 수 없는 세령의 처지를 동정하였다. 세령은 다른 양반가 규수와는 어딘가 달랐다. 예전 승유에게 농처럼 던졌던 말이 새삼 사무치게 가슴에 와닿았다. 이런 여인이라면 혼인해도 좋겠다고 생각했는데 수양대군이 직접 아버지에게 혼담을 청하니 가슴이 두근거렸다.

---

[*] 신숙주의 변절은 세상 사람들에게 '숙주나물 변하듯'이라는 말로 조롱거리가 되었다.

142

승유는 정종과 함께 운종가 한의원에 들렀다. 지난번 자모전가 패들에게 당한 이후로 승유는 때맞춰 정종 어머니의 약값을 치러주고 있었다. 정종은 부마간택만 되면 한 번에 다 갚을 것이라며 호언장담했다. 승유는 이미 부마가 내정되어 있음을 알기에 그저 웃음으로 넘겼다. 정종이 우습게 보지 말라며 다시 기세등등하게 얘기하는 것을 들노라니 승유는 공주마마 생각이 났다.

일전에 숲에서의 일이 여전히 승유에게 부끄러움으로 남아 있었지만 그것도 곧 추억이 될 터였다. 이런저런 생각에 잠긴 채 저잣거리를 둘러보다 승유는 장신구 가게에 시선이 꽂혔다. 그 흔한 가락지 하나도 손가락에 끼지 않은 공주마마의 모습이 떠올랐다.

경혜공주가 조심스럽게 입술연지 종이를 입에 물었다가 떼었다. 선명하게 붉은 입술이 곱게 드러나 공주의 미모가 한층 살아났다. 은금이 옆에서 탄복하며 지켜보았다.

"마마, 선녀가 하강하신 듯하옵니다. 직강 김승유가 아니라 어떤 사내가 넘어오지 않겠습니까?"

공주는 그 말이 귀에 거슬렸다. 김 직강이 이미 세령의 사내이기라도 하단 말처럼 들려서 공주는 은금이를 매섭게 쏘아보았다. 제 상전의 기분을 눈치 채고는 은금이 재빠르게 덧붙였다.

"그게 아니오라, 마마의 뜻대로 강론도 중단 되었고 혼인날만 기다리면 되니까 기뻐서 드리는 말씀이지요."

"김승유는 아직 나를 모른다."

"마마를 보면 세령 아가씨 따위는 싹 잊으실 것입니다. 언감생심 비교가 되옵니까?"

은금의 말에 공주는 경대를 쳐다보았다. 경대 속에 비친 제 얼굴을 바라보니 만족스러웠다.

그때 나인이 은금을 불러 무어라 귀엣말을 하자 은금이 눈이 똥그래졌다.

"무슨 일이냐?"

경혜공주가 묻자 은금이 주저하며 김 직강이 알현을 청한다고 답했다. 강론 방에서 기다린다는데 어쩌느냐는 은금의 말에 공주는 불편한 기색을 감추지 못했다. 강론을 폐한다 했거늘 그새를 못 참고 알현을 청하다니 두 사람 사이가 어쩌면 보기보다 가까울 수 있다고 생각되어 불안했다.

승유는 손에 쥔 비단 집을 만지작거리며 강론 방에서 공주를 기다렸다. 누군가 들어오는 소리에 반색을 하며 쳐다보니 공주가 아니라 은금이었다. 가벼운 고뿔*때문에 나오지 못 한다는 말에 승유는 혹여 그날 너무 무리하신 게 아닌가 걱정스러웠다. 은금이 그만 돌아가시라며 일어나자 승유는 은금을 불러 세웠다. 그리고는 서둘러 붓을 들어 종이에 편지를 써내려갔다.

번잡한 마음에 후원을 거닐던 경혜공주는 은금이 건네준 비단 집을 받아들고 열어보았다. 단순한 모양새의 은가락지가 들어있는 것을

※ 고뿔 : 감기

보니 공주의 심기가 대번에 언짢아졌다. 그 앞에 은금이 민망한 듯 얼굴을 붉히며 서찰을 내밀었다. 공주가 은금이 내민 서찰을 보고 고운 이마를 찌푸렸다. 무엇이라 설명하기 힘든 감정에 공주는 심장이 요동쳤다. 읽지 말아야한다는 생각이 들면서도 한편으로는 무엇이 적혀 있나 참을 수 없이 궁금했다. 공주는 깊이 숨을 들이마시고는 떨리는 손으로 서찰을 펼쳤다.

공주마마, 저 역시 어제는 즐거웠습니다.
숲에서의 일조차 추억이 될 날이 있겠지요.
우리가 나눈 약조의 증표이니 기꺼이 받아주시지요.

순간, 공주의 얼굴이 분노로 일그러졌다. 거칠게 구겨진 서찰이 후원 한구석에 내던져졌다. 세령이 거짓말을 한 것이다. 김승유는 부마가 될 사내라고, 네 남자가 아니라고 분명히 말했건만 세령이 또 김승유를 만난 것이다. 게다가 두 사람이 나눈 약조의 증표라니, 이건 또 무슨 소리인가? 김승유는 부마가 될 사람인데, 내 사내인데 이미 세령이 가졌단 말인가. 수양숙부는 동생의 자리를 호시탐탐 노리더니 이제 그 딸은 내 지아비를 탐한단 말인가.

공주는 걷잡을 수 없이 분노가 치밀어올라 어찌할 바를 몰랐다.

그것도 모른 채 세령은 승유에게 사실을 밝힐 생각으로 아침부터 서둘렀다. 신면이 한 말은 세령에게 아프게 새겨졌다. 승유가 더 큰 상처를 받기 전에 고해야 한다. 하지만 세령의 뜻대로 되지 않았다.

동트기가 무섭게 경혜공주가 찾는다는 전갈이 왔던 것이다.

세령은 아무것도 모르고 있을 경혜공주에게도 사실을 고해야 했다. 떨리는 마음을 가누고 침착하려 애쓰며 세령은 공주를 쳐다보았다. 원래 공주의 표정이 차가울 정도로 도도했지만 이날은 냉기가 돌 정도로 얼어붙은 것 같았다. 세령은 두려웠지만 이실직고해야 한다고 믿었다. 혹여 경사스러운 길례날에 승유가 공주마마께 불미스러운 말을 할 수도 있을지 모른다. 그렇게 된다면 세령은 걷잡을 수 없는 죄를 저지른 것과 마찬가지가 될 것이었다.

"공주마마, 다시 만나지 말라 하신 약조를 어겼습니다."

"이미 알고 있다."

냉랭한 공주의 답에 세령은 놀랐다. 어찌 알고 계신 것일까?

"공주마마를 속인 죄, 달게 받겠습니다."

세령은 고개를 조아리며 말했지만 공주의 말투에 박힌 가시는 뽑히지 않았다.

"너를 벌해 무얼 하겠느냐."

"처음으로 부부의 연緣을 맺어도 좋을 사내라 생각했습니다."

공주는 세령의 말에 귀를 의심했다. 이게 대체 무슨 말인가!

"마마께서 너그러운 아량을 베풀어주신다면, 그간 저의 거짓말을 스승님께 직접 사죄하고 싶습니다."

공주가 기가 막히다는 표정으로 세령을 쏘아보았다.

"사죄?"

"마지막입니다. 한 번만 뵙게 해주십시오."

간절한 세령의 말은 이미 귓전으로 흘러 넘어갔다. 공주는 이미 분노와 질투로 감정이 혼돈상태였다. 공주는 벌레를 들여다보듯 세령에게 경멸에 찬 시선을 던졌다.

"남의 것을 탐내는 것이, 네 아비와 다를 게 없구나."

차갑고도 가시가 돋친 그 말이 세령에게 와서 꽂혔다.

"어찌 그런 말씀을 하십니까?"

세령은 자신의 탓으로 제 아비까지 폄훼되는 것 같아 가슴이 찢어졌다.

그때, 은금이가 조심스레 문을 열고 들어왔다.

"모시고 왔습니다."

"잠시 곁방에 물러가 있거라."

공주는 은금이는 쳐다보지도 않은 채 세령을 향해 말했다.

세령이 곁방에 들어서자마자 은금이 소리 나게 장지문을 탁 하고 닫아버렸다. 공주의 마지막 말이 세령의 마음을 심란하게 어지럽혀 앉아 있을 수가 없었다. 가슴팍에 넣어두었던 서찰을 꺼내어 만지작거렸다. 이 서찰이라도 전해달라고 하면 들어주실까? 그때 공주가 있는 방에 장지문 열리는 소리가 들리고 누군가 들어왔다.

은금의 안내를 받아 들어온 이는 승유였다. 어느새 공주의 앞에는 발이 내려져 있었다.

승유는 발 너머에 보이는 공주를 보며 미소를 지었다. 꼿꼿한 자세로 승유를 바라보는 공주의 태도가 어쩐지 예전에 처음 만났던 날이 떠올라 자기도 모르게 웃음이 났다.

"고뿔은 다 나으셨습니까?"

"……."

승유는 공주의 얼굴을 보고 싶은 마음인데 공주 앞에 내려진 발이 야속하게만 느껴졌다.

"새삼 내외를 다 하십니다. 소신이 그리 보기 싫으신지요?"

"……."

승유는 아무런 답도 없이 미동이 없는 공주를 보니 의아했다.

"어찌 답이 없으십니까? 혹시 무슨 일이 있는 겝니까?"

답답했다. 혹시 서찰을 보낸 것이 공주마마께 불쾌하게 받아들여진 것은 아닌지 아니면 아직 고뿔이 낫지 않은 탓인지 승유의 머릿속이 혼란스러웠다.

"마마!"

그때, 공주 앞에 내려져 있던 발이 사르륵 올라갔다. 그와 동시에 승유의 얼굴에서 핏기가 사라졌다. 올라간 발아래 앉아 있는 공주의 모습이 승유가 알고 있는 공주가 아닌 것이다. 들려오던 풍문대로 경국지색이라고 불려야 마땅한 미색을 가진 도도한 자태의 여인이 앉아 있었다. 승유는 무언가 잘못되었다는 느낌이 들어 충격에 빠졌다.

직강들 사이에 떠돌던 공주의 미색, 도도하고 오만한 태도가 머릿속에 떠올랐다.

"누구십니까?"

가슴속에 차오르는 불길함을 감추지 못하고 승유가 물었다.

"그대가 보고 있는 이가, 공주요."

도도한 경혜공주의 답변에 승유는 경악을 감추지 못했다. 그럼 그 여인은 누구란 말인가!

　세령은 곁방에서 승유의 목소리를 온전히 듣고 있었다. 그리움과 죄책감이 뒤섞여 있던 세령은 장지문 너머로 들려오는 승유의 목소리에 가슴이 떨렸다. 이렇게 밝혀지기 전에 먼저 사죄했어야 했다. 하지만 이제는 돌이킬 수 없는 일이 되어버렸다. 승유가 세령에 대한 원망을 품으며 살아가게 되더라도 세령은 아무 탓도 할 수 없을 것이다.

　승유는 지척에 세령이 있다는 것을 꿈에도 알지 못했다. 눈앞에 있는 경혜공주를 뚫어져라 쳐다보며 믿기지 않는 현실에 머릿속이 캄캄해졌다. 그러다 문득 일전에 강론 방에서 다기 그릇을 깨뜨렸던 궁녀의 얼굴이 스치고 지나갔다.

　"그때 다기를 깨뜨린 궁녀가 아니오? 그런데 어찌……."

　승유는 마지막 희망이라도 쥐어짜듯 그렇게 물었다.

　"잠시 곡절이 있었으나 내가 바로 경혜공주입니다."

　"농이라면 그만 두시지요. 제가 모시던 공주마마는 거기 계신 분이 아닙니다."

　공주는 승유가 곧바로 믿지 못하는 것이 불쾌했으나 눌러 참았다.

　"그리 못 믿으시겠다면 주상전하와 세자저하를 뵈러 함께 가시지요."

　"그 말이 사실이라면, 제가 뵈었던 이는 누구입니까?"

　공주의 표정이 냉랭해졌다. 그 얼굴에 서린 냉기를 보고 승유도 매섭게 다그쳤다.

"누구냐고 묻질 않습니까?"

"궐 밖을 구경코자 나 대신 앉혀 놓은 궁녀입니다."

승유는 머리가 아득해지는 것을 느꼈다. 궁녀가 공주 행세를 하고 다니다니 말이 될 법한 일인가. 도대체 일국의 공주가 어찌 그런 위험한 일을 벌인단 말인가?

"사소한 장난이 이리 커질 줄 몰랐습니다."

"장난? 그간 소신을 가지고 장난을 쳤다 이 말입니까?"

공주의 말이 거슬려 승유의 말도 점차 날카로워졌다.

"피치 못해 그리 됐으니 이해하시지요. 김 직강과 그 아이와의 일은 묻어둘 터이니, 더는 그 아이를 생각지 마십시오. 김 직강과 나는 이 혼사를 반드시 치러야 합니다. 그 연유는 직강께서도 잘 아시질 않습니까!"

불쾌하고 믿기지 않는다는 듯 쳐다보는 승유에게 던진 공주의 말은 쐐기가 되어 박혔다. 그렇다. 이 혼사는 아무리 불쾌하다고 해도 치러야만 한다. 아버지가 남은 생을 걸고 지키고자 하는 일이 아닌가. 세자저하를 수양대군으로부터 안전하게 보필하는 것은 그 길밖에 없다.

"그러니 행여, 그 아이를 찾을 생각은 마십시오. 이미 궐 밖으로 내보냈습니다."

차갑도록 냉혹한 미모의 공주를 승유는 굳은 얼굴로 쏘아보았다. 그리고는 예를 갖추지도 않은 채 벌떡 일어나 방에서 나갔다.

감정을 누르지 못하고 성큼성큼 걸어 나가던 승유는 문득 멈춰 서서 공주의 처소를 돌아보았다. 마치 무엇에 홀리기라도 한 것 같았다. 이것이 현실이 아니라 꿈이라면 너무나도 끔찍한 악몽, 깨어나고 싶은데 절대 깨어날 수 없는 악몽이었다.

넋이 나간 것처럼 웅크리고 앉아 있는 세령 앞에 경혜공주가 장지문을 열고 나타났다. 손에 편지를 쥔 채로 눈물을 떨어뜨리고 있는 세령을 공주는 냉정하게 바라보았다.

"이러려고 저를 부르신 것입니까?"

"네 귀로 들었지 않느냐."

"일부러 그리 하지 않으셨어도, 사죄할 기회를 얻고자 했을 뿐 그분께 다른 마음은 없었습니다."

세령이 일어서서 경혜공주를 바라보며 말했다. 하지만 공주는 경멸을 담아 쳐다보았다.

"사죄가 아니라 가까워질 기회로 삼았겠지. 네 정녕 다른 마음이 없었더냐? 네 정혼 상대가 되어도 좋겠다고 한 건 거짓이었느냐?"

"마마!"

"내게 그가 필요한 것은 연정 따위의 배부른 이유가 아니다! 호시탐탐 옥좌를 노리는 네 아비로부터 세자저하와 나를 지키고자 함이야!"

"옥좌를 노리다니, 그게 무슨 뜻입니까! 제 아버지가 조카인 마마와 세자저하를 해하기라도 한다는 말씀이십니까?"

세령은 공주의 말에 충격을 받고 되물었다.

"너와 나만 몰랐을 뿐, 온 세상이 다 아는 얘기다. 김승유가 부마간택이 되지 않더라도 너는 언감생심 그를 넘봐서는 안 될 일이었다. 우상대감이 역심逆心을 품은 자의 딸을 받아들일 리가 없단 말이다."

공주가 싸늘하게 되받았다.

"제 아버지는 그런 분이 아니십니다!"

세령은 언제나 인자한 아버지가 떠올라 분노에 차서 항변했다.

"정 못 믿겠다면 직접 물어보아라."

"이리도 차가운 분이셨습니까?"

"따스한 척하는 네 아비보다야 낫겠지."

세령은 경혜공주가 쏟아내는 무서운 말들 때문에 정신을 차릴 수가 없었다. 하지만 여기서 약해지면 아버님의 역심을 인정하는 꼴이 되는 것 같아 끝까지 공주의 얼굴을 마주 보았다. 한때 친동기간처럼 우애를 나누던 공주마마였는데 어찌 이리 되었을까. 세령은 슬픔이 목까지 차올라 숨이 막혔다.

세령은 승유와 함께 말을 타던 벌판으로 갔다. 마님한테 혼난다고 발을 동동 구르던 여리를 물리치고 하염없이 걷다 보니 그곳까지 오게 된 것이다. 너른 벌판을 바라보며 불어오는 바람을 맞고 있노라니 왈칵 울음이 터져 나왔다. 세령은 돌덩이가 들어앉은 것같이 무거운 가슴을 주먹으로 내리쳤다. 가슴에 멍이 들도록 때려도 돌덩이는 사라지지 않았다. 바람에 휘청거리며 소리 내어 우는 세령의 모습은 너무나도 위태로웠다.

마침 송자번과 함께 벌판의 화적떼들을 감시하러 말을 타고 나온 신면이 세령을 보았다. 허허벌판에 홀로 서서 휘청거리는 여인의 모습에 신면은 어딘가 낯익은 느낌이 들었다. 송자번을 두고 혼자 가까이 왔다가 세령임을 확인하고는 당황했다. 세령의 얼굴은 눈물로 얼룩져 있었다.

신면이 다가온 줄도 모르고 울고 있는 그 모습이 신면의 가슴속에 아프게 새겨졌다.

신면은 세령에게 사실을 고하였냐고 물었다. 세령은 피치 못할 사정으로 고하지는 못했지만 언젠가는 꼭 직접 사죄드리고 싶다고 말했다. 그러니 그때까지는 자신이 누구의 딸인지 비밀로 해달라고 부탁했다.

신면은 머릿속이 복잡했다. 세령의 신분을 밝힌다면 아마도 승유는 좀 더 쉽게 단념할지도 모르는 일이다. 하지만 세령을 증오하는 마음이 자리잡을 가능성도 있었다. 혼담이 오고 간 상태이지만 신면은 세령이 승유에게 품고 있는 마음에 연민을 느꼈다. 신면은 두 사람의 진심을 알고 있으면서도 세령에 대한 연모하는 마음이 점점 커지고 있어서 괴로웠다.

눈물꽃

"어쩌자고 여기까지 발을 들여놓습니까?
대체 얼마나 사내의 속을 태워야 시원하시겠습니까!"
세령의 눈가에서 참았던 눈물이 주르륵 흘러 내렸다.

승유는 대낮부터 운종가 기방에서 술을 들이켰다. 홀로
온 승유에게 어떻게든 낙점을 받으려 애를 쓰는 명월이를 비롯한 기
녀들을 매정하게 모두 물리치고는 묵묵히 혼자 술을 마셨다.

'공주인 줄 알았는데 궁녀이고, 궁녀인 줄 알았는데 공주마마
라⋯⋯.'

혼란스러운 가운데 허탈한 기분이 들었다. 자꾸만 소탈하게 웃던
세령의 얼굴이 떠올라 승유는 고개를 가로저으며 술잔을 다시 들이
켰다.

기방 뜰에서는 명월이가 서럽게 울고 있었다. 기녀들 서너 명이 명월
이를 다독이며 위로하고 있었지만 명월은 아무것도 들리지 않았다. 오
매불망 승유만을 바라보았는데 그 박정한 태도에 서운함이 터져 나왔
던 것이다. 명월은 전에 승유가 데려왔던 계집이 떠올라 분이 풀리지
않다.

"분명히 그년 때문이야. 공주마마, 공주마마, 닭살 돋게 떠받들 때부터 알아봤어."

전에 몰래 훔쳐 들었던 것을 쏟아내자 기녀들이 놀라 수다를 떨었다. 어쩐지 이상했다는 둥, 고귀하신 분이 어찌 이런 곳에 오냐는 둥 명월이는 뒷전이고 저희들끼리 깔깔대며 떠들어댔다. 기녀들이 수다 떨고 있던 뜰 한구석 담벼락에 붙어서 풀을 질겅이며 이를 쳐다보고 있던 칠갑이 풀을 퉤! 뱉었다.

칠갑이 물어온 소식은 수양대군 측을 깜짝 놀라게 만들 만한 것이었다. 어느 누가 감히 궐 안에 얌전히 있어야 할 공주가 저잣거리에서 그네를 타고, 사내와 함께 말을 타며, 하물며 기방까지 드나들었다고 생각이나 할 수 있겠는가. 도저히 믿을 수 없다는 온녕군의 말에 한명회는 만에 하나 그 일이 사실이라면 김승유의 목숨이 무사하지 못할 것이라며 비열하게 웃었다.

권람이 자미당에 선을 대어보겠다고 말하자 수양대군은 신중하라고 당부했다. 자칫 이것이 김종서의 농간이라면 수양 일파는 왕실을 능멸한 죄로 다스려질 수도 있었기 때문이었다.

수양대군은 임운과 함께 사저로 들어서다가 뜰에 서 있는 세령을 보고 걸음을 멈췄다. 아비가 들어온 줄도 모르고 넋 놓고 달을 쳐다보고 있는 세령의 기운이 심상치 않아 보였다. 조금씩 저물어가는 달이 세령에게는 기울어가는 인연처럼 보여 마음이 아팠다.

"야심한 시각에 왜 그러고 있느냐. 그만 들어가거라."

수양이 한마디 하고는 들어가려고 하는데, 세령이 그를 불러 세웠다. 뭔가 할 말이 있는 듯한 세령의 모습을 보니 수양의 가슴이 문득 저릿함을 느꼈다.

호화로운 병풍이 쳐져 있는 수양대군의 사랑채. 진귀한 도자기들로 장식되어 있는 서랍장들과 화려한 보료가 수양의 취향을 엿보게 해 주는 곳이었다.

굳은 얼굴로 차마 입을 떼지 못하고 있는 세령을 바라보며 수양이 먼저 입을 열었다.

"그래, 할 말이 무엇이냐? 너답지 않구나. 말해보거라."

온화한 미소를 지으며 세령에게 물었다.

"혹, 옥좌에 뜻을 품으셨습니까?"

어렵게 꺼낸 세령의 질문에 수양은 좀 전에 느낀 저릿함의 정체를 깨달았다. 누군가 세령에게 말을 한 것이다. 일이 제대로 완수되기 전에는 가족일지라도 알아서는 안 되었다.

"옥좌라, 차마 입에 담기도 두려운 말이구나."

하지만 세령은 정녕 세자저하와 공주마마의 안위를 해치려 하는 것이냐고 되물었다. 수양은 어디서 그런 낭설을 들은 거냐며 일축했다. 종친들이란 언제나 음해하려는 자들에게 둘러싸여 있는 것이라며 세령이 그런 낭설을 믿고 아비를 본다면, 자신의 마음이 참으로 허하고 슬프다며 괴로운 듯 말했다. 세령은 아버지의 얼굴을 뚫어져라 쳐다보다 죄스러운 마음에 고개를 떨어뜨렸다.

"정신 나간 자들의 허튼 소리에도 일가의 목숨이 경각에 달리는 것, 그것이 종친의 설움이다."

"송구하옵니다, 아버지."

세령이 눈물을 흘리며 사죄를 하자 수양은 괜찮다는 말로 딸을 위로했다. 하지만 수양은 딸이 어디서 그런 소리를 들었는지 의문이 들었다. 지난번에도 혼담이 정말로 깨진 것이냐고 물었던 딸이 아니던가. 수양은 뭔가 개운치 않은 느낌이 들었다.

김종서는 대취人醉하여 들어온 승유를 못마땅하게 쳐다보았다. 내일이 바로 간택일인데 저 지경으로 마시고 돌아온 것을 보니 한편으로는 무슨 일이 있는가 싶어 걱정이 되었다. 혹시 아들에게 너무 큰 짐을 안겨주는 것은 아닌가 심기가 불편해졌다. 맏이인 승규는 다른 일반적인 가문의 여식과 결혼하여 금슬 좋게 살고 있는데 승유한테는 공주의 부마라는 짐을 안겨 부부간의 사사로운 정마저도 빼앗은 게 아닌가 싶은 미안함이 들었다. 하지만 일전에 승유가 공주에 대해 말하며 보인 태도를 보면 분명 공주에 대한 호감이 있다고 느껴졌는데 이 무슨 일일까. 김종서는 불길한 기분이 들었다. 다만 내일 간택이 무사히 끝나기만을 바랐다.

다음날, 승유는 왕실의 예법에 따라 간택 후보들에게 정해진 예복으로 갈아입었다. 노비가 승유가 예복을 입는 것을 일일이 도와주며 흐트러짐 없이 옷매무새를 다듬느라 바빴지만 정작 승유는 무감각한 듯 보였다. 마지막으로 관을 머리에 쓰고 단장을 마친 승유는 아버지의 사랑채로 갔다. 김종서는 이미 내정된 부마라고 흐트러진 모습을 보이면 안 된다고 각별히 주의를 주었다. 승유가 맥없이 대답하는 모습을 보고 김종서의 마음이 흔들렸다. 어찌하여 이 아이의 얼굴이 이렇게도 무거운지 김종서는 신경이 쓰였다.

노비가 끌고 가는 말 위에 앉아서 승유는 이리저리 몸이 흔들리는 대로 내버려두었다. 마치 죽을 장소에 끌려가는 사람마냥 기운 없이 생각에 잠겨 있던 승유가 문득 말고삐를 낚아채고는 속도를 올렸다. 상전이 공주의 부마가 된다는 게 자기 일 인양 들떠서 걷던 노비가 까무러칠 듯 놀라 달려갔지만 어림도 없었다.

궐로 들어온 승유는 곧장 공주의 처소로 달려갔다. 예복을 입은 채로 자미당으로 달려가는 승유의 모습에 나인들이 입을 막고 웃어댔다. 자미당으로 찾아갔건만 공주는 나오지 않고 은금이 승유를 대했다. 궁녀가 어디에 있느냐며 직접 만나야겠다고 다그치는 승유에게 은금은 모르쇠로 일관했다. 이름이라도 말해보라고 소리쳐봤지만 은금은 꼿꼿한 태도로 모른다고 버텼다. 그러더니 최종간택에 가셔야 할 분이 어찌 다른 여인을 찾아다니느냐고 일침을 놓았다.

승유는 은금의 태도가 경혜공주의 지시에서 시작된 것이라는 것을 알고 있었다.

"내 어떻게든 알아내고 말 것이네."

승유는 공주에게 전하라는 듯 내뱉고는 찬바람 소리를 내며 돌아섰다.

"공주마마를 사칭했다는 사실이 밝혀지면 그 궁녀는 목숨을 부지

하지 못할 것입니다."

승유는 은금의 말에 얼어붙은 것처럼 멈춰 섰다. 미동도 없이 서 있는 승유가 말뜻을 알아들었다고 생각했는지 은금이 예를 갖추고 물러났다.

승유는 더욱 마음이 복잡해져 몸을 움직일 수 없었다. 은금의 말은 틀리지 않았다. 만약 이 일이 크게 벌어져 세상에 알려진다면 그녀의 목숨이 위태로운 것은 물론이고 그런 장난을 허용한 공주마마까지 수양의 공격에서 피할 수 없을지 몰랐다.

은금은 곧바로 공주에게 가서 승유가 세령의 행방을 찾는다고 고했다. 경혜공주는 알아듣게 일렀다고 생각했건만 아직 정신을 못 차리고 세령을 찾아다니는 승유가 너무도 야속했다. 아니, 그 미움의 화살은 도리어 세령에게 날아가고 있었다. 처음에 공주는 그저 세자저하를 위해 해야만 하는 혼인이라고 생각했었다. 그런데 승유의 모습을 보고, 세령이 전해주는 승유와의 이야기를 들으며 점점 그에게 마음을 빼앗겼다. 투기妬忌라는 것을 알고 있지만 공주의 자존심이 허락하지 않았다. 그래서 오히려 더 단단하게 자신의 마음을 감추고 대의를 위한 것임을 강조했었다. 그런데 궁녀라고 분명히 말했는데도 세령을 못 잊고 찾아다니다니…… 감히!

"세령이에게 전하거라. 당분간 궐 안에는 그림자도 비쳐서는 안 된다고!"

승유는 자신의 마음이 무엇인지 혼란스러웠다. 그 궁녀를 만나서

도대체 뭘 묻겠다는 것인가. 아니 만나서 확인해야 할 게 무엇이란 말인가. 정혼의 상대인 줄 알았던 공주마마가 궁녀라는 것에 마음이 상한 것은 아니다. 그런 것은 아무 것도 아니었다. 다만 숲에서 그녀에게 했던 말이 헛되이 흩어지는 것 같아 마음이 아팠다. 그녀를 한 사람의 여인으로 가슴에 담았는데 이 멈출 수 없는 감정의 화살은 이제 어디로 날아가야 하나.

간택 장소에 가는 것을 그만 두고 그저 술이나 마시고 싶은 마음만 들었다. 그러나 그럴 수는 없는 일이었다. 이 일은 자신을 위한 것이 아니었다. 아버지가 평생을 바쳐 온 충절이요, 더 크게는 종묘사직의 안위를 위한 일이었다. 승유는 무거운 걸음으로 간택 장소를 향해 몸을 돌렸다.

그때 주위를 경계하며 다급하게 걸어가는 은금이 보였다. 종친들의 강론이 있는 곳으로 곧장 달려가는 은금을 보니 승유는 의구심이 들었다. 공주의 강론은 폐하였는데 왜 종학으로 달려가는 것인가. 승유는 자기도 모르게 은금을 뒤쫓았다. 전각을 돌아가는 은금을 뒤따라가는데 갑자기 어찌 나와 있느냐는 은금의 목소리가 들렸다. 승유는 긴장된 마음으로 전각에 몸을 감추고 슬며시 쳐다보았다. 무성한 정원수의 잎사귀 사이로 한 여인의 뒷모습이 보였다. 은금은 그 여인을 향해 무어라 속삭였다. 언뜻 보이는 여인의 모양새가 그녀와 닮아 있어 승유는 이끌리듯 여인을 향해 발걸음을 내딛었다.

"자네 여기서 뭐하는가?"

염 직강이었다. 염 직강이 의아한 눈으로 승유를 쳐다보았다.

그 소리에 은금과 묘령의 여인이 뒤를 돌아보았다. 은금이 승유를 발견하고는 놀란 듯했다. 이윽고 여인의 얼굴이 드러나자, 승유는 실망했다. 여인은 승유가 알고 있는 그 얼굴이 아니었다. 은금은 여인의 손목을 끌고 얼른 몸을 감췄다.

"오늘은 종학이 아니라 간택장에 드셔야 하는 것 아닌가."

승유는 아무 말 없이 염 직강을 향해 예를 갖추고 돌아섰다. 언제나 호탕하고 밝은 성품의 승유였는데 축 늘어진 걸음새가 낯선지 염 직강이 고개를 갸웃거렸다.

여종친들이 모여 있는 방으로 세정이 입을 삐죽이며 들어왔다. 세정은 언니 세령의 옆에 조신하게 앉더니 투덜거리기 시작했다.

"감히 나인 주제에 종친의 손목을 마구 잡아끌지를 않나. 콧대 높은 공주마마 처소에 있다고 제까짓 게 뭐 대단한 직책이라도 되는 줄 아는지."

"그게 무슨 말이야?"

은금이 세정에게 무슨 말을 한 것인지 몰라 세령이 물었다.

"공주 처소의 나인이 찾아와서, 당분간 언니는 궐에 얼씬도 하지 말래. 자기가 뭔데 오라 마라야."

세령은 공주가 어찌 이리 냉정하게 변했는지 알 수 없었다.

강녕전 동온돌에서 문종은 간택을 앞두고 김종서와 마주 앉았다. 이제 곧 있을 부마간택은 형식적이니만큼 김종서에게 공주를 부탁한다고 말했다. 문종은 그것만으로도 큰 짐을 던 것처럼 편안한 얼굴로 웃었다. 하지만 김종서는 께름칙한 기분이 떨쳐지지 않아 웃을 수가 없었다. 너무도 조용한 수양대군의 행보가 내심 불안했기 때문이다. 김종서는 간택이 끝난 후 곧바로 길례를 서두르기를 주청奏請 드렸다. 자신의 건강이 좋지 못하다는 것을 누구보다 잘 알고 있는 문종은 그리하겠노라 약조하였다. 그때 온녕군이 알현을 청한다고 전균이 고했다.

온녕군은 종친들이 문종을 알현하기를 청하고 있다고 전했다. 반드시 들어야만 하는 중차대한 일이라며 문종에게 강력하게 말하자 문종의 얼굴에서 평온의 기운이 다시 사라졌다.

김종서는 불길했던 예감이 현실로 찾아온 것 같았다. 드디어 수양이 움직이기 시작한 것인가!

간택장에 이른 시각부터 와 있던 정종은 예복차림으로 불안하게 주변을 서성거리고 있었다. 승유의 복색보다 화려함은 떨어지지만 그래도 평소의 후줄근했던 차림보다야 그럴 듯해 보였다. 안절부절 못하고 서성이던 정종의 얼굴이 다시 환해진 것은 승유를 보고 나서였다. 부마도위에 올라 기울어진 가문을 다시 벌떡 일으키겠다는 정종의 너스레에 승유는 그저 허탈하게 웃어줄 수밖에 없었다. 마음으로는 그렇게 되기를 진심으로 바랐다. 간택장으로 정종과 나란히 들어서는데 근엄하게 생긴 아전 두 명이 막아섰다.

"누가 종학의 직강 김승유요?"

승유가 한걸음 나서며 자신이 김승유라고 말하자, 아전들이 일언반구도 없이 승유의 양쪽 팔을 붙들어 끌고 갔다. 정종이 무슨 짓이냐고 다그쳐도 소용이 없었다.

승유는 자신이 끌려가는 곳이 사헌부라는 것을 알고 흠칫했다. 도대체 연유가 뭐냐고 물어봐도 아전들은 묵묵부답이었다. 승유가 사헌부 입구로 들어가는데 아전 한 명과 함께 나오고 있는 명월이가 보였다. 승유는 명월이 사헌부에 있다는 것이 의아했다. 명월은 일부러 승유의 시선을 외면하고는 샐쭉하게 입을 내밀며 야멸차게 걸어갔다. 도대체 무슨 일이 벌어지는지 모른 채 불길한 예감이 들어 승유는 온몸이 뻣뻣하게 긴장되었다.

그 예감은 틀리지 않았다. 사헌부 취조방으로 끌려 들어간 승유는 매서운 눈초리로 노려보는 집의[*]의 말에 충격으로 얼굴이 일그러졌다.

"네 놈이 공주마마를 꾀어 궐 밖에서 황음^{**}한 짓을 벌였다는 고변^{***}이 있었다. 확실한 증인에 물증까지 있으니 발뺌할 수 없을 것이야!"

물증이라니, 승유는 무슨 일이 돌아가는지 헤아릴 수 없어 머릿속이 하얘졌다.

그 시각, 편전에는 팽팽한 긴장이 서려 있었다. 그 긴장감을 감당하기에는 문종은 너무 나약했다. 온녕군은 공주와 김승유의 궁합수

---

* 　집의執義 : 조선시대 정사를 비판하고 관리들을 규찰하며 풍속을 바로잡던 종3품 직제.

** 　황음荒淫 : 함부로 음란한 짓을 함.

*** 고변告變 : 변고를 알림. 오늘날의 사건 제보.

가 너무나 불길하여 부마로 천거할 수 없다고 말했다. 그러자 어찌 직강 김승유가 공주마마에게 화를 불러일으킬 수 있느냐고 민신을 비롯한 김종서 파들이 역정을 냈다. 이윽고 관상감 주부 박수천이 궁합수가 담긴 두루마리를 들고 들어왔다. 창백하게 질린 얼굴의 박수천은 냉정해지려고 애쓰고 있었다. 자신이 입을 염과 동시에 운명이 서서히 수양대군을 향해 기울 것이라는 것을 그는 너무도 잘 알고 있었다. 박수천은 차마 문종의 얼굴을 쳐다보지도 못했다. 아니, 편전안의 그 누구와도 눈을 마주치지 못했다. 그저 아내와 딸이 무사히 돌아오기만 한다면 괜찮다고 생각하면서 박수천은 궁합수를 말했다.

"아뢰옵기 황공하오나 공주마마와 김승유의 궁합수는, 불이 숲을 태워 죽이는 형국입니다."

장내가 술렁거렸다. 그 중에서도 문종이 가장 크게 놀랐다.

"태워 죽인다?"

"예, 전하. 불길이 큰 나무를 태우고 연거푸 작은 나무까지 태워 버리는 매우 끔찍한 궁합이옵니다."

"김승유가 불이라면 큰 나무는 공주란 말이냐?"

문종의 목소리가 조금씩 떨려왔다.

"그러하옵니다."

박주부는 침착하려 애쓰며 답했다.

"허면 작은 나무는 무엇이더냐?"

"작은 나무는……."

"어서 아뢰어라."

"세자저하이옵니다."

박주부는 가족을 살린 대가로 천벌을 받게 될 것이라고 생각하며 입술을 깨물었다.

충격에 빠진 대소신료들이 웅성거리며 김승유가 부마후보로 부적합하다고 이구동성으로 외쳤다. 김종서의 측근인 조극관과 민신 등이 박수천을 다그치며 재차 확인해보았지만, 박수천은 목에 칼이 들어와도 하늘이 내린 궁합수를 바꿀 수는 없다고 버텼다.

김종서는 조용히 눈을 감았다. 너무 방심한 탓이라는 자괴감에 마음이 무거웠다. 수양대군이 조용히 있을 리가 없는데 대비하지 못했던 것이 한스러웠다.

문종은 마지막 한 줄기 희망이었던 공주의 길례가 이렇게 허무하게 끝나는 것이 불안했다. 아니 죽음까지 불사하며 충절을 맹세한 김종서의 아들이 세자의 안위까지 위태롭게 한다는 궁합수를 듣고 보니 현기증이 날 정도로 몸이 떨렸다.

"직제학!"

문종은 신숙주에게 박수천의 말이 한 치의 의심도 없는 사실이냐고 물었다. 신숙주는 속내를 알 수 없는 표정으로 가만히 바닥을 내려다보고 있었다. 그리고는 사실이라고 답했다. 아무래도 미심쩍어 관상감의 다른 관원들에게도 재차 삼차 확인해도 박수천의 궁합과 일치했다는 말에 문종은 절망했다. 조극관이 김종서의 인품까지 거론하며 김승유를 두둔하려 애썼다. 그러자 그때껏 침묵을 지키며 관망하고 있던 수양이 책임질 수 있겠느냐며 입을 열었다.

"차후에 궁합수대로 세자저하께 불미한 일이 벌어져도 그리 떠들 수 있겠느냐 말일세."

소름끼칠 정도로 싸늘한 수양의 말에 모두들 아무 말도 할 수 없었다.

문종은 고뇌에 찬 결단을 내리느라 창백해졌다. 궁합수가 흉하다고는 하지만 김종서를 버릴 수는 없었다. 문종은 최종간택에서 김승유를 취할지 버릴지 정하겠노라며 간택 후보를 들이라고 명했다. 문종의 말이 떨어짐과 동시에 마치 기다렸다는 듯이 내관이 다급히 들어와 전균에게 무어라 속삭였다. 이어서 전균이 문종에게 직강 김승유가 사헌부에 끌려갔다고 전했다. 수양대군의 거침없는 말에도 꿈쩍도 하지 않았던 김종서는 승유가 끌려갔다는 소식에 충격을 받았다. 김종서는 수양대군을 쳐다보았다. 싸늘하게 미소 짓는 수양의 얼굴을 보자 자식들이 피를 보게 될 것이라는 수양의 말이 되살아나서 몸이 떨려왔다.

"직강 김승유가 공주마마를 궐 밖으로 꾀어내어 함께 기방에 머물렀다 하옵니다."

전균이 어쩔 줄 몰라 하며 내놓은 말에 장내의 모든 이가 일순 경악했다. 공주가 궐 밖으로 함부로 나간 것도 문제인데 하물며 스승이라고는 하나 엄연한 사내와 기방에 드나들다니, 있을 수 없는 일이었다. 당장 참형에 처하라고 소리치는 온녕군을 비롯해서 종친들이 죄를 물으라고 야단이었다.

전균은 이를 목격한 기녀가 여럿임을 알리며 물증도 있는 것으로 안다고 문종에게 고했다.

김종서는 아들의 명운命運에 먹구름이 몰려드는 것을 보았다. 그것은 피를 불러올 재앙이었다. 하지만 전균의 말이 사실이라면 아들에게 죄가 있음은 명명백백한 터, 죄 지은 아들의 아비로서 김종서는 고개를 숙인 채 입을 다물었다. 문종은 일순간 나약한 아비로 변해버린 김종서를 복잡한 얼굴로 쳐다보았다. 그리고 고개를 꼿꼿이 세운 채 김종서를 쳐다보고 있는 수양을 바라보았다. 문종은 혼란스러웠다.

'이 모든 것이 수양의 계략이라면…….' 문종은 수양이 쳐놓은 덫으로 발을 내딛는 것 같은 두려움이 밀려왔다. 하지만 드러내서는 안 되었다. 그것이야말로 수양이 보고자 하는 일 아니던가. 문종은 주먹을 꽉 쥐었다.

"김승유를 당장 데리고 오라. 내 친히 추국할 것이다!"

단호한 문종의 목소리에 김종서는 고개를 들고 수양을 쏘아보았다. 수양은 김종서가 볼 수 있도록 슬며시 미소를 지어 보였다. 소름끼치도록 싸늘한 미소를.

세령은 강론시간이 어떻게 지나갔는지 느낄 수조차 없었다. 지루한 듯 하품을 하는 세정과 함께 종학에서 나오는데 한 무리의 여종친들이 우르르 어디론가 몰려갔다. 호기심에 눈을 반짝이며 세정이 그들 중 한 명을 붙잡고 물었다. 그러자 곧 친국親鞫*이 행해진다는 답변이

※ 친국親鞫 : 임금이 중죄인을 직접 심문하는 일.

돌아왔다. 세정은 인형처럼 멍한 얼굴로 걷고 있는 세령을 끌고 여종친들을 따라갔다.

편전으로 향하는 길은 이미 궁녀들과 여종친들이 섞여 있는 한 무리의 사람들로 북적거렸다. 내금위들이 그들을 통제하느라 분위기가 삼엄했다. 세령도 세정에게 이끌려서 오긴 했으나 친국 따위는 아무 관심도 없었다.

"공주마마를 궐 밖으로 끌고 나가서 음란한 짓을 했다던데, 주상전하가 두렵지도 않나?"

속삭이며 떠들어대는 궁녀의 말이 세령의 귓가에 날카롭게 파고들었다.

"그게 무슨 소리냐? 누가 공주마마를 끌고 나갔다는 말이냐?"

세정이 호기심을 못 참고 궁녀에게 따져 물었다. 그때였다.

"아니 세상에, 저 분은 직강 김승유 아니야?"

여종친 한 명이 김승유를 알아보고는 놀라서 입을 가렸다.

세령은 순간 가슴에 돌덩이가 떨어지는 것 같았다. 자기도 모르게 고개를 들고 무리들이 쳐다보는 곳으로 시선을 던졌다. 승유가 내금위 손에 단단히 포박당한 채 끌려 들어오는 모습에 세령은 충격으로 비틀거렸다. 승유는 한 무리의 궁녀들과 여종친들이 자신을 쳐다보는 시선을 느끼고 무심코 고개를 돌렸다. 순간 운명의 장난인지, 승유의 시야에 그녀의 모습이 보였다. 놀란 눈을 커다랗게 뜨고 승유를 바라보는 그녀의 얼굴이. 그렇게 찾고자 했는데 그녀가 어떻게 여기 있는 것인가. 궁녀의 복색도 아닌 양반가 규수의 복색으로 여종친들 사이에 있다니······. 승유는 꿈인지 생시인지 분간할 수가 없었다.

"잠깐만 놓아주시게!"

'물어봐야 한다. 나와 같은 감정이었느냐고 확인해봐야 한다.'

승유가 몸을 비틀어 내금위의 손에서 벗어나려 해봤지만 몸은 더욱 단단히 옥죄어질 뿐이었다. 어쩔 도리가 없어 다시 그녀를 쳐다보았지만 이미 그녀는 자리에 없었다.

편전 근처 추국장에 이르러 승유는 자신이 엄청난 일을 당했다는 사실을 다시 한 번 깨달았다. 문종을 위시한 대소신료들과 종친들이 자아내는 무거운 분위기는 승유를 멈칫하게 만들었다. 게다가 대소신료들 사이에 보이는 김종서의 모습을 발견하고 승유는 고개를 들지 못했다.

내금위 갑사 한 명이 고신拷訊에 쓸 이글거리는 관솔불 옆에 서 있었다. 관솔불에 시뻘겋게 달구어진 쇠꼬챙이들이 보기에도 끔찍했다.

문종은 단 위에 놓인 교의交椅에 앉아 참담한 표정으로 승유를 내려다보았다.

승유가 단 아래 바닥에 꿇어앉혀졌다. 착잡한 얼굴로 아들을 쳐다보는 김종서에게 수양대군이 슬며시 다가왔다.

"제가 말하지 않았습니까? 나를 거스르면 자식들의 목숨까지 잃게 될 것이라고 말입니다."

김종서가 서늘하게 치솟는 분노를 감추지 않은 채 수양을 노려보았다.

"저 아이의 결백이 밝혀진 연후에 내 자식을 음해한 자에게 반드시 그 대가를 치르게 할 것이오."

그러나 수양은 눈썹 하나 깜짝하지 않은 채 소름끼치는 미소로 대답을 대신할 뿐이었다.

세령은 자미당으로 정신없이 달렸다. 공주마마와 행한 사소한 장난이 이런 식의 파국으로 돌아올 줄은 생각조차 못했다. 이미 혼담이 깨진 것만으로도 충분히 괴로웠다. 그런데 공주마마와 승유와 자신만이 알고 있는 이 장난이 어찌 세상에 알려지게 된 것인지 알 수 없었다. 세령을 공주마마로 알고 있다는 이유 때문에 자칫하면 승유는 참형을 당할지도 몰랐다.

경혜공주는 잠시 후면 김승유가 간택되었다는 통보를 받게 될 것을 기다리고 있었다. 경대에 얼굴을 비춰보며 마음을 다잡고 기다렸다. 알 수 없는 설렘이 공주의 뺨을 발그레하게 물들여 미색이 더욱 돋보이는 것 같았다. 그것도 잠시 마음의 평정을 무너뜨리는 소란스러운 소리가 밖에서 들렸다. 세령이었다.

정말 못 말리는 계집이다. 이미 엎질러진 물이거늘 제 사내가 될 수 없는 자에게 연심을 품어 어쩌겠다는 것인지. 과연 그 아비에 그 딸이다.

은금이 알아서 세령을 물리칠 것이라고 생각했는데 갑자기 장지문이 드르륵 열렸다. 열린 문으로 세령의 다급한 얼굴이 보였다. 공주는 매서운 눈으로 세령을 쏘아보았다.

"궐 안에는 그림자도 비치지 말라 했거늘, 네가 감히!"

경혜공주의 엄한 꾸중에도 아랑곳 않고 세령이 방으로 뛰어 들어와 절박하게 엎드렸다.

"공주마마! 그분께서, 스승님께서 추국을 당하고 계시옵니다."

눈물을 떨어뜨리며 내뱉는 세령의 말이 공주는 믿기지 않아 눈을 치켜떴다.

"스승님께서 저 때문에 누명을 쓰고 곤욕을 치르고 계십니다. 누군가는 스승님이 죄가 없다는 것을 밝혀야하지 않습니까? 마마께서 추국장에 저를 좀 들여보내 주십시오."

간곡하게 부탁하는 세령의 말에 공주의 힘주어 잡은 손이 파르르 떨렸다.

"네가 가서 뭘 할 수 있느냐? 내가 공주 노릇을 했다고 낱낱이 밝히기라도 하겠다는 것이냐?"

"스승님을 살릴 수만 있다면 그리 할 것입니다."

공주는 분노로 하얗게 질렸다. 어디서 감히 남의 사내를 위해 제목숨을 바친다고 한단 말인가.

"살려도 내가 살리고 죽여도 내가 죽일 것이야!"

여인의 사사로운 질투 때문에 공주가 행한 일은 승유와 세령을 더욱 비극으로 몰아가게 되었다. 먼 훗날 경혜공주가 이 날의 일을 떠올렸을 때 세령을 추국장에 들여보냈더라면, 세령이 희생될지언정 적어도 그 끔찍한 참극만은 막을 수 있었을 것이라고 후회할 것이 분명했다.

어느덧 먹구름이 승유의 불길한 운명을 예고하는 것처럼 하늘을 점차 뒤덮고 있었다. 멀리서 천둥이 치는 소리가 들려왔다.

"바른대로 고하거라, 사헌부에서 올린 장계가 사실이냐? 네 정녕 공주를 궐 밖으로 꾀어 황음한 짓을 벌였느냐!"

문종이 차마 입에 담기 두렵다는 듯 떨리는 목소리로 물었다.

"아니옵니다!"

승유는 단호하게 결백을 주장했다.

"이제 와 발뺌을 하는 게냐? 공주마마를 꾀어낸 적이 정녕 없단 말이냐?"

안평대군이 엄하게 물었다.

"공주마마는 아니옵니다."

승유는 잠시 망설이다가 답했다. 적어도 경혜공주가 아니라고 말은 해야지 공주도 책임을 면하고 그 이름 모를 궁녀도 참형을 면하게 될 것이라 생각했다.

온녕군이 공주를 궐 밖으로 끌어낸 적이 있느냐고 재차 승유를 추궁했다. 승유는 공주마마와 아무런 불미스런 일이 없었음을 목숨을 걸고 단호하게 맹세했다. 문종은 거듭된 심문에도 너무도 당당한 태도로 답하는 승유의 모습에 혼란스러워 수양을 쳐다보았다. 그러나 수양의 평온한 얼굴을 보니 섬뜩한 느낌이 들어 서둘러 시선을 거두었다.

"결백하다……. 네 진정 결백하다 그 말이냐?"

승유의 결백을 믿고 싶은 문종의 질문에 승유는 흔들리지 않는 눈빛으로 답했다. 그것을 본 권람이 사헌부 집의에게 재빨리 눈짓을 보냈다. 그것을 신호로 집의가 재빠르게 앞으로 나섰다.

"전하, 김승유가 공주마마를 희롱하는 서찰이옵니다."

집의가 서찰을 전균에게 건네고 그것은 다시 문종에 손에 건네졌다. 서찰을 본 승유의 얼굴이 창백하게 굳었다. 저것은 분명 공주에게 보냈던 서찰이다.

서찰을 읽어 내려가던 문종의 손이 파르르 떨렸다. 믿기지 않는 서찰의 내용을 읽고 난 문종은 배신감에 승유를 쏘아보았다.

"이 서찰을 쓴 자가 너이더냐? 어찌 말을 못하는 게냐!"

노기 서린 문종의 고함에도 불구하고 승유는 차마 입을 떼지 못했다. 어찌 말을 할 수 있겠는가. 공주를 대신한 어느 궁녀에게 쓴 서찰이라고. 그랬다가는 궁녀의 목숨이 위태로울진대, 장부로 태어나 제 한 목숨 살겠다고 다른 목숨을 바칠 수는 없는 일이었다.

승유는 참담한 듯 눈을 감아버린 김종서를 바라보며 마침내 입을 뗐다.

"그 서찰은 소신이 쓴 것이 맞사옵니다. 하오나 전하."

"그 입 닥치지 못할까!"

문종의 격노를 필두로 온녕군이 왕실을 능멸한 죄를 물어 김승유의 목을 치라고 주청했다. 그러자 대소신료들이 모두 왕실의 위엄을 세우라고 한 목소리로 외쳤다. 김종서는 그 일이 사실이라면 아들의 목숨은 이미 제 손 밖을 떠난 것이라는 생각에 안타깝게 아들을 쳐다보았다.

문종은 애지중지 보살펴온 공주를 가장 믿고 의지한 우상 김종서의 아들이 공주를 희롱했다는 사실에 깊은 상처를 받았다. 문종이 고통스런 마음을 누른 채 승유에게 참형을 언도하려는 순간이었다.

"그분께는 죄가 없습니다!"

난데없이 경혜공주가 추국장으로 들어오며 싸늘하게 외쳤다. 도도한 걸음으로 들어오는 경혜공주의 모습에 모두들 시선이 집중되었다. 수양대군은 공주가 들어오자 평온하던 얼굴에 그제야 무너졌다.

"네가 어찌 이곳에 드느냐? 공주가 나설 자리가 아니니 물러가라!"

문종이 단호하게 말했다. 그러나 경혜공주는 아랑곳 않은 채 한 걸음 더 내딛었다.

"소녀, 궐 밖에서 김 직강을 만났사옵니다."

느닷없는 공주의 발언에 승유를 비롯한 모든 이들이 놀라 입을 다물지 못했다.

"허나! 제 발로 궁을 나선 것일 뿐, 김 직강의 꾐에 넘어간 것이 아닙니다."

경혜공주가 또박또박 김승유와의 일을 말하는 것이 문종으로서는 달갑지 않았다.

"그의 편을 들고자 이리 무례를 범하는 게냐! 이 아비를 얼마 더 낯 뜨겁게 해야겠느냐!"

"궁 안에 갇힌 신세로 바깥세상이 궁금하여 구경코자 했습니다. 궐 밖에서 우연히 만난 김 직강이 소녀의 경솔한 행동거지를 오히려 나무라고 위험한 처지에서 구해주기까지 하였습니다. 아바마마! 소녀는 아바마마와 왕실에 부끄러운 행동을 한 적이 추호도 없사옵니다. 궁을 함부로 출입한 철없는 행동거지를 벌하신다면 달게 받겠나이다. 허나, 그 이상의 추잡한 오해는 용납할 수 없사옵니다."

경혜공주가 당당한 태도로 막힘없이 고한 뒤, 수양대군을 매섭게 쏘아보았다. 온녕군이 경혜공주에게 진위를 믿어도 되느냐고 물었다. 공주는 지지 않은 채 의심스럽다면 지금이라도 당장 자신도 추국을 해보라고 되받았다. 수양은 불쾌한 기색으로 공주를 쏘아보았다.

문종은 경혜공주에게 물러가 근신하라고 엄히 나무랐다. 그리고는 김승유를 부마 후보에서 제한다고 명했다. 문종은 그를 부마로 앉히지 못한 것이 안타까웠지만 그의 목숨을 살릴 수 있다는 것은 그나마 위안이 되었다. 김승유의 목숨을 앗는다면 아무리 충직한 우상이라 하더라도 흔들릴 수 있는 일이었다. 제 아들의 목숨을 앗은 병약한 군주의 곁을 김종서가 끝까지 지킬 수 있을지 문종은 장담할 수 없었다. 더 이상 이번 일에 관해 언급하지 말라는 문종의 명으로 추국이 끝나는 듯했다. 그런데 그것이 끝이 아니었다. 내관이 두루마리가 잔뜩 쌓여 있는 쟁반을 들고 나타난 것이다. 김 직강을 참형에 처하라는 상소문이라는 말에 김종서는 수양을 노려보았다.

이중 삼중 빠져나갈 구멍을 모두 막아버리는 수양의 교활함에 김종서는 아무런 방책 없이 자식을 사지로 내몬 것 같아 스스로를 원망했다.

추국 내내 아무 말이 없던 직제학 신숙주가 상소문이 등장하자 드디어 입을 열었다.

"왕실을 능멸한 처사는 용서받을 수 없는 대죄이옵니다. 김승유를 참형에 처하여 그 죄를 엄히 물으소서."

승유는 오래된 벗 신면의 아버지가 자신의 참형을 주청하는 것에 충격을 받았다. 대쪽 같은 선비로 명성이 자자하던 집현전 학자가 아니던가. 놀란 것은 승유만이 아니었다. 직제학의 곧은 성품을 믿었던 문종과 김종서 역시 그의 변절에 놀라 모골이 송연해졌다. 김승유를 참형에 처하라는 아우성에 문종은 당혹감을 감추지 못하고 자리에서 일어섰다.

멀리서 마른번개가 번쩍하는가 싶더니 하나둘 빗방울이 떨어지기 시작했다.

세령은 떨어지는 빗줄기를 애끓는 심정으로 바라보고 있다가 경혜 공주가 오는 것을 보고 한달음에 다가갔다. 하지만 공주는 아무 말 없이 싸늘하게 지나쳐 처소로 들어가 버렸다. 그 모습이 절망적인 소식처럼 들려 세령에게서 핏기가 가시는 것을 은금이 보았다. 안쓰러운 마음에 은금이 추국장에서 있었던 일을 세령에게 말해주었다. 그리고 김 직강에게 낮에 건넸던 말을 덧붙였다. 공주 노릇을 했다는 것이 밝혀지면 궁녀가 죽을지도 모른다고 한 말 때문에 입을 다무는 것 같다고.

세령은 참형을 당할지도 모를 승유 때문에 심장이 타들어가는 것 같았다. 세령은 은금에게 내사옥으로 데려다 달라고 애원했다. 그를 만나서 사실을 고하라고 말해야 했다. 은금은 세령의 애절한 부탁에 차마 거절을 하지 못했다. 세령을 내사옥으로 데리고 간 은금이 연줄을 이용해서 잠시 세령을 들여보내 주었다. 내사옥으로 들어가는 세령을 보며 은금은 기구한 그들의 운명이 안쓰러워 고개를 저었다. 어찌 일이 이 지경이 됐을꼬.

세령은 횃불이 군데군데 켜져 있는 내사옥 복도를 걸어갔다. 처음 와보는 살풍경한 옥 안의 모습에 저절로 몸이 떨려왔다. 하지만 저 곳에 승유가 죄 없이 갇혀 있을 것이라고 생각하니 떨림도 곧 사그라졌다. 하지만 그 대신 그를 속인 죄책감과 그를 향한 그리움이 마구 뒤섞여 만감이 교차했다. 옥 안을 살피며 걸어가던 세령의 발길이 갑자기 멈췄다.

옥 안 맨끝 한구석에 고개를 푹 숙인 채 웅크리고 앉아 있는 승유가 보였다. 호탕하게 발을 걷고 공주를 나무라던 기개는 어디로 가고, 화적떼와 용감하게 대적하던 용맹함은 어디로 가고, 그저 상처받은 한 사내가 앉아 있었다. 그 모습을 바라보는 세령의 눈이 뜨거워졌다. 한걸음 앞으로 발을 내딛는데 승유가 기척을 듣고는 고개를 들었다.

승유는 눈앞에 서 있는 여인을 보고 믿기지 않는 듯 벌떡 일어섰다. 어찌 이럴 수 있단 말인가.

"다친 데는 없으십니까?"

떨리는 목소리로 묻는 세령의 시선에 승유는 시선을 피했다. 그리웠다는 말이 절로 나올 것 같아 승유는 감정을 억눌렀다. 어찌 궐 밖으로 내쫓았다던 궁녀가 이런 귀한 양반집 규수 같은 복색으로 나타날 수가 있는가. 그것도 엄중한 내사옥에 이토록 쉽게 들어올 수 있다니, 이 여인은 대체 누구란 말인가.

"날이 밝으면 공주마마를 만난 것이 아니라, 저를 만났다 털어놓으세요. 그래야만 살 수 있습니다."

"어쩌자고 여기까지 발을 들여놓습니까? 대체 얼마나 사내의 속을 태워야 시원하시겠습니까!"

승유가 못 참고 속내를 털어놓았다. 세령의 눈가에서 참았던 눈물이 주르륵 흘러 내렸다.

"제발, 사실을 밝히십시오."

"나 대신 죽기라도 하겠다는 말이오?"

"저는 괜찮습니다. 진작 말씀드리려 했습니다. 사실 저는 궁녀가 아니오라……."

세령이 자신의 신분을 밝히려는데 누군가 복도를 걸어오는 소리가 들렸다. 흠칫 놀라 반사적으로 쳐다보던 세령의 눈이 휘둥그레졌다. 승유도 세령의 시선이 닿는 곳을 쳐다보려 했지만 승유의 자리에서는 누군지 보이지 않았다.

세령은 자신이 본 사람의 얼굴이 믿기지 않았다. 경악스런 표정으로 자신을 보고 있는 것은 바로 아버지, 수양대군이었다. 여태껏 한 번도 본 적 없는 무서운 눈빛으로 세령을 쏘아보는 아버지를 보니 심장이 철렁 내려앉았다.

"대체 왜 그러시오?"

승유는 여인이 도대체 무엇을 보고 저리 놀라는지 몰라 애가 탔다.

세령은 마치 동상처럼 굳은 채 수양의 얼굴에서 시선을 떼지 못했다. 이윽고 수양의 뒤편에서 들어오던 금군들이 수양대군을 보고 급히 예를 갖추었다.

"수양대군께서 어인 일이시옵니까."

승유는 수양대군이라는 말에 눈이 가늘어졌다. 이 여인은 수양과 무슨 관계이기에 저리 놀라는 것인가. 수양이 금군들에게 세령을 가리키며 내쫓으라는 손짓을 보냈다. 금군들이 재빠르게 세령에게 달려들어 끌고 나가려 하자, 승유가 당황해서 세령의 손을 덥석 붙들었다.

"그 여인을 놓아주시오!"

하지만 세령의 손은 속절없이 승유의 손에서 빠져나갔다. 세령은 무자비한 아버지의 얼굴을 보며 어쩌면 경혜공주의 말이 사실일지도 모른다는 생각이 문득 머리를 스쳤다.

"잠시만, 말이라도 전하게 해주십시오. 목숨이 달린 일입니다! 제가 누군지 밝혀야합니다."

세령이 금군을 뿌리치려 애쓰며 소리를 치자, 수양의 얼굴이 한층 더 사나워졌다.

"뭣들 하느냐!"

서슬 퍼런 수양의 고함에 금군들이 세령의 입을 틀어막으며 무지막지하게 끌어냈다.

금군들은 내사옥 밖으로 나와서야 세령을 붙잡고 있던 손을 놓았다. 곤욕 치르기 싫으면 얼른 돌아가라는 금군의 말에도 아랑곳 않고 세령이 붙들고 늘어졌다. 잠시 후 내사옥에서 뒤따라 나온 수양이 딸은 거들떠보지도 않고 금군에게 말했다.

"주상전하께서 친국한 죄인을 아녀자와 대면시키다니, 이는 자네들의 목이 달아나고도 남을 일이야."

부드러운 목소리로 걱정하듯 내뱉는 수양의 말에 금군들이 무릎을 꿇고 죽을죄를 지었다며 살려달라고 애원했다.

"그리할 것 없다. 나만 입을 다물면 그만 아니냐. 아무도 다녀간 적 없다 하여라. 그러려면 죄인의 입단속도 시켜야겠지. 그래야 네 놈들 목숨이 부지될 것이야."

선심을 쓰듯 말하는 수양에게 금군들은 감격하여 그리하겠노라고 절을 하고는 서둘러 내사옥으로 들어갔다. 금군들이 멀어지고 난 뒤에야 수양은 세령을 보았다.

"아버지."

세령이 수양을 부르기가 무섭게, 어디서 경솔하게 입을 떼느냐며 수양은 역정을 냈다.

혼례

벽에 걸려 있는 화려하기 그지없는 혼례복을 물끄러미 바라보았다.

저 아름다운 혼례복이 이렇게 원망스러울 줄은 미처 몰랐다.

김승유와 혼인을 치르게 됐더라면 이런 기분은 아니었겠지.

인적이 드문 곳에서 물끄러미 딸을 바라보고 있는 수양대군은 조금 전에 본 상황이 쉽사리 정리되지 않았다. 어떻게 세령이가 그곳에 있단 말인가. 그 뿐만이 아니라 승유와 친분이 있어 보였다는 것에 적잖이 충격을 받았다. 수양은 단도직입으로 물었다.

"김승유를 만난 적이 있느냐?"

세령은 차마 대답을 하지 못하고 머뭇거리다 절박하게 수양에게 매달렸다.

"제발 그분을 살려주십시오, 아버님. 궐 밖에서 그분을 뵌 것은 공주마마가 아니라 저입니다."

세령의 말에 수양은 등골이 서늘해졌다. 승유를 끌어내릴 계책 때문에 자칫 수양의 일가족이 화를 입게 될지도 모를 만한 상황이었다. 세령은 김승유와의 혼담소식을 듣고 어떤 분인지 궁금하여 강론방에 대신 들어가게 되었다고 설명했다. 공주인 척 김승유를 만나서 기방에 들어간 것도, 서찰을 보낸 상대도 모두 세령이라는 것을 알게 된 수양은 다리에 힘이 풀리는 것 같았다.

"김승유는? 그자는 네가 나의 여식임을 아느냐?"

수양은 다급하게 물었다. 승유가 세령의 신분을 알고 있어 김종서에게 누설한다면 그때는 앞날을 장담할 수 없었다.

"모르십니다. 그저 마마를 대신한 궁녀로 알고 저를 살리시고 자……. 아버지, 그분을 살려주십시오! 저 때문에 죽게 할 수는 없습니다. 부디 주상전하께 사실을 밝혀주십시오."

세령은 애끓는 심정으로 수양에게 애원했다. 하지만 수양은 김승유가 세령의 신분을 모른다는 것을 확인하자 다시 차갑게 가라앉았다. 아직 모른다, 그럼 아직 승산은 있다!

"어찌 그리 생각이 짧은 것이야? 종친이란 사소한 빌미로도 목숨을 잃는다고 거듭 새겨주지 않았더냐! 이 수양의 딸인 네가 공주 행세를 한 사실이 드러나면 너는 물론 이 아비와 네 동생들까지도 죽음을 면치 못한다. 정녕 그리 되어도 좋으냐?"

세령은 섬뜩함에 고개를 저었다. 사소한 장난인 줄 알았던 일이 수많은 이의 목숨을 담보로 하고 있을 줄은 미처 몰랐다. 나 하나만 책임지면 될 것이라고 생각했는데…….

"됐다. 너는 오늘 이곳에 온 적도 김승유를 만난 적도 없다. 김승유에게 너는 한낱 이름 모를 궁녀인 게야, 알겠느냐?"

"아버지 말씀을 따르겠습니다. 하오나 그 분의 목숨만은 구해주십시오."

세령의 말에 수양이 단호한 얼굴로 안 된다고 말했다.

"그분이 잘못되시기라도 한다면, 소녀는 살아갈 수가 없습니다!"

세령이 비장하게 말했다.

"이 사실을 경혜공주도 당연히 알겠구나."

그렇다고 답하는 세령을 보며 수양은 머릿속으로 가늠해보았다. 세령이 저리 애원하는 것을 보면 김승유에 대해 연정을 품었던 것이 분명했다. 만약 이대로 김승유가 참형에 처해지기라도 하면 세령이 무슨 짓을 벌일지 알 수 없었다. 어느 여염집 규수 같지 않게 대범한 면도 있고 천방지축인 딸 아니던가.

수양은 세령에게 김승유가 참형을 면하도록 자신이 나서보겠다고 안심시켰다. 대신 그 누구도 이 사실을 알아서는 안 되고, 다시는 김승유를 만나서는 안 된다고 엄하게 명했다. 세령은 그러겠노라고 약조했다. 승유를 살릴 수만 있다면 그를 만나지 않아도 좋았다.

수양은 세령을 가마에 태운 뒤 사저로 돌려보냈다. 여리와 임운에게 세령이 누구도 만나게 해서는 안 된다는 엄명을 내렸다. 특히 여리에게 세령의 일거수일투족을 감시하라고 호되게 야단쳤다. 제 상전이 뭘 하고 돌아다는지도 모른다고 호된 질책을 받은 여리는 움찔했다.

무심히 내리는 빗방울 소리가 점점 거세졌다. 승유는 처마를 치는 빗소리에 심란해졌다. 여인은 괜찮은 것인가. 금군들은 승유에게 아무도 찾아온 적이 없는 것으로 해야 한다고 엄포를 놓았다. 함부로 발설했다가는 그 여인까지 참수당한다는 말로 승유를 겁박劫迫했다.

수양대군은 그녀와 무슨 관계일까. 승유는 아버지의 말씀이 떠올랐다. 수양대군은 승유가 부마도위에 오르는 것을 반대한다. 혹여 그 여인은 수양이 쳐놓은 덫이던가. 승유는 고개를 저었다. 경혜공주도 알고 있는 사실이니 그럴 리가 없었다.

경혜공주는 모든 것이 수양의 계략임을 깨닫고 치를 떨며 분노했다. 혼담을 깨트리는 것으로도 모자라서 우상을 주상전하로부터 등을 돌리게 하려는 비열한 계략. 공주는 직접 문종을 독대하여 이실직고를 하리라고 결심했다. 분명 아바마마께서는 용서해주시리라.

때마침 공주의 마음을 읽은 것처럼 수양대군이 들어왔다. 이미 모든 것을 알고 있는 수양대군은 담담하게 이 일을 덮으라고 공주에게 말했다.

"김승유는 발칙하게 공주 행세를 한 세령이에게 농락당했을 뿐입니다. 참형을 당할 사람은 오히려 세령이지요!"

"이 숙부가 야속하여 그러시는 것입니까?"

"그러하다면 어찌시겠습니까?"

"죽을 죄를 지었다면 죽여야지요. 허나, 내 자식이 죽는다면, 눈에 넣어도 아프지 않은 그 아이를 앗아간 이에게 똑같은 아픔을 느끼게 해줄 것입니다. 자식을 잃은 아비의 비통한 칼날이 누구의 심장을 찌를지 잘 생각해보시지요."

"감히 세자의 안위를 가지고 나를 협박하는 것입니까?"

"마마 역시 김승유를 살리고자 내 자식을 죽이려 하지 않습니까?"

두 사람은 한 치의 물러섬 없이 서로를 향해 칼날 같은 말을 날렸다. 그러나 승패는 차가운 심장을 가진 이에게 있었다. 경혜공주가 세령이 죽는 것을 지켜볼 만큼 그리 독한 인물이 아니라는 것을 수양은 잘 알고 있었다. 공주가 보란 듯이 일어나 방을 나서려 했지만 세령의 얼굴이 떠올라 차마 발길이 떨어지지 않았다. 누군가의 목숨을 손에 쥐고 가늠해야 한다니, 공주는 수양의 시선이 느껴져 등골이 서늘했다. 태연하게 웃고 있는 수양의 시선. 나 하나쯤은 대번에 삼켜 먹어버릴 만큼 간악한 자. 공주는 자신의 앞날이 순탄할 것 같지 않다는 느낌이 들어 갑자기 온몸이 사시나무처럼 떨려왔다.

수양대군은 김승유를 살릴 생각이 애초부터 없었다. 그 뻣뻣한 김종서가 문종 대신 자신의 손을 잡았더라면 흔쾌히 내 사람으로 만들고 싶을 만큼 승유는 탐나는 인물이었다. 수려한 외모에 제 아비를 닮아 강직한데다 문무文武를 겸비한 자를 측근으로 둔다면 무엇이 두려울까 싶었다. 얼굴을 보고나니 그 아쉬움이 더 컸다. 그렇기 때문에 더더욱 살려두고 싶지 않았다. 그런 성품의 젊은 인재를 살려뒀다가 자칫 큰 화를 불러일으킬 수도 있었다. 더더욱 그는 김종서의 아들이 아닌가. 그런 위험을 감수할 수는 없었다.

수양은 세령의 혼사를 서둘러야겠다고 생각했다. 신숙주의 아들 신면은 제 아비의 성품을 닮아 위로 오르고자 하는 욕망이 있는 사내였다. 수양은 쉽사리 변절을 결심한 신숙주에게 적절하게 베풀어준다면 그가 끝내 자신의 편에 설 것이라는 것을 잘 알고 있었다. 그리고 그의 아들 역시 이를 마다하지 않을 것이다.

쏟아지는 빗줄기를 맞으며 신면과 정종은 궐문으로 들어가려 애썼지만 어림도 없었다. 늦은 밤, 게다가 친국이 일어났던 밤이라 궐문을 지키는 수문장은 한층 더 긴장한 채 철통같이 궐문을 지키고 있었다. 신면이 명패까지 보여주며 잠깐 얼굴만 보고 오겠다고 청해도 소용없었다. 자칫 이대로 얼굴도 보지 못한 채 오랜 벗과 헤어지는 게 아닌가 싶어 정종은 가슴이 철렁 내려앉았다.

신면은 이 모든 사태가 세령이 공주 행세를 한 탓인 것을 잘 알고 있었다. 승유가 살아날 수 있는 방법은 세령이 사실을 고백하는 것뿐이라는 것도 알고 있었다. 하지만 그랬다가는 아버지가 잡은 황금 동아줄을 놓치게 될 것이었다. 그 말은 세령과의 혼담도 없던 일이 될 것이라는 뜻이자 신면이 좀 더 높은 자리에 올라가는 길이 막힌다는 것과도 통했다. 그리고 승유는 반대급부의 혜택을 받을 것이었다. 어릴 적부터 따라잡을 수 없었던 승유. 그는 절친한 벗이면서도 일생의 경쟁자였다. 그런 승유를 앞서나갈 수 있는 기회를 놓칠 수는 없었다.

아무것도 모르는 정종은 신면의 어깨를 두드리며 위로했다. 승유는 꼭 무사히 나올 수 있을 것이라고.

신면은 벗에 대한 시기심도, 세상에 대한 욕심도 없는 정종이 새삼 부러워졌다.

대궐 안 빈청賓廳의 컴컴한 어둠 속에서 김종서는 홀로 앉아 있었다. 너무도 길고 긴 하루가 아직도 끝나지 않았다. 추국장에서 밝혀진 것이 사실이라면 아들의 목숨은 담보할 수 없었다. 공주마마를 꾀어낸 것이 아니라, 공주가 제 발로 나온 것일지라도 궐 밖에서 공주와 돌아다니고 기방까지 드나든 사실이 기녀들에게까지 알려진 것이라면 아들이 참형에 처해진다고 해도 할 말이 없는 노릇이었다. 호탕한 기질의 아들이 기방을 드나들 때 좀 더 호되게 바로잡았어야 했다고 김종서는 후회했다. 그렇지만 뭔가 미심쩍은 것이 남았기에 퇴궐하지 않은 채 혼자 생각에 잠겨 있었던 것이다. 그것이 무엇인지 확인해야 했다.

김종서가 일어나 빈청을 나서는데 맏아들 승규가 기다리고 서 있었다. 이미 밤이 늦었으니 그만 돌아가자는 승규의 말을 가볍게 물리친 채 김종서는 발길을 옮겼다. 승규는 조용히 뒤를 따랐다. 아버지가 내사옥으로 향하는 것이라고 짐작했다. 엄격하게 훈육을 받아온 맏이 승규는 동생 승유가 자유분방하게 커온 것에 대해 부러움이 컸었다. 승규는 아버지의 곁에서 그림자처럼 보필하는 것에 만족했다. 그것이 맏이로서 응당 해야 할 임무 아니던가. 승규는 오래전에 그리 마음을 정리하고 승유가 제 뜻대로 사는 것을 지켜보는 것에 대리만족했었다. 그런 동생이 부마도위라는 무거운 짐을 어깨에 짊어지는가 싶더니 추국을 당하는 수모를 겪게 되었다.

승규는 아버지가 얼마나 큰 상심을 했을지 짐작도 할 수 없어서 조용히 아버지의 뒤를 따라갔다.

수양대군이 단단히 엄포를 놓고 갔건만 내사옥 금군들은 김종서를 들여보내줄 수밖에 없었다. 아무리 국문鞫問을 당하고 붙잡혀 있는 중죄인이라지만 주상전하에 버금가는 우상대감의 아들 아닌가. 하루 종일 쟁쟁한 대감들이 드나드니 금군들은 죽을 맛이었다.

승유는 눈앞에 참담한 표정으로 서 있는 아버지를 차마 쳐다볼 수가 없었다. 평생을 충절을 바쳤던 아버지께 이런 치욕을 안겨드렸다는 것이 한없이 죄스러웠다. 승규는 그 모습을 이해하면서도 답답함을 멈출 수가 없었다.

"네 정녕 살고 싶지 않은 것이냐!"

승규가 버럭 소리를 질렀다. 하지만 승유는 묵묵부답 고개를 숙이고 있었다.

그때 김종서가 창살 앞으로 한걸음 다가갔다. 가만히 창살을 붙잡고 아들을 쳐다보았다.

"승유야."

부드러운 목소리로 나지막이 아들의 이름을 불렀다.

승유는 눈물을 애써 삼키며 대답했다.

"안평대군이 공주마마를 꾀어낸 적이 있느냐 물었을 때 너는 분명히 공주마마는 아니라고 답을 했었다. 아비는 그 말을 허투루 듣지 않았어. 어찌 그리 답한 것이냐?"

김종서는 가슴속에 불편하게 가라앉아 있던 의문을 꺼내 물었다.

"그것은……."

승유는 차마 답하지 못했다. 어찌 답할 수 있단 말인가.

"아버지께서 묻지 않느냐, 어서 답하거라. 네 정녕 이대로 개죽음을 당할 작정인 것이냐!"

보다 못한 승규가 역정을 냈다.

김종서가 다시 아들의 이름을 나지막이 불렀다. 그 목소리가 너무 나약하고 안타까워 승유의 가슴이 찢어질 것 같았다. 대호라 불리며 저 멀리 북방北方에서 오랑캐를 물리치며 호령하던 큰 호랑이도 생사의 기로에 선 아들을 앞에 둔 아버지일 뿐이었다.

승유는 어떻게 해야 할지 혼란스러워 고뇌에 찬 눈으로 아버지의 눈을 바라보았다.

김종서는 진퇴양난의 기로에 서서 선택을 해야만 했다. 편하게 가라 앉아 있던 의문을 풀려고 찾아간 아들에게서 한층 무거운 짐만 떠안고 온 것 같았다. 승유에게 들은 장계의 전말은 끔찍했다. 공주가 연계된 사건이라니. 경혜공주의 사소한 장난이 아들의 목숨을 위태롭게 하고 있었다. 사실을 밝히게 된다면 공주 행세를 한 궁녀에게 죄를 물릴 수는 있었지만 그렇다고 아들의 죄가 사라지는 것은 아니었다. 게다가 자칫 공주의 행실을 문제 삼아 수양 측에서 발목을 잡고 늘어질 수도 있는 문제였다. 만에 하나 수양대군이 이 사실을 알고 있다면, 참으로 난감한 일이었다.

김종서는 침착하게 생각을 정리했다. 분명 수양은 이 모든 일을 파악하고 있을 것이다. 오늘 수양의 주도면밀한 행동을 보면 공주가 연관되어 있다는 것을 알고 있는 게 분명했다. 궁녀와 신분을 바꿔치

기하고 궐 밖을 나간 것도 문제요, 감히 궁녀에게 공주라고 칭할 것을 허한 것도 왕실의 명예를 더럽히는 행위였다. 수양은 공주가 함부로 나서지 못한다는 것을 알고 있을 것이다. 저리도 강경하게 나온다는 것은 끝까지 가겠다는 속셈이다. 문종도 경혜공주도 승유를 살려낼 방도가 없다는 것을 알고 있는 것이다. 막강한 패를 갖고 있는 수양을 이길 방도가 없었다. 먹잇감을 궁지에 몰아놓고 이리저리 굴리며 장난치고 있는 수양에게 함부로 대항하다가는 이쪽이 무너질 것이다. 김종서는 그 길로 승규를 돌려보내고 수양대군을 찾아갔다.

길례청에서 승유에 대한 논의를 마치고 나오던 수양대군과 그 측근들이 긴장한 눈빛으로 김종서를 쳐다보았다. 형형한 눈빛으로 쏘아보는 김종서의 눈빛을 보니 수양은 예사롭지 않다고 느꼈다. 수양은 측근들을 물리고 수양은 김종서와 단둘이 길례청에 들었다.

"원하는 바를 이루었으니 흡족하시오?"

팽팽하게 시선을 주고받던 김종서가 먼저 입을 열었다.

"파렴치한 짓거리를 벌인 자에게 응당 따라야 할 죗값이지요."

시선을 피하지 않은 채 수양이 느긋하게 답했다.

"사헌부에 그 아이를 밀고한 것도, 때 맞춰 상소를 동원한 것도 대군의 소행임을 모르지 않소이다."

김종서가 꼬집듯 말했다.

"누구라도 마땅히 발고發告 * 했어야지요. 그리 강직한 대감마저도

※ 발고發告 : 고발

자식 앞에서는 판단이 흐려지시나 봅니다."

수양이 은근히 비꼬며 답했다.

"대군의 말이 맞소!"

김종서가 대뜸 수양의 말에 찬동하며 나오자 수양은 께름칙한 눈으로 재어보았다. 김종서는 그의 시선에는 아랑곳 않은 채 자식의 목숨을 구걸하러 왔다고 당당히 말했다. 수양은 혼란스러웠다. 김종서는 이렇게 나올 위인이 아니었다. 아무리 자식의 목숨이 경각頃刻에 이르렀기로 이렇게 쉽게 무릎을 꿇는단 말인가.

"참으로 대감답지 않으십니다."

수양은 김종서가 이 사건의 본말本末을 모두 알고 있다는 사실을 전혀 짐작조차 못한 채 자신의 속내를 무의식중에 드러냈다.

"대군이 이겼으니 내게 원하는 것을 말하시오."

김종서가 눈을 감으며 나지막이 말했다.

이튿날 편전 안은 발칵 뒤집혔다.

문종은 연이은 충격에 말을 잇지 못한 채 손에 쥔 서찰과 김종서를 연신 들여다보았다.

"사직이라? 우상이 정녕 내게 사직을 청하는 것이요?"

혼란스러운 문종의 목소리가 가늘게 떨렸다.

윤허해달라는 김종서의 대답에 문종은 분노가 치밀었다. 경혜공주의 혼사마저 뒤틀린 마당에 김종서까지 사직을 하게 된다면 종사宗社는 수양대군의 손아귀에 들어갈 것이 불을 보듯 뻔했다. 하물며 우상이 그것을 간과할 리가 없거늘 어찌 이리 경솔한 짓을 한단 말인가. 문종은 상소를 소리 나게 탁 내려놓고는 매섭게 김종서를 쏘아보았다.

"소신의 미거한 자식이 종사에 누를 끼쳤사온데, 그 아비란 자가 어찌 전하를 보필할 수 있겠나이까. 부디 늙은 신하의 사직을 윤허하여 주시오소서."

"날 위해 물러나겠다?"

문종은 이해할 수 없었다. 온녕군이 우상의 뜻을 받아들여 사직을 허락하라고 말하자, 문종은 누군가 변명해주기라도 바라는 것처럼 김종서의 측근들을 바라보았다. 그러나 민신과 조극관 등 측근들은 그저 침통한 얼굴로 문종의 시선을 외면할 뿐이었다. 문종은 참담한 마음을 금할 길이 없었다.

"신 직제학 신숙주 아뢰옵니다."

문종을 구원하듯 신숙주가 입을 열었다. 문종은 지푸라기라도 잡는 심정으로 그를 보았다.

"전하, 우상의 사직 상소를 처리한 후에 속히 김승유에게 마땅한 형을 내리시옵소서. 그런 연후에 부마간택을 속히 마무리하소서."

옥좌玉座의 팔걸이에 놓인 문종의 손에 힘이 들어가 파르르 떨렸다.

"전하, 신 수양 아뢰옵니다. 왕실을 능멸한 김승유의 죄는 용서받을 수 없사오나, 아들의 죄를 대신 갚으려는 아비의 마음을 어찌 탓하겠사옵니까."

수양이 너그러운 말투로 김종서의 사직을 허許할 것을 청했다.

'뱀 같은 혀로 잘도 지껄이는구나. 언젠가 네 목을 칠 날이 올 것이다.'

김종서는 묵묵히 입을 다문 채 훗날을 기약하며 수양을 매섭게 쏘아보았다.

"김승유를 살리는 대신 우상이 물러나겠다 그 말이오?"

문종이 기가 막힌다는 얼굴로 김종서를 쳐다보았다.

"직강 김승유는 참형에 처함이 마땅하나, 그 아비를 보아 삭탈관직하여 궐 밖으로 내치심이 마땅하다 사료되옵니다. 윤허하여 주시옵소서."

온녕군이 선심을 쓰듯 말하는 것을 들으며 문종은 침통한 표정으로 김종서를 훑어보았다. 제 아들의 목숨을 살리겠다고 감히 나를 버린단 말인가? 죽음도 불사하겠다던 충절도 제 자식 앞에서는 아무 소용이 없단 말인가?

문종은 믿었던 우상에게 배신당한 충격에 가슴이 아팠다. 아니 우상처럼 저리 제 한 몸 버릴 수 있는 아비조차 되지 못하는 병약한 제 몸이 야속하여 가슴이 바늘로 찔리는 듯 고통스러웠다. 그래서 문종은 김종서의 사직을 허락할 수밖에 없었다.

정종은 아침 댓바람부터 한성부로 찾아들었다. 밤새 한잠도 제대로 못자고 동트자마자 달려온 참이었다. 넋 놓고 집안에 있다가 승유의 참형 소식이라도 듣게 된다면 자신을 용서할 수 없을 것 같아 뛰쳐나온 것이다. 신면의 얼굴도 말이 아니었다. 불과 얼마 전까지만 해도 기방에서 술을 마시며 함께 어울리던 벗들인데, 이게 무슨 일인지 정종은 상상조차 힘들었다. 집무실 한구석에 진득하게 앉아 있지 못하고 이리저리 왔다 갔다 하고 있는 정종을 보니 신면도 마음이 혼잡했다.

입신양명을 위해 벗을 저버린다는 것이 쉽지만은 않았다. 밤새 뜬 눈으로 지새워야 했다. 오랜 지기知己가 죽도록 내버려두고 이름을 떨쳐서 과연 무슨 낙이 있을까. 지금이라도 늦지 않기를 바라며 신면이 자리에서 일어섰다.

"안되겠다. 당장 그 여인을 만나야겠어."

"누구 말이냐? 승유가 만난 여인은 공주가 아니냐?"

신면은 정종의 물음에 잠시 머뭇거렸다. 그 여인이 수양의 장녀라는 것을 정종에게 말해도 될까.

그때, 문이 열리고 송자번이 들어와 예를 갖추며 다가왔다.

"참형을 면한 대신 파직되셨다 하옵니다."

송자번의 말에 정종의 얼굴이 환하게 펴졌다. 신면 역시 안도의 한숨을 내쉬었다.

"나리, 밖에 누가 뵙길 청하십니다."

뜰 한편에 등을 돌리고 서 있는 여인이 있었다. 축 쳐져 있는 어깨가 피곤해 보이는 여인이었다. 인기척에 여인이 뒤돌아보았다. 세령이었다. 신면은 딱딱하게 굳은 얼굴로 세령을 쳐다보았다. 수척해진 세령이 신면에게 예를 갖추고 어렵게 입을 열었다.

"결례인 줄 알면서 찾아왔습니다. 혹 스승님께서 어찌 되셨는지 알고 계십니까?"

"승유의 생사가 궁금한 분이 이제야 나타나셨습니까? 궐에 가서 사실을 밝히셨어야지요!"

신면이 대뜸 세령을 호되게 나무랐다. 그것은 자신을 향한 꾸짖음이기도 했다.

"입이 열 개라도 할 말이 없습니다. 스승님은 어찌되셨는지 그것만 말씀해주십시오."

세령이 고개를 떨어뜨렸다.

"가까스로 목숨은 구했습니다."

신면이 툭 내뱉은 그 말이, 세령에게 생기를 불어넣었다.

"살아계신 것입니까? 다행입니다. 진정 다행입니다. 그분이 잘못 되시면 어쩌나 싶어……."

세령의 눈가에 눈물이 맺혔다. 고개를 돌리고 눈물을 훔치는 모습을 신면은 물끄러미 보았다.

"삭탈관직 당하고 목숨을 구하는 대신, 우상대감께서 사직하셨습니다. 진정 다행입니까?"

신면이 자기도 모르게 냉정하게 내뱉었다. 세령의 표정이 얼음처럼 굳어졌다. 세령은 힘겹게 감정을 억누른 채 신면을 향해 말씀해주어 고맙다고 예를 갖추고 돌아섰다. 그 모습이 한없이 위태로워 보여서 신면은 자기도 모르게 한걸음 내딛으려다 말고 말을 이었다.

"승유는……."

세령이 돌아보았다.

"오늘 방면될 것입니다."

그 말에 세령은 힘없이 미소를 지으며 목례를 하고 돌아섰다. 신면은 그때 깨달았다. 세령에게 찾아갈 생각을 하지 못했던 이유는 어쩌면 출세의 길보다도 저 여인과 함께하고 싶은 마음 때문이라는 것을.

집무실의 창문으로 정종이 그 모습을 보고 있었다. 신면이 안으로 들어왔다.

"네가 말한 그 여인이냐?"

"아무도 아니다."

신면은 의아해하는 정종의 시선을 외면한 채 승유가 방면되었는지 가보자고 말을 돌렸다.

정종은 의아했다. 신면이 자신과 눈도 맞추지 못하고 어쩐지 당황하고 있는 것 같았다. 정종은 창문 밖으로 보이는 여인의 뒷모습을 무심코 다시 쳐다보았다. 대체 저 여인이 누구기에…….

청풍관은 대낮부터 자축의 목소리로 요란했다. 흥겨운 음악과 왁자한 웃음소리가 청풍관을 휘감은 가운데 하인들이 부엌에서 쉴 새 없이 술안주를 날라댔다.

상다리가 부러지도록 차려진 주안상을 앞에 두고 함귀 무리들이 부어라 마셔라 흥청거리고 있었다. 기녀들을 양쪽에 하나씩 끼고 흐드러지게 놀고 있던 함귀가 문득 기녀를 밀쳤다. 그리고는 술상 중앙에 놓인 엽전 더미들을 한 움큼 쥐며 막손과 칠갑에게 수고했다며 던져주었다. 서로 공치사를 늘어놓는 모양새가 우스운지 상석에 앉아 있는 한명회는 그저 코웃음만 지을 뿐이었다. 한명회는 수북하게 쌓여 있는 엽전 따위에는 아무 관심도 없었다. 저런 코 묻은 돈쯤이야 앞으로 지겹도록 긁어모을 수 있을 터였다. 장지문이 열리고 누군가 들어오자 한명회의 눈빛이 그제야 빛났다. 방으로 들어온 매향의 손에 관복과 관모가 들려 있었다.

"입궐을 감축하옵니다. 한 주부 나리."

매향이 다소곳하게 예를 갖추며 말하자, 함귀 무리들의 눈이 휘둥그레졌다. 한명회는 그저 웃었다. 칠삭둥이라고 놀리던 놈들의 코를 납작해줄 날이 다가온 것이다.

청풍관 안채에는 수양대군과 그의 측근들이 모여 자축연을 펼치고 있었다. 우의정 김종서를 몰아낸 것에 통쾌함을 감추지 않은 채 호탕하게 웃으며 술잔을 비웠다. 신숙주는 수양대군에게 혼사를 서두르길 청했다. 신숙주로서는 확실하게 수양과 연을 맺어두는 게 앞날을 위한 대비책이라고 생각했다. 저 냉혹한 수양이 언제 마음이 바뀌어 자신을 쳐낼지 어찌 알겠는가. 신숙주는 아들의 혼례를 통해 명실공히 수양의 최측근으로 입지를 다지고자 했다. 수양은 흔쾌히 승낙했다. 수양으로서는 더 나은 세령의 배필을 찾을 수 없을뿐더러 혼례를 서둘러야 하루라도 빨리 세령이 마음을 다잡을 것이라 여겼다.

수양대군이 측근들과 더불어 요란하게 자축을 벌이는 것과 반대로 문종은 침통함에 잠긴 채 침소에 머물러 있었다. 연이은 정신적 충격

탓에 보료에 기대어 앉아 있는 것조차 힘겨웠다.

문종이 하직인사를 올리겠다고 찾아온 우상을 끝끝내 독대하지 않은 것은 일말의 자존심 때문이었다. 김종서를 마주했다가 어떤 나약한 소리로 그를 붙들게 될지 장담할 수 없었다.

그런데 우상은 닫힌 장지문 앞에서 피를 토하는 것 같은 목소리로 새삼 충절을 맹세했다.

"전하, 신 김종서 자식 목숨을 살리기에만 연연했다면, 차라리 이 늙은 목숨을 내놓았을 것입니다. 소신의 사직으로 방심하고 있을 수양대군의 등 뒤에서 세자저하를 지킬 만한 튼튼한 버팀목을 만들 것이옵니다. 소신을 믿어주시오소서, 전하."

문종은 차마 믿는다는 말을 할 수가 없었다. 침통함에 감은 문종의 눈에서 눈물이 흘렀다.

'우상의 충절을 잠시나마 의심했던 나를 용서하오. 내 그대를 믿겠소, 우상.'

해가 중천을 넘어갈 즈음 승유는 풀려났다. 하루 만에 초췌해진 모습으로 옥사를 걸어 나온 승유는 환한 햇살에 눈이 부셔 얼굴을 찌푸렸다. 밤새 비가 퍼부었던 것이 거짓말인 것처럼 화창한 날씨가 꿈처럼 느껴졌다. 풀려난 영문도 모른 채 승유는 기다리고 있던 형님을 뒤따라갔다.

승유는 대궐 정문으로 가는 길이 아득하게 멀리 느껴졌다. 지나가는 궁녀들과 관리들마다 승유를 보고 수군거렸다. 승규는 못 견디게 불쾌한 마음에 저절로 걸음이 빨라졌다. 누구나 우러르던 우상대감의 아들이라는 것이 그렇게 자랑스러웠는데, 한순간에 이렇게 먹칠을 하다니 동생이 원망스러웠다. 궐문을 빠져나오는데 승유가 입을 열었다.

"제가 어찌 풀려난 것입니까?"

"알 것 없다. 걸음이나 서둘러라."

책망하듯 내뱉는 형님의 말에 승유는 고개를 숙였다. 그러다 옥사로 찾아왔던 아버지의 모습이 떠올라 다시 걱정스레 물었다.

"아버지는 어쩌시고 계십니까?"

그 말이 떨어짐과 동시에 승규가 갑자기 걸음을 멈추더니 매서운 얼굴로 뒤돌아보았다.

"네놈 입에서 아버지 소리가 잘도 나오는구나!"

처음 보는 형님의 험악한 소리에 승유는 불길한 느낌이 들었다.

"혹 제가 풀려난 것이 아버지 때문입니까?"

"너를 살려 달라고 수양에게 애걸하신 것으로도 모자라 주상전하께 사직 상소까지 올리셨다. 이보다 더한 수치는 없느니라. 잠자코 따라 오거라!"

승규가 동생에 대한 치솟는 감정을 억누른 채 겨우 내뱉고는 다시 돌아섰다. 형님의 말에 충격을 받고 승유는 아무 말도 못한 채 멍하니 서 있었다.

궐 앞에서 조금 떨어진 곳에 가마 한 대가 세워져 있었다. 쉬고 있는 가마꾼들 옆으로 안절부절 못하며 주위를 경계하고 있는 여리가 보였다. 세령의 가마였다. 살짝 열려 있는 가마 창문으로 세령이 승유를 바라보고 있었다. 자신이 처한 상황에 절망하여 축 늘어진 승유의 모습이 세령의 가슴을 갈기갈기 찢어놓는 것 같았다. 우상대감이 사직까지 했다는 말에 세령은 혼란스러웠다. 죄를 지은 것은 자신인데 정작 벌을 받는 것은 우상대감과 스승님이라니…… 세령은 자책감이 들어 입술을 깨물며 창문을 닫았다.

다시는 만나서는 안 된다. 씻지 못할 죄를 지은 몸으로 그가 진심을 알아주길 바라는 것은 욕심일 뿐이라고 세령은 생각했다.

"그만 돌아가자, 여리야."

여리가 기다렸다는 듯이 가마꾼에게 어서 움직이라고 재촉했다.

김종서의 저택은 침통한 기운으로 가라앉아 있었다. 승규의 부인인 류씨와 조카 아강이를 비롯한 하인들이 한쪽에 서서 들어오는 승유와 승규를 맞이했다.

김종서는 대청마루에서 말없이 보고 있었다. 승유가 아버지를 보자마자 죄인처럼 무릎을 꿇었다. 모두들 놀라는 가운데 미간을 찌푸리며 엄한 얼굴로 김종서가 노려보았다.

"당장 일어나지 못할까!"

아버지의 호통에도 불구하고 죄스러운 마음에 승유는 고개를 들지 못했다. 왈칵 눈물이 터져 나오려는 것을 힘겹게 눌러 참았다. 어린 조카 아강이 삼촌의 모습을 보고 울먹였다.

"어찌 사내가 그만한 일로 무릎을 꿇는단 말이냐!"

못마땅한 듯 바라보며 김종서가 말했다.

"차라리 소자를 버리시지 그러셨습니까? 아버지께서 어찌 그런 치욕을 당하신단 말입니까?"

승유가 차마 얼굴을 들지도 못한 채 비통하게 말했다.

"이 아비가 고작 자식놈 하나 때문에 물러날 알량한 위인으로 보이느냐?"

승유는 아버지의 말에 그제야 고개를 들었다.

"누구에게도 함부로 무릎 꿇지 말거라. 그것은 내가 수양에게 한 것으로 족하다. 앞으로 너는 나를 대신하여 간악한 수양의 무리와 맞서야 한다."

비장함이 담긴 아버지의 말에 승유는 아무 말도 하지 못했다. 그저 격랑激浪 속으로 한걸음 내딛은 것 같았다.

"지나간 일을 되뇌는 것은 사내의 길이 아니다. 먼 데로 나아가 머리를 비우고 오너라."

강건한 눈빛으로 말하는 아버지를 보니 예전의 대호大虎로 다시 돌아오신 것 같았다. 승유는 자식으로서 지은 죄를 어찌 다 갚을 수 있을지 가슴이 먹먹해졌다.

정종은 승유의 방면을 맞이하러 신면과 함께 궐문 앞으로 갔으나 뒤늦게 도착하는 바람에 만나지 못했다. 수문장에게서 승유가 형님과 함께 사저로 간 지 이각刻*도 채 되지 않았다는 말을 듣고 서둘러

※ 각刻 : 시간의 단위. 1각은 약 15분.

우상대감의 사저로 향했다. 그런데 대문 앞에 들어서기도 전에 승규 형님의 매운 소리를 듣고 돌아서야 했다. 형님은 노기 띤 눈으로 신면에게 무서운 소리를 했다.

"네 아버지가 승유의 참형을 주청한 사실을 정녕 모르느냐!"

그 말을 들은 벗의 얼굴이 시뻘겋게 달아오르는 걸 정종은 보았다. 정종의 귀에 더욱 믿지 못할 소리가 들렸다.

"어디 붙을 곳이 없어서 수양 따위에게 붙느냐! 다시는 이 집에 얼씬대지 말거라!"

대문이 쾅 하고 닫히는 소리에 정종은 움찔했다. 이게 무슨 소리인지 정종은 당황스러웠다. 직제학 어르신은 대쪽 같기로 유명한 학자 아니시던가. 그런데 수양대군에게 붙어 승유의 참형을 주청하시다니. 무슨 일이 벌어지고 있는 것일까. 정종은 신면에게 물어보려고 했으나 그의 얼굴은 말을 붙일 수 없을 지경이었다. 정종은 무언가 좋지 않은 예감이 들었다.

신면은 승규 형님에게 받은 모욕을 참을 수가 없었다. 아버지가 수양대군의 편에 섰다는 것은 이미 어느 정도 짐작했다. 그런데 승유의 참형을 아버님이 주청하시다니. 신면은 아버지에게 진정 참형을 주청하셨느냐고 물었다. 그러나 돌아오는 답은 참혹했다. 아들의 오랜 벗이기 전에 김종서의 핏줄이기 때문에 참형을 주청했다는 것이다. 머지않아 김종서 아니면 수양대군 둘 중 하나를 택해야 하는 것이 거스를 수 없는 숙명이라고 했다. 신면은 아버지에게서 직접 듣고 나니 정신이 아득해지는 것 같았다. 이미 알고 있었던 일인데 이제야 신면의 피부에 와닿는 현실처럼 느껴졌다. 수양대군과의 혼담을 서두를 것이라는 아버지의 말은 신면의 얼굴을 다시 달아오르게 만들었다. 응당 승유가 누려야할 것들을 자신이 모두 가로채는 것만 같았다.

신숙주는 아들의 얼굴을 물끄러미 바라보았다. 마치 무슨 생각을 하는지 꿰뚫어보는 듯했다.

"나는 수양대군을 더 높은 곳으로 올릴 것이다. 더불어 너도 그 자리를 누릴 것이야."

신면은 아버지의 그 말이 몸이 떨리도록 두려웠다.

승유는 새벽같이 일어나서 봇짐을 챙겼다. 아버지의 깊은 속뜻을 알고 나니 더 이상 지난 일을 되씹으며 괴로워할 여유가 없었다. 방안을 깨끗하게 정리를 하고 둘러보니 마음이 한결 가라앉았다. 승유의 얼굴도 전날과는 다르게 한층 말개져 있었다.

아버지의 사랑채 앞에서 승유는 봇짐을 내려놓고 큰절을 하고 일어섰다. 번뇌를 모두 버리고, 더 단단하게 심신을 단련하여 돌아올 것이다. 아버님의 곁을 굳건하게 지켜드릴 것이다. 승유는 그렇게 속으로 다짐하며 오래도록 아버지의 사랑채를 바라보았다. 깊이 숨을 들이마시며 승유가 뒤돌아갔다.

대문을 열고 나서는 소리가 들리자, 사랑채의 장지문이 조용히 열렸다. 김종서는 대호大虎가 아닌 그저 늙은 아비의 마음으로 아들의 뒷모습을 하염없이 바라보았다.

승유는 도성을 떠나기 전에 한성부에 들렀다. 전날 형님이 신면에게 고함치는 소리를 승유도 들었다. 그 덕에 직제학 어르신이 자신의 참형을 주청한 사실을 알았지만, 그래도 신면은 오래된 벗이 아닌가. 직접 찾아가 마음을 풀어주는 게 떠나는 길을 더 가볍게 해 줄 것 같았다. 하지만 사실은 신면에게 부탁해야 할 일이 하나 있기 때문이기도 했다.

"면아, 사람 좀 찾아봐줄래?"

신면은 승유의 말에 긴장했다. 세령 아가씨를 찾아달라고 부탁하는 말이었다.

"그때 네가 봤던 그 여인, 공주마마가 아니었다."

승유는 자조하듯 웃으며 말했다. 신면은 아무 말도 없이 시선을 피했다.

"어째 놀라지도 않는구나? 궁녀라 들었는데 그 외엔 아는 바가 전혀 없다. 옥사에 찾아왔다 끌려 나간 후에 행방이 궁금해서 그래. 아무리 생각해도 그저 궁녀는 아닌 것 같은데……."

그날 밤 보았던 세령의 모습을 떠올리며 승유가 혼잣말하듯 중얼거렸다. 신면은 세령이 옥사까지 찾아가 승유를 만났다는 말에 놀랐다. 그렇게 깊은 관계인가.

"그 고초를 겪고서도 또 만나고 싶은 것이냐?"

신면은 자기도 모르게 목소리가 높아졌다. 두 사람은 이제 이어질 수 없는 관계라고 소리치고 싶었다.

"무사한지만 알아봐줘. 그 이상은 알려줄 필요 없다. 더는 만날 일도, 부딪힐 일도 없어."

신면은 홀가분해 보이는 표정으로 말하는 승유의 진심을 가늠하듯 그저 물끄러미 바라보았다.

문종은 간택을 기다리고 있는 최종간택 후보 두 명을 암담하게 바라보았다. 평양현감 황민달의 자제 황기정과 전 중추원부사 정충경의 자제 정종. 도무지 마음에 드는 부마감이 없었다. 이미 부마간택 절차는 자신의 손을 떠났다는 것도 잘 알고 있었다.

정충경의 자제는 성품은 온화해 보이나 그 아비인 정충경이 선대 왕 때 이미 명을 달리하여 가세가 기울었다. 힘이 되어줄 부마감으로는 너무도 부족했다. 문종은 그나마 황기정이 낫다고 생각하여 운을 떼었다. 그런데 기다렸다는 듯이 수양대군이 토를 달았다. 정종의 가문이 좀 더 왕실의 격에 적합하다는 게 이유였다. 정충경의 누이와 딸*이 왕실과 혼인으로 이어져 있기는 하나 그들은 문종에게 힘이 되기엔 역부족이었다. 그러나 이미 수양대군이 그리 정한 것을 뒤집을 수는 없었다.

자미당 후원에서 새장을 들여다보고 있는 경혜공주의 마음은 컴컴한 암흑이었다. 새장 속에서 퍼덕거리며 날고 있는 새를 보니 꼭 제

---

* 정충경의 누이는 효령대군의 부인이며, 딸은 영웅대군의 부인이다.

모습을 보는 것 같아 가슴이 찢어질 듯 아팠다.

공주는 새장 문을 열었다. 날아가라고 해도 새는 새장 안에서 이리저리 퍼덕거릴 뿐이었다. 문이 열렸는데 날아가지도 못하는 모습에 공주는 화가 났다. 그때, 은금이가 헐레벌떡 뛰어왔다. 부마가 결정되었다는 소식을 전하러 왔을 테지. 은금이 부마도위에 오른 분의 이름을 말하려는데 공주는 새장 문을 걸어 잠그고 돌아섰다. 공주는 전혀 궁금하지 않았다. 아니, 누가 부마가 되든 아무 상관이 없었다. 공주의 가슴은 싸늘하게 식어버린 것이다.

종학 집무실에 스승인 이개와 함께 앉아 있는 정종의 얼굴이 붉게 상기되어 있었다. 이개는 믿기지 않는다는 표정이었다. 부마도위에 오르다니, 도대체 어찌 버텨낼까 걱정스러웠다. 정종은 스승의 걱정을 아는지 모르는지 잔뜩 들떠 있었다. 그저 기울어진 가문을 다시 일으켜 세우고 병석에 누운 어머님의 병구완에 큰 도움이 될 것이라 생각하니 마냥 좋을 뿐이었다. 이개는 그런 제자를 일깨우려 수양대군을 조심하라고 주의를 주었다. 승유가 이런 식으로 내쳐지게 만든 마당에 정종은 그야말로 쉬운 먹잇감이었다. 정종은 스승의 말에 사뭇 진지하게 답했다.

"승유만큼 해낼 자신은 없습니다. 하지만 사력을 다해 공주마마와 세자저하를 보필할 것입니다. 걱정하지 마십시오, 스승님."

이개는 마냥 철없는 제자인 줄 알았던 정종의 말이 대견했지만, 불안한 마음은 사라지지 않았다.

문종은 종친의 사가에서 치르는 상례를 파하고 궐 안에서 경혜공주의 길례를 치르기로 했다. 사랑하는 딸에게 든든한 부마를 안겨주지는 못했지만 궐 안에서 성대하게 공주의 혼례를 치르게 해주고 싶었다. 길례 준비는 일사천리로 진행되었다. 그 서두름에는 한시바삐 경혜공주가 출합出閤하기를 바라는 수양대군의 속셈이 깔려 있었다.

길례를 치르게 될 별궁 앞마당 입구부터 곱고 긴 비단길이 깔렸다. 임금이 앉을 용상과 세자의 자석이 월대 위에 놓였다. 장악원의 악사 수십 명이 비단길 옆에 도열해 앉았다. 이어서 대소신료들과 종친 무리들이 하나둘씩 입장하기 시작했다.

수양대군의 일가족도 평소보다 화려하게 차려입은 복색으로 입궐했다. 잔뜩 기대에 들뜬 세정과는 달리 세령은 심란했다. 어머니 윤씨 부인이 세령에게 오늘 하루 공주마마를 옆에서 보필해드리라고 말했지만, 세령은 어찌해야 좋을지 몰랐다. 공주마마는 분명 세령을 반가워하지 않을 것이었다.

정종은 부마로서 사모관대를 차려입고 번듯한 차림새로 입궐을 준비했다. 정종의 뒤편으로 기러기 한 쌍을 들고 있는 후행後行* 무리들이 서 있었다. 여전히 병색이 완연한 정종의 어머니가 만면에 미소를

지은 채 가마에 올랐다. 마냥 걱정스러웠던 아들이 부마가 된다니 정종의 어머니는 이제야 조상님 뵐 낯이 서는 것 같아 가슴이 벅차올랐다.

단정하게 차려입은 신면이 뒤늦게 도착했다. 신면은 말끔하게 변신한 벗의 모습에 입을 다물지 못했다. 정종은 승유도 함께 있었으면 더욱 어깨에 힘이 들어갔을 것이라고 말했지만, 어쩔 수 없다는 것을 잘 알았다. 궐을 향해 걸으며 정종은 문득 손이 떨리고 있다는 것을 느끼고는 주먹을 꽉 쥐었다.

걱정과 기대로 부푼 정종과는 반대로 경혜공주는 무감했다. 인형처럼 가만히 앉아서 나인들이 씻기면 씻겨주는 대로 화장을 하면 하는 대로 가만히 지켜보았다. 은금은 평소 공주마마답지 않은 행동에 내심 불안했다. 단장하는 것을 평소 얼마나 좋아했던 공주마마였던가.

경혜공주는 벽에 걸려 있는 화려하기 그지없는 혼례복을 물끄러미 바라보았다. 저 아름다운 혼례복이 이렇게 원망스러울 줄은 미처 몰랐다. 김승유와 혼인을 치르게 됐더라면 이런 기분은 아니었겠지. 공주는 무심코 시선을 돌리다가 경대에 비친 자신의 얼굴을 보았다. 야속하게도 곱게 화장을 마친 얼굴은 그 어느 때보다도 화려한 미색을 뽐내고 있었다.

경혜공주가 경대를 소리 나게 탁 닫았다. 잠시 후, 세령이 들었다는 나인의 말에 공주의 심기는 걷잡을 수 없이 불편해졌다.

공주의 방에서 담담하게 기다리고 서 있던 세령은 곁방의 문이 열리고 경혜공주가 나오자 그 화려한 미색에 잠시 얼어붙었다. 혼례복으로 성장盛裝하고 나온 공주는 같은 여자가 봐도 넋을 잃을 만큼 아름다웠다. 세령이 정신을 차리고 서둘러 예를 갖추는데, 난데없이 뺨에서 번쩍 불이 일어났다. 경혜공주가 세령의 뺨을 후려친 것이다. 세령은 너무 놀라 아픈 줄도 몰랐다.

"내 꼴을 구경하러 왔느냐? 네 감히 날 조롱하러 왔느냐 이 말이다!"

분함에 사뭇 떨리고 있는 경혜공주의 목소리에 세령은 아무 말도 하지 못했다.

"내심 이렇게 되길 바랐겠지. 김승유와 혼인하지 않게 되길 누구보다 바랐겠지! 이제 어쩔 셈이냐? 김승유와 재회라도 할 생각이야?"

무섭게 쏘아대는 공주의 말에 세령은 강하게 고개를 저었다.

"마마!"

"언감생심 꿈도 꾸지 말거라. 네 아비와 그 자의 아비는 이제 같은 하늘을 이고 살 수 없는 원수와도 다름없다. 그뿐이냐? 너는 한 사내의 인생과 내 인생을 송두리째 짓밟았다. 그러고도 나를 찾아오다니 참으로 뻔뻔하구나."

독을 품은 듯 매서운 경혜공주의 한마디 한마디가 세령의 가슴을 후벼 팠다.

"저는 그저 공주마마의 길례를 경하드리고 싶었습니다."

"경하? 지금 네 눈엔 내가 경하를 받을 만큼 기꺼워 보이느냐?"

"마마께서 길례를 올리신다면, 세상에서 가장 아리따운 신부가 되실 거라 몇 번이고 생각했습니다. 중전마마가 계시지 않으니 그 곁에서 힘이 되어드리겠노라 몇 번이고 생각했습니다. 지금 뵙고 보니 역시, 제가 본 신부 중에 가장 아리따우십니다."

세령의 눈에서 눈물이 흘러내렸다. 가슴이 아리도록 슬퍼서 숨이 막혀왔다. 경혜공주 역시 눈물이 그렁그렁 맺혔다. 우리가 어찌 이리 되었을까.

"용서를 비는 일조차 용서하기 힘드실 테니 이만 물러가겠습니다. 부디 다복한 가정을 이루십시오. 더는 뵙지 못하여도 마마를 위해 늘 불공 올리겠습니다."

세령이 진심을 담아 예를 갖추고 물러났다. 경혜공주는 물러나는 세령을 야속하게 바라보며 눈물을 떨어뜨렸다. 세령의 잘못이 아닌 것을 아는데 그녀를 용서할 수가 없었다. 그녀의 아비를 용서할 수 없었다.

세령은 경혜공주를 원망하지 않았다. 그럴 수밖에 없다는 것을 잘 알고 있었다. 이 모든 것이 자신과 아버지 때문임을 어찌 모르겠는가. 그렇기 때문에 세령은 고통스러웠다. 눈물이 자꾸만 흘러내렸다.

"괜찮으십니까?"

신면이었다. 부마의 예복을 입은 정종이 그 뒤로 멀리 보였다.

세령이 서둘러 눈물을 닦고는 신면에게 예를 갖췄다.

"일전에는 결례가 많았습니다. 죽마고우가 잘못될 수 있다는 생각에 그만 제가 지나쳤습니다."

신면이 예를 갖추고 나지막이 말했다.

"아닙니다. 그리 대해주셔서 오히려 속이 편했습니다."

세령이 자책하듯 말했다. 그 모습이 신면의 마음을 흔들었다.

"그분은 절 많이 원망하셨겠지요?"

세령이 힘겹게 물었다.

신면은 세령에게 승유의 소식을 전해야 좋을지 어떨지 판단이 서지 않았다. 세령은 머뭇거리는 신면의 표정에 이해한다는 듯 고개를 숙였다.

"말씀 안 해주셔도 괜찮습니다. 어차피 공주마마께도 그분께도 몹쓸 사람이 됐으니까요."

"그런데 어찌 울고 계셨습니까?"

신면이 걱정스레 묻자, 세령이 눈가를 매만지며 눈물자국을 지웠다.

"언젠가는 저도 공주마마처럼 혼인을 하겠지요."

"혼인이 싫으십니까?"

신면이 조심스럽게 물었다.

"혼담이 오고가는 댁이 있다고 하니, 마냥 피할 수만은 없겠지요. 속을 털어놓으니 한결 마음이 가벼워졌습니다. 고맙습니다."

세령이 맑게 미소 지으며 신면을 바라보았다. 신면은 그 미소에 가슴이 일렁였다.

별궁 앞마당, 펼쳐진 비단길 사이로 도열해 있는 종친들과 대소신료들은 비어 있는 용상을 바라보고 있었다. 세자도 이미 앉아서 기다리고 있건만 문종이 아직 나오지 않았던 것이다.

문종은 며칠 사이 기력이 부쩍 쇠해 있었다. 수양대군이 저지른 계책 때문에 그렇지 않아도 병약한 문종은 간신히 버틸 정도로 나빠져 있었다. 기침이 쉴 새 없이 터져 나왔고 급기야 각혈까지 했다. 내관 전균이 어의를 부르라고 하는 것을 문종이 막았다. 공주의 경사스러운 길례를 앞두고 어의를 부르고 싶지 않았다. 혹여 수양이 알아채기라도 한다면 일이 걷잡을 수 없을 터였다.

전균의 부축을 받으며 별궁에 이르러 문종은 내관을 물리고는 스스로 걸어 들어갔다. 문종이 월대에 올라 용상에 앉자 길례가 시작됨을 알리는 아악雅樂이 연주되기 시작했다.

보무도 당당히 걸어 들어온 정종이 제자리에 멈춰 서서 비단길 끝을 바라보았다. 잠시 후, 좌중의 경탄과 함께 경혜공주가 비단길 끝에서 천천히 걸어 들어왔다. 눈을 뗄 수 없을 만큼 화려한 미색의 공주의 모습은 그야말로 꽃같이 아름다웠다. 정종은 다가오는 경혜공주를 넋 놓고 바라보다가 문득 자모전가 놈들에게 쫓기다가 뛰어 들어간 가마 안에서 마주친 여인의 얼굴이 떠올랐다. 그 여인이 공주였다니…….

정종은 어쩐지 한시름 놓은 것처럼 기분이 좋아졌다. 이런 기이한 연이야말로 운명이라고 믿어졌기 때문이다. 만면에 미소를 띠고 뚫어져라 쳐다보는 정종의 시선에 경혜공주는 불쾌했다. 공주는 무심코 정종을 쳐다보았다가 그만 흠칫 놀랐다.

가마 안에서 무례하게 굴었던 사내를 공주는 기억하고 있었다. 게다가 험상궂은 왈패들에게 멱살을 잡혀 끌려가는 모습도 생생히 기억했다. 그러나 경혜공주는 싸늘하게 정종을 외면했다.

끔찍하게만 느껴지던 길례 의식도 막바지에 이르렀다. 경혜공주는 문종의 얼굴을 보니 가슴이 먹먹해졌다. 며칠 새 초췌해진 듯 보이는 문종의 모습이 안타까웠다. 문종은 긴 의식에 지쳐 있었다. 창백한 문종이 공주와 부마에게 내릴 어주御酒를 따르는데 자꾸만 손이 떨렸다. 잔을 받고 있는 전균의 손과 옷깃이 흘러내린 어주로 젖어갔다. 하지만 전균은 내색도 않고 꿋꿋하게 어주를 받들고 정종에게 건넸다. 정종이 입술을 축이고 나면 전균이 다시 그 술잔을 받아 경혜공주에게 건넸다. 경혜공주는 가볍게 입술을 축이고 술잔을 전균에게 건넸다. 무심코 고개를 들어 아바마마를 쳐다보려던 공주는 온화하게 웃고 있는 수양대군과 눈이 마주쳤다. 공주는 싸늘하게 수양을 쏘아보았다.

이윽고 길례의 끝을 알리는 아악이 연주되고 공주와 부마가 뒤돌아 비단길을 행진하기 시작했다. 이제 끝이다 싶어 착잡한 공주는 표정이 무겁게 가라앉았다. 정종 역시 공주의 마음을 알고 있었다. 자신이 부마가 되기에 한참 부족한 사람이라는 것을.

행진이 거의 끝나갈 즈음, 갑자기 뒤편에서 처절하게 울부짖는 전균의 목소리가 들려왔다.

"전하! 주상전하!"

경혜공주는 불길한 느낌이 엄습하여 천천히 뒤를 돌아보았다.

용상 아래 바닥에 쓰러져 있는 문종.

경혜공주가 경악하며 쓰러진 문종에게로 달려갔다. 충격으로 멍하니 서 있던 정종도 서둘러 뒤따라 달려갔다. 세령은 두려움에 몸을 떨며 월대를 쳐다보았다. 아버지 수양의 입매가 조심스레 웃고 있었기 때문이다.

재회

흐르는 강물을 막아도, 막아본다고 해도 결국은 흘러넘치는, 법이다.

승유는 세령을 향한 마음이 거대한 강물이 되어

흐르고 있다는 것을 처음으로 느꼈다.

병풍처럼 솟아 있는 기암절벽 아래 푸른 강물이 한가롭게 흐르고 수면水面은 눈부시게 반짝였다. 나른한 바람이 불어와 강가에 누워 있는 승유의 얼굴을 간지럽히고 지나갔다.

승유는 마치 지난날을 강물에 떠나보낸 것처럼 평온해 보였다.

"나리, 나리!"

마흔 줄은 넘어섰을 촌부가 숨을 헐떡이며 뛰어왔다. 다급해 보이는 목소리에 승유가 몸을 일으켰다. 촌부의 손에는 서찰 봉투가 들려 있었다. 한양에서 온 것이라며 건네는 봉투의 겉면을 보니 낯익은 필체로 승유의 이름이 적혀 있었다. 형님의 필체였다. 반가운 마음에 서둘러 봉투를 열고 서찰을 읽던 승유의 표정이 심각해졌다.

'전하께서 위독하시다.

서둘러 올라와 아버지께 힘을 보태거라.'

승유는 아버지가 걱정하시던 일이 벌어진 것 같아 마음이 무겁고 불안했다. 뭔가 좋지 않은 예감이 들어 서둘러 여장을 꾸려 한양으로 돌아갈 채비를 했다.

문종은 강녕전 동온돌에서 자리보전한 채 일어나지 못했다.

경혜공주는 절망적인 얼굴로 문종을 바라보고 있었다. 그 곁에 수양대군과 세자가 지키고 앉아 있었고, 조금 떨어진 곳에 정종이 있었다. 수양대군은 당장이라도 울 것 같은 표정의 세자를 온화한 얼굴로 바라보았다.

"세자저하, 전하께서는 반드시 일어나실 것입니다. 그때까지 이 숙부를 아비처럼 생각해주십시오."

세자는 그러겠노라며 답했지만 경혜공주는 수양을 매섭게 노려보았다. 그러나 수양대군은 그 시선을 모른 체하며 뒤에 앉은 정종을 쳐다보았다.

"길례는 올렸는데 출합이 늦어지는 것을 너무 서운해 마시게. 이제 부마께서 나와 합심하여 공주마마와 세자저하를 지켜드려야 하지 않겠나?"

온화한 말투의 수양에게 정종은 예를 갖추며 답했다. 경혜공주는 순순히 수양에게 답하는 정종이 못마땅했다. 저런 사내가 어찌 세자와 나를 보호할 수 있단 말인가.

도성의 종친들을 위시한 사대부가에서는 앞 다투어 문종의 쾌유를 비는 불공을 드리고 있었다. 하지만 저잣거리에는 그 반대의 것을 부처님께 빌고 있다고 소문이 돌고 있었다. 무지몽매한 민초들이라지만 세상 돌아가는 것에 대한 눈치는 빠른 법이었다. 여러모로 도성은 문종의 와병臥病으로 인해 뒤숭숭해져 있었다.

세령도 어머니 윤씨와 함께 도성 안에 있는 사찰인 승법사에서 문종의 쾌유를 비는 불공을 드리고 있었다. 세령은 주상전하가 무사히 자리를 털고 일어나시길 진심으로 기원했다. 길례 날에 아버지의 얼굴에서 보았던 음흉한 미소는 너무도 두려운 것이었다. 복잡한 마음으로 부처님 앞에 절을 올리는 세령의 이마에 땀이 송골송골 맺혔다.

불공을 마친 윤씨와 세령이 대웅전에서 나왔다. 윤씨가 마당 한쪽을 쳐다보더니 인상을 찌푸리고는 혀를 찼다. 마당 한쪽 구석에 차림새도 후줄근하고 제대로 씻지 않았는지 지저분한 몰골의 동자승 두 명이 쪼그리고 앉아 있었다.

“주지스님은 어딨느냐?”

“방에 누워 있다.”

윤씨의 말에 뺨에 큰 점이 있는 동자승이 대뜸 반말로 답했다.

“어른에게 말버릇이 그게 무엇이냐?”

윤씨의 호통에도 개의치 않고 동자승은 딴청을 피웠다.

“주지스님께서 병환이 깊으시다더니, 아이들 건사도 제대로 못하신 모양이구나. 세령이 너는 여기 있거라. 스님 좀 뵙고 오마.”

윤씨는 여리를 불러 죽을 가져오라고 시키고는 건너편 주지의 방으로 걸어갔다. 세령은 마당으로 내려와 바위에 걸터앉았다. 비라도 오려는지 불어오는 바람이 서늘했다.

세령은 문득 따가운 시선이 느껴져 고개를 돌렸다. 동자승들이 턱 밑에 와서 세령을 뚫어져라 쳐다보고 있는 것이 아닌가. 그 모양새가 하도 귀여워 세령은 자기도 모르게 피식 웃었다.

"왜 그리 빤히 보십니까?"

"어찌 그리 고우십니까?"

계집애처럼 예쁘게 생긴 동자승이 물었다.

"얘 말 믿지 마. 뭐든 뜯어먹으려고 알랑거리는 소리다."

점박이 동자승이 삐죽대며 말했다. 세령은 자꾸만 반말을 하는 점박이 동자승이 기가 막혔지만 그냥 웃고 말았다. 예쁘장하게 생긴 동자승은 세령의 손을 잡아끌며 저잣거리 구경을 시켜달라고 떼를 썼다. 그리고 맛난 먹을거리도 사달라고 했다. 배가 고픈지 꼬르륵 소리를 내는 동자승을 보니 세령은 안쓰럽게 느껴졌다. 세령은 동자승들을 앞세우고 저잣거리로 내려갔다.

저잣거리는 이런저런 물건을 사고파는 사람들로 여전히 북적거렸다. 세령은 모두가 변했는데 이곳만은 변함이 없다 생각하니 기분이 묘했다. 동자승들은 휘둥그레진 눈으로 음식 좌판들을 기웃거리느라 정신이 없었다. 세령은 이제 그만 돌아가자며, 엿이며 떡을 사서 동자승들에게 쥐어주었다. 뛸 듯이 좋아하며 정신없이 입에 먹을거리를 집어넣던 동자승들은 저 멀리 왁자하게 들려오는 환호에 귀를 쫑긋 세웠다. 그네터에서 들려오는 소리였다. 동자승들은 누가 먼저라고 할 것도 없이 냅다 소리 나는 쪽을 향해 달려갔다. 세령은 천방지축 뛰어다니는 동자승들이 난감했지만 어쩔 수 없이 뒤쫓아 갔다.

동자승들은 입을 떡하니 벌리고 허공을 향해 날고 있는 그네를 쳐다보고 있었다. 그들을 데리고 가려던 세령은 자기도 모르게 망연하게 그네를 바라보았다. 세령은 승유와 함께 그네를 타던 날의 느낌이 다시금 떠올라 가슴이 아려왔다. 이러면 안 된다 싶어 세령이 정신을 차리고 동자승들을 보는데, 점박이 동자승 혼자 있는 게 아닌가.

"스님, 다른 스님은 어디 갔습니까?"

멍하니 주위를 둘러보던 점박이 동자승은 흔한 일이라는 듯 대수롭지 않게 모른다고 답했다. 세령은 사라진 동자승을 찾아 사람들을 제치고 다녔다.

그 시각 승유를 태우고 달리던 말도 도성에 도착했다. 승유는 저잣거리에 이르러 탈진한 말에게 물을 먹이느라 잠시 멈춰 섰다. 그네터 근처 말들이 모여 물을 마시며 쉬는 곳이 있었다. 승유는 쉬지 않고 달려온 말의 등을 애정을 담아 토닥였다. 목이 많이 탔는지 끊임없이 물을 핥는 말을 보다가 승유는 주위를 둘러보았다. 마치 시간을 되돌리는 것 같은 저잣거리 풍경에 승유의 발걸음이 저절로 한 걸음 떼어졌다. 그네 타는 사람들의 모습을 보니 지난 날의 기억이 떠올라 가슴이 아렸다. 그날처럼 사람들 사이에 서서 훨훨 그네를 타는 여인네의 모습을 한동안 바라보던 승유는 이내 고개를 돌렸다. 어차피 다시 돌아갈 수 없는 과거일 뿐이다. 과거를 되뇌는 것은 사내가 할 일이 아니라 하지 않았던가. 승유는 무거운 걸음을 옮겨 말이 있는 곳으로 걸어갔다. 그때, 귀에 익은 목소리가 들렸다.

"스님!"

승유의 발걸음이 저절로 멈춰졌다. 환청이라고 생각했다. 그런데, 이 목소리는…….

"스님, 대체 어딜 갔다 오신 겁니까? 한참 찾았잖아요!"

승유는 목소리가 들리는 쪽으로 천천히 몸을 돌렸다. 그러자 동자승과 함께 있는 그 여인이 보였다. 승유의 눈이 흔들렸다. 믿을 수가 없었다.

동자승들을 데리고 승법사로 돌아가려던 세령은 누군가의 시선이 느껴져 고개를 돌렸다. 그 순간 그대로 얼어붙은 듯 꼼짝도 하지 못했다. 그렇게 그리워하던 그분이 여기 있었다니……. 동자승들이 세령과 승유 사이에 흐르는 어색한 기운을 눈치채고는 슬며시 뒤로 물러섰다.

승유는 세령을 물끄러미 쳐다보았다. 아무리 봐도 여인은 사대부가의 규수처럼 차려입고 있었다. 승유는 의아했다. 그동안 이 묘령의 여인 안부가 궁금했고 몹시 그리웠지만 이렇게 궁금증만 키울 수는 없다고 생각했다. 게다가 지금은 이럴 때가 아니었다. 승유는 그리운 얼굴을 봤으니 '이거면 됐다' 생각했다.

"무사해 뵈니 다행입니다. 그럼 이만."

승유가 목례를 하고 예를 갖추며 돌아서자 세령은 당황했다.

"스승님!"

다급한 세령의 외침에 승유가 멈칫했다.

"항상 마음에 걸렸습니다. 저 때문에 고초를 겪으시고 어찌 지내고 계시는지……. "

세령은 그간 마음속에 담아 두었던 그리움을 꾹꾹 누르며 말을 꺼냈다.

"이미 다 지난 일입니다."

승유는 덤덤하게 말했다.

"다시는, 마주치지 말았으면 합니다."

승유는 세령의 말에 냉정하게 못을 박았다. 승유의 차가운 말에 충격을 받은 세령은 가슴팍이 큰 바위로 눌리는 것 같은 통증을 느꼈다. 아무 말도 못한 채 승유의 차가운 얼굴을 바라보았다. 냉정하게 돌아서는 승유의 태도에 당황했지만 차마 붙잡을 수가 없었다. 이토록 깊게 상처를 입으셨단 말인가.

냉정하게 돌아서서 제 갈 길을 향해 가는 승유의 뒷모습을 물끄러미 바라보며 세령은 그 자리에 가만히 못 박힌 채 서 있었다. 용서를 바란 것은 아니었다. 다만 자신의 마음이 진심이었다는 것을 알아주었으면 하고 바랄 뿐이었다. 자신 때문에 목숨을 잃을 뻔했으니 화를 내는 게 당연한데 그것이 왜 이리 섭섭한 것일까…….

세령이 동자승들과 승법사로 돌아오자 어머니 윤씨는 노발대발하며 나무랐다. 그렇지 않아도 수양대감에게 세령의 단속을 철저하게 하라는 당부를 받았는데, 세령이 그 새를 참지 못하고 저잣거리를 기웃거리다니 윤씨부인은 화가 치밀었다. 윤씨는 우상대감이 혼담을 거절한 이유가 세령의 행실이 바르지 못한 탓이라고 여겼다. 명색이 제1종친의 맏딸이거늘 천둥벌거숭이처럼 돌아다니는 딸이 늘 못마땅했다. 직제학 신숙주의 자제와의 혼담마저 깨질까 두려워 윤씨는 세령을 호되게 나무랐다.

그런데 제 어미의 속내도 모른 채 딸은 무엇이 그리 억울한지 눈물을 뚝뚝 흘렸다. 서럽게 울음을 터트리는 딸을 보니 윤씨는 당혹스러웠다. 혹시나 이 아이에게 무슨 일이 생긴 것은 아닌지. 그러고 보니 요사이 딸의 행동거지가 평소와는 사뭇 달랐던 것이 기억나 가슴이 철렁했다.

경혜공주는 마치 살얼음판을 걷는 것만 같았다. 아바마마가 병환으로 누워 있는 것만 빼고 변한 게 없는데 궐 안의 공기가 완연하게 달라진 것을 느꼈다. 수양대군은 매일 같이 입궐해서 정사에 관여했으며 어린 세자는 정사를 돌볼 만한 능력도 배포도 갖고 있지 못했다. 마음이 여린 세자는 수양대군이 읊어주는 대로 그리하라고 답하는 인형에 불과했다. 경혜공주가 아무리 옆에서 눈을 치켜뜨고 날을 세워 반박을 해도 막을 도리가 없었다.

병조와 형조의 인사이동 역시 수양의 뜻대로 처리하여 조극관과 민신은 한직限職으로 밀려났다. 직제학 신숙주는 이미 승정원 우부승지로 영전한 상태였다. 수양은 신숙주와 더불어 김종서의 인맥을 물갈이하는 작업을 교묘하게 진행하고 있었다. 그러나 수양이 가장 경계해야 할 사람은 세자의 곁에서 눈에 불을 켜고 있는 경혜공주였다. 혹여 경혜공주가 세자의 귀에 수양에 대한 경계심을 계속해서 주입하기라도 한다면 이 모든 일이 한순간 흐트러질 수도 있는 노릇이었다.

수양대군은 눈엣가시 같은 경혜공주에게 출합出閤*을 서두르라고
말했다.

"이 와중에 출합이라니 가당키나 한 말입니까? 아바마마께서 저리
누워 계신데 여식인 나를 궁 밖으로 내치겠다는 것입니까?"

"내치다니요? 전하의 환후 탓에 여태껏 미뤄온 출합을 더는 늦출
수 없습니다."

"나는 이 방에서 한 발자국도 움직이지 않을 것입니다."

경혜공주는 단호하게 말했다.

"대대로 내려온 지엄한 법도를 솔선수범하여 어기시겠다, 이 말씀
이십니까? 만백성의 모범이 되어야 할 공주마마께서 법도를 하찮게
여기신다면 궐 밖의 어느 아녀자가 그것을 지키고자 하겠습니까?"

수양은 왕가의 의무라는 말로 공주를 압박했다.

"사가에서 머무시더라도 종종 입궐하여 전하께 문후를 드리면 될
일입니다."

공주는 힘없는 자신의 처지가 원망스러웠다. 어린 세자를 저 검은
야욕을 품은 숙부의 손아귀에 쥐어주고 떠나야만 하는 것이 못 견디
게 가슴 아팠다.

한편 김종서의 사저에 모여 있는 민신과 조극관은 분노로 흥분해
있었다. 한직으로 밀려난 것도 통탄할 노릇인데 세자 곁을 지키던 공
주까지 궐 밖으로 내치다니 그 분함은 하늘을 찌를 듯했다. 민신은

---

*출합出閤 : 결혼한 왕자녀가 궁 밖으로 살림을 차려 나가는 일.

228

더 늦기 전에 수양의 발목을 잡으려면 군兵을 움직여야 한다고 말했다. 하지만 김종서는 생각이 달랐다. 그것이야말로 수양대군이 바라는 바일 것이다. 군을 움직인다는 낌새를 눈치채는 순간 수양은 기다렸다는 듯이 칼을 빼들고 김종서를 역모로 몰아 척살刺殺할 것이었다. 그렇게 되면 모든 것이 수양의 손으로 넘어갈 것이다. 아직은 때가 아니었다.

집까지 어떻게 왔는지, 승유는 넋을 놓고 오다가 정신을 차려보니 대문 앞에 말이 멈춰 서 있었다. 마음과는 달리 냉정하게 돌아섰지만 승유는 여인을 만난 후 머릿속이 뿌옇게 흐려져서 아무 생각도 할 수 없었다. 이름이라도 물어볼 것을……. 생각해보니 여인의 이름조차 모른다는 것이 후회스러웠다. 상념에 잠겨 대문을 넘어서길 망설이는데 정신을 번뜩 들게 하는 목소리가 들렸다.

"삼촌!"

조카 아강이었다.

"왜 이제야 오십니까. 제가 보고 싶지도 않으셨어요?"

이제 겨우 여덟 살이 된 형님의 외동딸 아강을 승유는 무척이나 아꼈다. 승유는 넘어질 듯 달려와 품에 냉큼 안겨드는 아강을 힘껏 껴안아주었다. 대문으로 들어서니 형수인 류씨가 반가운 얼굴로 맞아주었고 반가움에 연신 재잘거리는 아강의 목소리에 가노들도 서둘러 나와 승유를 맞이했다.

마침 회합을 마치고 나오던 민신과 조극관이 승유를 보았다. 두 사람의 표정에는 아쉬움과 노여움이 묘하게 섞여 있었다. 뒤따라 나오던 김종서가 승유를 보고 놀라 우뚝 멈춰 섰다. 아들이 돌아오리라는 것을 미처 몰랐던 것이다.

"네가 어인 일이냐?"

"아버님 곁을 지키고자 돌아온 것입니다."

좀 더 시간을 가지고 마음을 더 비우고 오길 바랐지만 대호는 아들의 얼굴을 보니 입가에 저절로 미소가 지어졌다.

"입에 발린 그 말이 기껍게 들리는 것을 보니 이 아비가 늙긴 늙은 모양이다."

아버지의 곁을 지켜드리겠노라 말하는 모습도 믿음직했다.

"나를 돕겠다는 뜻은 가상하나 강론이나 하던 네가 무엇을 할 수 있겠느냐? 때를 기다리면 쓰임이 있을 터이니, 그때까지 자중하여라."

"예, 아버지."

승유는 밤새 뜬눈으로 지새웠다. 오랜만에 집에 돌아온 설렘도 있었지만 자꾸만 쓸데없는 생각이 떠올라 승유를 괴롭혔다. 잊으려 하면 잊히지 않는다더니 그 말이 맞았다. 승유는 벌떡 일어나 옷을 찾아 입고 나섰다. 잡념을 떨치려면 몸을 움직여야 했다.

한성부 무예수련장의 텅 빈 마당에서 신면은 홀로 검을 연마하고 있었다. 절도 있게 검을 뽑아 앞을 겨누는 진지한 모습, 크게 허공을 가르며 몸을 날렸다가 날렵하게 좌우로 검을 가르는 모습이 유연하면서도 강함이 느껴졌다. 그러다 문득 날카로운 눈빛이 되어 휙 뒤돌아

검을 겨누다가 신면은 흠칫 하며 검을 물렸다. 승유였다. 어느샌가 다가온 승유의 기척을 느끼고 정확하게 그의 목을 겨눴던 것이다.

"언제 올라온 거냐?"

반가움에 신면이 물었으나, 승유는 검을 겨누며 그저 웃기만 했다. 신면은 벗의 표정만 보고도 무엇을 원하는지 알았다. 신면은 승유와 검을 겨누며 간격을 벌리고는 대련 자세를 취했다. 서로 원을 그리며 경계를 하던 두 사람의 칼이 일순간 날카로운 소리를 내며 허공에서 부딪혔다. 한 치의 양보도 없이 거세게 밀어붙이며 공방攻防하는 두 사람의 검. 승유의 검이 신면의 급소들을 노리면 신면은 노련하게 방어했다. 점점 빨라지는 승유의 검의 공격에 신면의 검도 분주해졌다. 두 사람의 검이 부딪히는 경쾌한 소리가 허공을 가르고 있었다.

파죽지세로 다가드는 승유의 검에 신면이 조금씩 밀렸다. 신면이 날렵하게 몸을 움직여 역공으로 회심의 일격을 내려치는데 승유의 검이 막아내지 못한 채 튕겨나갔다.

신면은 바닥에 굴러 떨어진 승유의 검을 주워 들고 승유에게 건네며 물었다.

"무슨 생각을 하는 거냐? 이거 하나 못 받고 검을 놓치다니 너답지 않다. 머리 복잡할 때마다 검을 드는 게 네놈 아니냐."

"형님한테 그저 잘 다녀오셨느냐, 하면 될 일이지 잔말이 많구나."

승유는 제 복잡한 심정을 떨치며 그렇게 농을 쳤다.

"말문이 터진 걸 보니 살 만하구나."

신면이 웃으며 답했다.

"종이 소식은 들었다. 뜻대로 부마가 되었으니 어깨에 힘이 잔뜩 들었겠구나."

"오늘이 출합이다. 으리으리한 사가에서 살게 되었다고 자랑이 이만저만이 아니야."

승유는 언제나 유쾌한 벗 정종의 모습이 눈앞에 보이는 듯해 저절로 웃음이 나왔다.

"그러는 너는 혼담 오가는 데 없어?"

승유의 물음에 신면은 당황했다. 수양대군 댁과 혼담이 오간다는 것도 말하기 꺼려지는 상황인데 그 혼담의 대상이 그 여인이라는 것을 어찌 말할 수 있을까.

"녀석, 있구나. 어느 댁 여식이냐?"

승유가 감을 잡고는 놀리듯 물었다.

"혼담은 무슨, 이따가 종이한테나 가자. 셋이 만나는 것도 오랜만 아니냐."

말을 돌리는 신면의 모습이 이상해서 승유는 벗의 얼굴을 넌지시 바라보았다.

경혜공주는 자신의 처소를 물끄러미 바라보았다. 이제 이곳과 작별해야 한다는 아쉬움보다 병환중인 문종과 어린 세자를 두고 홀로 궐을 나가야하는 현실이 가눌 수 없을 만큼 슬펐다.

이제 겨우 눈을 뜰 정도의 기력만 되찾은 문종에게 하직인사를 드리는 일은 공주에게는 크나큰 고통이었다. 몸을 일으키지도 못한 채 공주를 향해 훠이훠이 내젓는 문종의 손을 잡았다. 경혜공주가 눈물을 눌러 삼킨 채 애써 웃음을 짓는 모습에 정종은 마음이 아팠다. 금지옥엽 공주의 손을 잡은 채 차마 입을 열지 못하는 문종의 눈가엔 눈물이 촉촉이 맺혔다.

"염려 마세요, 아바마마. 소녀 다복하게 잘살 것입니다."

공주가 말했다.

"금슬 좋은 내외가 되어 손자도 금세 안겨드리겠사옵니다. 전하."

정종이 옆에서 믿음직스럽게 덧붙였지만, 경혜공주에게는 그저 못마땅할 뿐이었다.

문종은 공주와 부마를 바라보며 희미하게 웃었다. 공주와 정종이 문종에게 마지막 예를 갖추고 물러나는데, 세자가 공주의 팔을 붙들었다. 불안함이 가시지 않은 세자의 눈에는 눈물이 그렁그렁했다. 공주는 동생이 안쓰럽고 불쌍하여 가슴이 미어졌다. 태어나자마자 어마마마를 잃고 이제 곧 아바마마까지 잃게 되면 이 가련한 동생을 누가 지켜줄 수 있을까. 왈칵 눈물이 솟구쳐 흐를 것 같아 공주는 팔을 잡은 세자의 손을 떼어 꼭 붙잡았다.

"안녕히 가십시오, 누님."

"부디 굳건한 군주가 되시옵소서, 저하."

경혜공주는 세자의 손을 놓고 단호한 발걸음으로 뒤돌아 나갔다. 눈물이 앞을 가려 모든 것이 희미해졌다. 누군가에게는 경사스러울 혼인이 공주에게는 그저 고통스러울 뿐이었다. 기품을 잃지 않으려고 애쓰며 도도하게 걸어 나가는 공주가 정종의 가슴에 박혔다. 마음대로 울지도 못하는 이 여인이 안쓰러워 정종은 그녀를 위해 목숨을 걸겠노라고 마음속으로 맹세했다.

궐 앞은 출합 행렬을 구경하는 사람들로 인산인해를 이루었다. 늠름한 자태로 말을 타고 있는 정종이 앞서서 나가면 경혜공주가 타고 있는 호화로운 가마가 뒤따라 나왔다. 하사품들과 공주의 물건들을 담은 몇 대의 수레와 나귀가 이어지자 환호와 박수소리에 왁자한 풍경은 여느 혼례 행차와 마찬가지였지만 공주에게는 들리지 않았다. 아무도 보지 않는 가마 안에 홀로 있건만 이를 앙다문 채 차오르는 눈물을 애써 꾹꾹 눌러 참았다.

문종은 딸을 위해 호화롭기가 궐에 버금가는 저택을 마련해주었다. 어미 없이 혼례를 치르고 나가야 하는 딸이 안쓰러워 거대한 저택과 많은 하사품을 내린 것이다. 그 거대한 저택 앞에 세령은 여리와 함께 서 있었다. 어머니 윤씨가 미리 가서 기다리고 있으라고 한 탓이었다. 공주와 세령 사이에 무슨 일이 있었는지 알 리 없는 윤씨에게 세령은 별다른 말도 못하고 시키는 대로 했다.

작은 비단보자기를 들고 있는 여리는 얼른 저택을 구경하고픈 마음에 세령을 재촉했지만, 세령은 선뜻 발을 들여놓기가 망설여졌다. 때마침 출합 행렬이 도착했다. 정종이 말에서 내리는 것을 본 세령과 여리는 얼른 옆으로 비켜서서 예를 갖추었다.

정종은 고개를 숙이고 있는 세령을 흘긋 보고는 대문 안으로 들어갔다. 뒤이어 경혜공주가 가마에서 내렸다. 공주는 은금의 부축을 받으며 나오다가 세령을 발견했다.

"네가 여기 웬 일이냐?"

매섭고 쌀쌀맞은 공주의 말투에 앞서 걸어가던 정종이 뒤를 돌아보았다.

"오늘이 출합 날이라기에 왔습니다."

예를 갖추며 말하는 세령을 보며 정종은 고개를 갸웃거렸다. 낯익은 얼굴이었다.

"네 아비는 궐 안에서, 너는 궐 밖에서 내 신경을 거스르기로 작정을 한 게냐? 다시는 내 집에 발을 들이지 말거라!"

경혜공주는 잔뜩 독기 서린 말을 내뱉고는 세령을 휙 지나쳐 대문으로 들어갔다. 창백해진 공주의 얼굴을 보고 정종은 자기도 모르게 긴장했다. 공주는 마치 그 자리에 정종이 없는 것처럼 쌀쌀맞게 본채로 들어갔다. 정종은 찬바람이 쌩쌩 부는 공주의 뒷모습을 쳐다보다가 여전히 대문 밖에 서 있는 여인을 쳐다보았다. 분명 일전에 한성부로 신면을 찾아왔던 그 여인이었다.

"네 아비는 궐 안에서 너는 궐 밖에서"라는 공주의 말을 되씹으며 쳐다보던 정종의 머릿속에서 갑자기 번쩍 하고 불이 켜졌다. 그럼 저 여인이 수양대군의 딸이란 말인가?

귀한 가구들과 화려한 장식들로 꾸며진 안방은 자미당 못지않았다. 하지만 공주는 우두커니 선 채 남의 방에 온 것 마냥 그저 둘러보기만 했다.

모든 것이 낯설고 외로웠다. 게다가 세령의 얼굴을 보니 지난날이 떠올라 참담하기까지 했다. 김승유와의 혼인은 왕실을 굳건히 하기 위함이라고 했지만 공주는 이미 승유를 처음 본 순간 마음이 흔들렸었다. 승유가 부마가 된다는 것에 마음이 설레기도 했었다. 그와 기꺼이 혼례를 치를 수 있다고 생각했건만, 그녀에게 돌아온 것은 배신이었다. 승유를 잊어야한다고 생각했건만 안타까움과 분노가 자꾸만 망각을 방해하고 있었다.

"마마, 잠시 들어가겠습니다."

상념을 일시에 깨뜨리는 세령의 목소리가 들려왔다. 공주는 분노로 장지문 너머를 휙 쏘아보았다.

"꼴도 보기 싫다 하지 않았느냐! 썩 물러가거라."

공주의 격노에 대한 대답처럼 장지문이 드르륵 열리고 세령이 비단 보자기를 들고 들어왔다.

"지금 네가 감히……."

당돌한 세령의 행동에 경혜공주는 기막혀 말이 나오지 않았다.

"차라리 뺨을 치십시오."

세령은 불편한 심기를 드러내고 있는 공주 앞으로 다가섰다.

"백 대, 천 대를 쳐서라도 그 속이 풀리신다면 달게 맞겠습니다."

"일전에 뺨 한 번 맞은 걸로 이리 강짜를 놓는 게냐? 네 아비의 위세만 믿고 너까지 날 조롱하는 게야?"

공주가 파르르 떨며 세령에게 쏘아붙였다.

"더는 저를 반기지 않으시는 것을 알고 있습니다. 허나 낯선 곳에 홀로 나와 계신 마마께서 얼마나 두렵고 외로우실지 염려되어 열 번,

백 번을 망설이다 찾아온 길입니다."

공주는 세령의 말이 가증스럽게 여겨져 불쾌한 듯 시선을 피했다.

세령은 체념한 듯 조용히 보자기를 방에 내려놓았다.

"시집가는 딸들에게 어머니가 챙겨주는 것들이라 들었습니다. 중전 마마가 계셨다면 자상하게 살펴주셨겠지요. 주제넘다 하시겠지만 없는 솜씨로 한번 만들어봤습니다. 꼴 보기 싫다 하셔도 저는 마마가 염려되어 또 와야겠습니다."

세령이 담담하게 말을 마치고 물러나려 예를 갖추었다.

"네 정녕 나를 말려죽일 작정이라면 찾아오거라. 허나 내가 염려되는 마음이 진정이라면 다시는 찾아오지 말거라. 내가 부르기 전까지 얼씬도 하지 말라는 말이다!"

공주의 뼈 있는 말에 세령의 얼굴이 창백해졌다.

"공주마마, 저는 공주마마를 옆에서 지켜드리고 싶을 따름입니다. 믿어주시오소서."

세령이 일렁이는 가슴을 억누르며 말하고는 물러났다.

발자국 소리가 멀어지자 공주는 긴장이 풀리는 듯 휘청거렸다. 자기도 모르게 힘껏 쥐고 있던 주먹을 펴자 손바닥에 손톱자국이 박혀 있었다. 바닥에 놓인 보자기를 공주는 물끄러미 쳐다보았다. 그것을 펼쳐보니 오복주머니, 수저 보 같은 자잘한 혼례품들이 잔뜩 들어 있었다. 공주는 돌아가신 현덕왕후가 떠올라 눈시울이 붉어졌다.

격한 언성이 오고가는 안방을 걱정스레 바라보고 있던 정종은 파리한 안색으로 나오는 세령을 보았다. 세령이 정종을 보고 예를 갖추고는 여리와 함께 총총히 대문을 나섰다.

세령을 대문까지 배웅하고 돌아오는 은금을 정종이 불러세웠다.

"저 분이 뉘신가?"

"수양대군 댁 장녀 세령 아가씨입니다."

"수양대군?"

짐작이 틀리지 않자 정종은 깜짝 놀랐다. 어찌 수양대군의 장녀가 신면을 찾아왔을까. 그날은 승유의 방면 일이었던 게 떠올랐다. 승유가 공주와 궐 밖에서 만났던 게 아니라면, 수양대군 댁 장녀와 만났단 말인가? 정종은 이 기막힌 곡절에 고개를 가로저었다. 정종은 저 여인의 정체를 벗이 알고 있는지 의문이 들었다.

여리는 장옷을 뒤집어쓴 채 묵묵하게 걸어가는 낯빛이 창백한 세령을 보고 안절부절하지 못했다. 마당에서 세령을 기다리고 있다가 어쩔 수 없이 엿들은 마마의 목소리는 한낱 몸종에 불과한 여리마저도 오금이 저렸다. 세령은 여리가 쭈뼛쭈뼛 눈치를 보고 있는 것을 알아차리고 있었다.

"어머니께는 입도 뻥긋하지 말거라. 어머니와는 아무 상관없는 일이다."

세령은 단단히 여리의 입단속을 했다.

"네, 아가씬 괜찮으신 거죠?"

걱정스레 묻는 여리에게 걱정 말라고 대답하려는 순간 세령은 심장이 멎는 듯했다. 저만치 맞은편에서 걸어 오고 있는 승유와 신면. 문득 정신을 차린 세령은 얼굴을 거의 가릴 정도로 장옷을 여몄다. 잰 걸음으로 걸어가는 세령의 뒤를 여리가 바쁘게 뒤쫓았다.

승유와 신면을 바로 옆에서 지나치는 순간 세령은 제 심장 소리가 들리는 듯했다. 이렇게 가까이 있는데 당당하게 드러낼 수 없는 자신의 처지가 한스러웠다.

아무것도 모른 채 옆을 스치고 지나가는 두 남자. 세령은 그제서야 걸음을 멈추고 뒤돌아보았다. 무엇이 그리 즐거운지 호탕하게 웃는 신면의 얼굴이 세령의 가슴에 비수처럼 꽂혔다. 세령은 두 사람이 경혜공주의 사저로 가는 것을 지켜보다 낮게 한숨을 쉬며 돌아섰다.

정종에 대한 이런저런 농지거리에 파안대소하던 신면은 바쁜 걸음으로 상전을 뒤쫓아 가는 여리를 알아보았다. 세령의 몸종이다 싶어 뒤돌아보았으나 세령은 고개를 돌려 바삐 걸음을 옮기던 중이었다. 신면은 세령이 경혜공주를 만나러 왔었다는 것을 눈치챘다. 그리고 승유를 알아보았다는 것도……. 신면은 세령의 마음속에 아직 승유가 있다는 것에 어쩌지 못할 강샘*이 일었다.

저택 뒤편 후원에 지어진 아담한 정자는 아름답기도 했지만 그곳에 앉아 내려다보는 후원의 경치도 훌륭했다. 잘 가꿔진 소나무에 공주가 자미당 후원에서 정성 들여 가꾸던 꽃들도 옮겨 심어져 있어 호사스러웠다. 조촐한 주안상을 앞에 두고 승유와 신면이 주거니 받거니 술잔을 비우고 있는데 뒤늦게 정종이 들어왔다. 주름이 질 정도로 만면에

※ 강샘 : 투기, 질투.

웃음기를 채우고 들어서는 정종을 보니 승유도 기분이 좋아졌다.

"부마, 부마, 노래를 부르더니 소원성취해서 좋으냐?"

"아주 좋아 죽겠다. 그런데 나만 좋으면 뭐하냐?"

승유의 말에 정종이 이내 시무룩한 척 말을 꺼냈다.

"무슨 소리야?"

신면이 물었다.

"주상전하의 환후가 위중하신 데다 공주마마는 날 여전히 거부하시니 숫총각 홀아비 신세나 다름이 없다."

정종의 넋두리에 벗들은 파안대소했다.

"숫총각 홀아비?"

"공주마마께서 너무 홀대하시는구나."

그 말이 귀에 들리지 않는지 정종은 한층 어두운 표정으로 한탄을 이어나갔다.

"아무래도 궐 밖에서 승유 네 놈과 나눈 정을 마음에 두고 계시지 싶다."

승유가 놀라 정종을 쳐다보았다. 그러자 기다렸다는 듯이 정종이 큰소리로 웃어댔다.

"길례 후에 면이에게 들었다. 네가 궐 밖에서 만난 여인이 공주마마가 아니라 다른 여인이었다고. 그리 어마어마한 비밀을 내게 감춘 벌이니 야속해 마라."

승유는 멋쩍게 웃으며 신면을 바라보았다. 술잔을 비우는 신면의 표정은 웃고는 있지만 어딘가 어색해 보이는 느낌이 들었다.

“면이 너, 내 그때 그 여인이 누군지 알았다.”

신면이 흠칫 놀라 정종을 쳐다보았다.

“무슨 소리야?”

의아한 표정을 지으며 승유가 먼저 물었다.

“왜 일전에, 승유 방면되는 날에 한성부로 찾아왔던 그 여인 말이다. 수양대군 댁 장녀 맞지?”

거침없이 내뱉는 정종의 말에 신면의 얼굴이 굳었다.

“시끄럽다. 잠자코 술이나 마셔.”

“낮에 공주마마 뵈러 여기 온 걸 내가 딱 알아봤지. 글쎄 이놈 눈빛이 아주 그 여인을 잡아먹을 기세더라.”

정종이 승유를 바라보며 말했다. 승유는 신면이 뭔가 숨기고 있다고 생각했다. 방면되는 날에 찾아온 여인이 수양대군 댁 장녀라······.

“공주마마와 사이가 안 좋은지 다시는 발 붙이지 말라고 호되게 야단맞고 갔다.”

정종은 별일 아닌 것처럼 무심하게 말을 늘어 놓았다.

“대체 네 놈 입은 왜 그리 가벼워?”

신면은 당황하며 버럭 화를 냈다.

“왜 이리 화를 내실까? 농 좀 친 걸 가지고.”

정종은 조용히 술잔을 비우며 말을 돌렸다.

“나 때문이면 됐다. 여인에게 마음 가는 것이야 막을 방도가 없지.”

승유는 덤덤하게 대꾸하며 신면을 바라보았다.

“그저 혼담이 오가는 댁일 뿐이야.”

느닷없는 신면의 대답에 이번에는 정종의 눈이 휘둥그레졌다. 승유는 뭔가 께름칙한 느낌이 들어 신면을 물끄러미 바라보았다.

"혼담이라 했나?"

"조만간 혼인을 하게 될지 몰라."

신면은 짐짓 긴장한 말투였다.

"아버지들 일로 우리까지 소원해져야 되겠냐. 난 니들이 어느 댁과 혼인한대도 진정으로 축하해주마."

정종은 사뭇 대범하게 말을 하며 벗들을 쳐다보았지만 예전에는 느끼지 못한 막연한 불안감으로 자기도 모르게 시선을 돌리고 말았다.

승유는 바람 좀 쐬겠다는 핑계를 대고 흔들리는 걸음을 다잡고 뜰로 나왔다. 밤공기가 싸늘하게 승유의 머리를 식혀주었지만 심장은 뜨겁게 요동치고 있었다. 바람을 맞으며 심호흡을 하는데, 뜰 한복판에 서 있는 경혜공주의 뒷모습이 보였다. 마침 인기척을 느끼고 돌아보던 공주는 예를 갖추는 승유를 보고 자신이 헛것을 보는 줄 알았다.

"김 직강이 여기 어인 일입니까?"

"부마 되신 분이 제 죽마고우입니다."

승유의 대답에 공주는 헛웃음이 나왔다.

"죽마고우라……. 참으로 얄궂은 인연입니다."

자조적인 공주의 말에 승유는 죄스러운 마음이 들었다.

"저로 인해 마음고생을 하신 일, 진심으로 사죄드립니다."

"이제 와 무슨 소용이겠습니까? 다만, 혼사는 깨졌다 하여도 세자저하를 향한 충심은 변치 않아야 할 것입니다.”

공주는 담담하게 말했다.

“명심하겠습니다.”

“그만 가보시지요.”

공주는 고개를 돌렸다. 더 이상 바라보다가는 마음이 또 흔들릴 것 같았다.

“종이, 참으로 좋은 지아비가 될 것입니다.”

승유가 예를 갖추고 물러나려는데, 공주가 문득 말을 꺼냈다.

“혹, 그 아이가 있을까 싶어 여기 오신 것입니까?”

묻지 말았어야 했다고 공주는 생각했지만 이미 입 밖으로 나온 후였다.

승유는 물끄러미 공주를 바라보았다.

“우연히 그 아이를 마주친다 하여도 모른 척 지나치십시오. 그것만이 김 직강과 그 아이의 비극을 막는 길일 것입니다.”

공주의 말은 승유의 가슴을 서늘하게 만들었다.

“다 끝난 인연일 뿐입니다.”

정종은 구름 한 점 없이 파란 하늘을 보니 기분이 좋았다. 오랜만에 벗들과 잔을 기울인 것이 부마가 된 이후 은근히 그를 짓누르던 압박감을 해소시켜 준 것 같았다. 아직 집 안에 벗들이 있다 생각하니 괜히 어깨가 펴지는 기분이 들어 경혜공주의 침소로 찾아갔다.

“공주마마, 아직 기침 전이십니까?”

장지문 밖에서 대답을 기다리려다 으흠, 헛기침을 하며 장지문에 손을 댔다.

"지아비의 숙취를 해결해 주시는 것도 아녀자의 중요한……."

거침없이 문을 열고 들어서던 정종은 우뚝 멈춰 섰다. 깨끗하게 정리가 된 공주의 침소 안은 텅 비어 있었다.

저택 안을 모두 뒤져도 보이지 않는 경혜공주 때문에 정종은 좌불안석이었다. 공주만 사라진 게 아니라 은금이도 보이지 않았다. 승유는 어쩔 줄 몰라 하는 정종에게 신면과 함께 궐로 가보라고 했다. 입궐이 어려운 승유는 주변을 둘러보기로 했다. 정종은 출합 다음날 사라진 공주마마가 서운했다. 아무리 마음에 들지 않는 부마이기로서니 벗들 앞에서 이런 망신을 주시다니…….

궐에 들어갔는데 막상 공주가 없으면 그땐 어떡하나 싶은 마음에 정종은 불안한 마음을 품고 신면과 서둘러 입궐했다. 승유도 말을 이끌고 나와 주변을 둘러보러 급히 대문을 나섰다. 그때 장옷을 뒤집어쓰고 들어오던 한 여인과 마주치는 바람에 걸음을 멈추었다. 결례를 범한 데 대해 용서를 구하려 무심코 쳐다보던 승유는 여인의 얼굴을 보고 눈이 커졌다. 세령이었다.

세령은 밤새 고민했다. 공주가 비수처럼 던진 말은 너무도 가슴 아팠다. 제 자신이 공주마마의 평정을 흐트러뜨린다면 가지 않아야 마땅하다는 것도, 공주마마가 부를 때까지 기다려야 한다는 것도 너무 잘 알았다. 그런데 그곳에 승유가 있었다. 그를 만날 수 있을지도 모른다는 기대가 세령의 마음을 흔들었다. 냉정하게 외면하며 돌아선 사람을 그리워하는 것이 부질없다는 것을 모르진 않았다. 그런데 날이 밝자 자기도 모르게 외출할 채비를 하고 있는 자신을 발견했다. 여리는 속도 모르고 그런 냉대를 받고 왜 또 가느냐고 투덜거렸다.

세령은 경혜공주의 사저에 이르러 다급하게 대문을 나와 말을 타고 달려가는 부마와 신면을 보고 의아했다. 무슨 일이 생긴 것인가. 그러면서도 마음 한편으로는 승유가 보이지 않아 못내 서운했었다. 그런데 대문에서 승유와 마주친 것이다.

"여긴 또 어떻게 온 것입니까?"

승유는 다 끝난 인연이라고 믿었건만 이렇게 눈앞에 다시 나타난 여인의 모습에 기가 막혔다.

세령은 여리의 눈치가 보여 머뭇거렸다.

"어찌 왔느냐 묻질 않습니까?"

"공주마마를 뵈러……."

세령이 머뭇거리자 승유는 다시 냉정한 표정이 되었다.

"무슨 볼일인지 모르겠으나 지금은 뵐 수 없습니다."

승유가 답하자, 세령은 공주의 몸이 편찮기라도 한 건지 걱정스러웠다. 그런데 병환이 아니라 공주가 사라졌다는 말을 듣고 나니 더욱 걱정스러웠다. 혹여 자신이 어제 공주를 찾아갔던 것 때문인가. 승유는 걱정스런 세령의 표정을 읽었다. 입궐하셨을지도 모르니 걱정 말라고 무심하게 말해주었다. 하지만 세령의 생각은 달랐다. 출합한 지 하루 만에 다시 입궐한다는 것은 환후患候가 위중하신 전하께 큰 심려를 끼치는 일이다. 공주는 그런 일을 할 사람이 아니었다.

"혹 궐 밖에 가실 만한 곳을 아십니까? 궁 안에서 가까이 모셨으니 그 정도는 잘 알 것 아닙니까?"

승유의 말이 은근히 비난조였다.

"공주 행세를 해줄 정도로 가까웠다면서 그 정도도 모른단 말입니까?"

"혹시……."

세령은 경혜공주가 갈 만한 곳을 머릿속으로 떠올려보았다.

"짚이는 데가 있습니까?"

세령이 머뭇거리며 대답했다.

"그것이, 너무 먼 데라서……."

경혜공주는 평소 궐 밖 출입이 거의 없었다. 그런 공주가 딱히 갈 만한 곳이라고는 그곳뿐이었다. 원치 않는 혼례를 치르고 와병중인 아버지를 두고 출합을 해야만 했던 공주는 아마 속내를 털어놓을 곳이 필요했을 것이다. 위로를 받고 싶었을 것이다. 세령은 야속하게 대했던 공주에 대한 원망도 잊고 안타까운 마음에 가슴이 먹먹해졌다.

"말을 빌려주십시오. 꼭 돌려드리겠습니다."

승유는 어딘지 말도 않고 다짜고짜 말을 빌려달라는 세령의 태도가 당혹스러웠다. 도대체 어쩌려는 것인지 두고 볼 작정이었다. 승유가 말고삐를 넘겨주자 세령이 숨을 한번 들이마시고는 말에 올라탔다. 지난번에 알려준 대로 침착하게 올라타는 모양새를 보고 승유는 자기도 모르게 미소를 지을 뻔했다. 세령이 조심스레 말에게 출발신호를 보내자 말이 천천히 움직이기 시작했다.

세령은 마음 같아서는 힘차게 달려 나가고 싶건만 뜻대로 되지 않아 답답했다. 그때 승유가 성큼성큼 걸어오더니 고삐를 낚아채고는 말을 멈췄다. 그리고는 가타부타 말도 없이 세령의 뒤에 풀쩍 올라 타 버렸다.

"이래서야 어느 세월에 다녀오겠습니까? 장소나 말씀하시지요."

깜짝 놀라 휘청하는 세령의 허리를 승유가 휙 감싸 안고 달리기 시작했다. 세령은 심장이 뛰었다.

순식간에 벌어진 일이라 세령은 뭐라 할 틈도 없었다. 갑자기 말이 속력을 내기 시작했다.

벌판을 달리던 때가 떠올라 뭉클해졌지만 그때와는 너무도 달라져 버린 상황에 씁쓸함을 곱씹어야 했다. 세령은 나루터로 가자고 말했다. 배를 타야한다고.

승유는 제 팔에 안겨 있는 세령을 온몸으로 느끼고 있었다. 만나면 안 된다고 생각하면서도 이렇게라도 다시 만난 것이 고마웠다.

너른 강가 나루터는 나룻배를 기다리는 백성들로 북적거렸다. 지저분하고 남루한 옷차림의 백성들이 왁자지껄하게 풍문들을 떠들어대고 있었다. 이어서 나룻배가 들어오는 것이 보였다.

나루터에서 조금 멀리 떨어진 곳에 세워진 공주의 화려한 가마가 보였다. 가마꾼들이 조금 떨어진 나무 그늘 아래서 땀을 식히느라 연신 손부채질을 해댔다. 열린 가마 창문으로 밖을 내다보고 있는 경혜공주의 얼굴이 피로해 보였다. 은금이 나루터에서 종종걸음으로 뛰어왔다.

"마마, 가마가 올라탈 자리는 없다고 하는데 어쩌시겠습니까?"

경혜공주는 인상을 찌푸리며 나룻배에 오르는 백성들을 쳐다보았다.

"저런 자들과 어울려 배에 타야 한다는 말이냐?"

공주가 망설이는 것을 보고 은금이 말도 없이 사라지신 게 알려지면 주상전하께서 염려하실까 저어된다며 돌아가자고 말했다. 공주는 차마 대답을 하지 못했다.

"그럼 허諾하신 걸로 알고 가마를 돌리겠습니다."

눈치껏 공주의 심중을 헤아리는 은금이었다. 경혜공주는 대답 대신 가마 창을 닫았다.

은금이 가마꾼들에게 손짓을 하자 얼른 와서 가마를 들고 되돌아가기 시작했다. 은금과 공주의 가마가 큰 길로 접어들어 모습이 사라지자마자, 숲속 좁은 길에서 요란한 말발굽 소리가 들려왔다. 승유와 세령이 탄 말이었다.

곧장 나루터로 달려가자마자 승유가 말을 멈추고 내리자, 세령도 서둘러 제 힘으로 내렸다.

나루터에 있던 백성들의 시선이 두 양반들에게 모여졌다가 이내 다시 왁자하게 떠들기 시작했다. 세령은 이제부터 혼자 가겠다는 말을 마치고는 나룻배를 타려고 걸어갔다. 거칠게 보이는 사내들 틈 사이로 들어가는 세령의 모습이 승유는 마음에 걸려 물끄러미 쳐다보았다.

세령은 사람들로 가득찬 배 한구석 중년의 아낙 옆자리에 자리를 잡고 앉았다. 나룻배 안의 관심이 온통 세령에게 쏠려 있었다. 왈패로 보이는 서너 명이 대놓고 위아래로 훑어보는 것을 세령도 느꼈다. 불안함에 장옷으로 얼굴이 안보이게 뒤집어쓰고 여몄다. 그러자 왈패 중 한 놈이 슬금슬금 세령에게로 다가오더니 중년 아낙의 엉덩이를 발로 툭 찼다. 화들짝 놀라 얼른 자리를 피해버리는 아낙의 자리에 왈패가 쓱 다가왔다.

"더우실 텐데, 고것 좀 제가 벗겨드릴까?"

왈패가 세령의 장옷에 손을 대려는 순간, 칼집으로 왈패의 손을 탁 후려치는 소리가 났다.

세령이 올려다보니 귀찮은 듯 무심하게 왈패를 쳐다보고 있는 승유가 보였다. 뒤에 남아 있던 왈패들이 싸우려는 기색으로 승유에게 다가왔다. 자칫 일이 커질 것 같은 기분이 들어 승유는 소매춤에서 엽전꾸러미를 꺼내들고 왈패에게 던졌다.

"이게 뭐요?"

"자리 값일세."

왈패는 엽전 꾸러미를 손바닥 위에 놓은 채 세령을 쳐다보며 이리저리 쟀다. 괜히 양반댁 규수를 희롱하다 잡혀가는 것보다야 돈이 상책이라는 듯 피식 웃으며 무리들에게로 돌아갔다.

승유는 그제야 세령의 옆자리에 앉았다.

"겁 없는 건 여전하십니다."

"어떻게…… ."

"공주마마의 안위를 확인해야지요."

승유와 세령을 태운 나룻배는 강을 거슬러 올라가기 시작했다. 두 사람의 복잡한 심사와는 상관없이 강물은 나른하게 흐르고 있었다.

나룻배 안의 사람들은 저잣거리에서 주워들은 풍문들을 서로에게 옮기느라 정신이 없었다.

"나라님께서 병환이 깊으시다던데 이러다 국상 치르는 거 아닌가."

"큰일일세. 아직 왕세자 나이가 어리지 않나?"

"수양대군이 대호 어르신을 몰아냈으니, 조만간 피바람이 몰아친다는 소문이야."

"피바람?"

"어린 조카를 내몰고 왕위에 오르려고 한다는데? 운종가에 소문이 파다해."

"아무리 궐 밖으로 내쳐졌기로서니 그래도 명색이 큰 호랑이 대감이신데, 그 분이 가만두실라고? 선선대왕 때부터 충신으로 자자하신 분이신데……."

"김종서는 지는 해, 수양대군은 뜨는 해."

"에헤 이 사람. 입 잘못 놀리다가 황천길 가려고 작정하셨구먼."

세령의 눈이 휘둥그레졌다. 이게 다 무슨 소리인지 몸이 떨릴 정도로 두려워서 자기도 모르게 장옷을 여민 손을 놓쳤다. 승유는 세령을 흘깃 쳐다보았다. 백성들의 말에 승유의 등골이 서늘해진 것처럼 세령 역시 백지장처럼 창백하게 질려 있었다.

"저잣거리에는 온갖 낭설이 돌아다니는 법이니 괘념치 마십시오."

세령이 흠칫 승유를 바라보았다. 나란히 앉아 어색한 분위기가 감돌았고 승유는 무심하게 강물만 바라보았다.

승유는 어색한 분위기를 바꿔 볼 요량으로 뱃사공에게 말을 걸었다.

"이보게, 혹 가마를 타고 온 대가 댁 여인을 보지 못했는가?"

"가마요? 소인은 실은 적이 없으나 딴 배에 탔을지도 모르지요."

세령은 괜한 걸음을 하게 되는 건 아닐까 염려되었다.

"너무 먼 곳이라 정녕 거기까지 가셨는지 모르겠습니다."

"확인해봐서 나쁠 건 없지요."

무뚝뚝하게 답하는 승유의 말에 잠시 대화가 끊기고 다시 어색한 기운이 감돌았다. 두 사람 모두 말없이 흘러가는 강물에 시선을 두고 가는데, 덩치 큰 남자가 자리를 옮기는 바람에 갑자기 배가 기우뚱했다. 어쩔 수 없이 두 사람의 몸이 닿자 세령은 시선을 애써 피하려고 했다.

나루터에 배가 도착하자마자 한꺼번에 사람들이 배에서 내리고 세령은 복잡한 생각을 떨치고자 잰걸음으로 산길을 올라갔다.

아무리 떨쳐버리려고 해도 나룻배에서 들은 그 말들이 사라지지 않았다. 아버지가 정말 그런 무서운 일을 도모하실 리가 없다. 세령은 숨이 차오르는지도 모르고 정신없이 걸었다. 승유는 두어 걸음 뒤쳐진 채 따라갔다. 세령이 저러다가 실신하는 것은 아닌가 걱정스러울 정도로 산길을 성신없이 올라가는 것이 불안했다. 세령이 가쁜 숨을 몰아쉬며 산길을 올라가던 끝에 탁 트인 평지에 다다랐다. 세심하게 정돈되어 있는 그 곳은 현덕왕후의 능이었다. 세령이 주위를 두리번거리며 경혜공주를 찾았으나 그곳에는 아무도 없었다. 세령은 실망스러웠다. 여기서 공주마마를 뵈었다면 좀 전의 말들이 그대로 잊힐 것만 같았는데, 도대체 어디로 가신 것일까.

세령은 자기도 모르게 힘이 빠져 털썩 주저앉았다. 승유도 지친 듯 간격을 두고 따라 앉았다.

"궐에서 쫓아낸 것이 공주마마 아니었습니까? 헌데 이리 애타게 찾아다니는 걸 보니 원망 따윈 없나 봅니다."

"마마께서 쫓아내신 게 아닙니다. 실은 저는…….”

세령은 대답하다 말고 멈칫 입을 다물었다. 자신이 수양대군의 딸이라는 사실을 말하려던 참이었다. 그 순간 수양대군이 입단속을 시켰던 일이 떠올랐다.

"아무도, 누구도 이 사실을 알아서는 안 된다. 김승유에게 너는 한낱 이름 모를 궁녀인 게야.”

승유가 자신의 신분을 알게 된다면 가족까지 몰살당할지 모른다고 했던 수양의 말이 머릿속을 뒤흔들었다. 게다가 나룻배에서 들은 말이 겹쳐서 떠올랐다. 그런 낭설이 퍼져 있는데 공주 행세를 한 여인의 신분이 수양의 딸이라면 정말 아버지의 말대로 될지 모른다는 두려운 생각이 들었다.

"무슨 연유로 나왔는지는 모르겠으나, 지낼 곳은 마련한 것입니까? 복색을 보아하니 마마님께서 빈손으로 내쫓지는 않으신 듯합니다."

조롱하는 듯 들리는 승유의 말에 세령은 당황했다.

"저, 그것이…… 절에서 머물고 있습니다."

한번 시작한 거짓말은 또 다른 거짓말을 부르는 법이었다. 사실을 고할 수 없다는 것이 세령은 괴로웠다.

"절에서요? 어쩐지 동자승들과 함께 있더라니. 그네터에서 가까운 곳인가 봅니다."

세령의 심정을 아는지 모르는지 승유는 말을 이었다.

"그 뒤편에 있는 절입니다."

세령은 되는대로 말하고 있었다.

승유는 세령을 흘깃 쳐다보았다. 도대체 세령이 무슨 생각을 품고 있는 것인지 짐작할 수 없어 답답하기만 했다. 도성을 떠나 있을 때도 머릿속에서 잊히지 않던 여인이었다. 안부가 걱정되고 함께한 시간들이 떠올라 한시도 내려놓은 적이 없던 여인이었다. 아니, 잊고자 했으나 잊혀지지 않는 여인이었다. 그런 자신의 마음을 아는지 모르는지 속내를 보이지 않는 이 여인이 승유는 야속하기만 했다.

"공주 행세 하는 것이 재밌었습니까?"

승유가 야속함을 감춘 채 툭 던져 물었다. 세령은 자신의 진심을 알아주지 못하는 승유가 원망스러웠다. 어찌 이렇게 아픈 말만 하는 것일까.

"궐 밖에서까지 장난질에 속아 넘어가는 내가 참 우스웠겠지요."

그 말에 세령이 고개를 들고 승유를 바라보았다. 승유는 어딘지 모를 허공에 시선을 던지고 있었다. 그 표정에 어린 상처가 느껴져 세령은 가슴이 아팠다.

"결코 스승님을 농락하려 그리한 것이 아닙니다. 그러면 안 되는 줄 알면서, 스승님과 함께 하는 일들이 무척이나 즐거웠습니다. 꼭 한

번은, 제 입으로 직접 사죄드리고 싶었습니다. 저 때문에 모진 고초를 겪으신 일, 진심으로 송구합니다."

승유가 알아주길 바라면서 세령은 자신의 마음을 꺼내 보였다. 그러나 되돌아온 것은 승유의 차가운 대답이었다.

"착각하지 마시오. 다른 여인이었어도 마찬가지였을 것이오."

단호한 승유의 말에 세령은 서운하여 떨리는 목소리로 물었다.

"허면, 스승님께서는 어느 여인에게나 목숨을 거시는 분입니까? 그것이 스승님께는 그리 특별한 일이 아니었군요."

가슴이 시리도록 야속한 마음에 세령은 뚫어져라 승유를 쳐다보았다.

"제 목숨 살리겠다고 아녀자의 목숨을 바치는 건 장부로서 할 도리가 아닐 뿐입니다."

승유는 세령과의 인연이 이것으로 끝이길 바랐다. 계속 인연이 이어진다면 어쩌면 큰 상처를 입을지도 모르는 일이었다. 세령을 위해서도, 자신을 위해서도 여기서 끝내야 했다.

세령은 진위를 파악하려는 듯 승유의 얼굴을 간곡하게 보았다. 승유가 잠시 세령의 얼굴을 바라보았지만 그것이 끝이었다. 승유가 이만 돌아가자며 자리를 털고 일어나버렸기 때문이다.

성큼성큼 산길을 내려가는 승유의 뒷모습이 세령의 가슴에 아프게 박혔다.

세령은 현덕왕후 능 옆에 소담스럽게 피어난 들꽃을 바라보았다. 세령은 다음 세상에는 들꽃으로 태어나고 싶다는 생각이 들었다. 시들어 꽃잎이 떨어지면 바람에 날려 그리운 임의 옷자락에라도 살포시 내려앉을 수 있도록.

걸어가던 승유는 뒤따라오는 기척이 없자 뒤돌아보았다. 멍하니 들꽃을 바라보는 세령의 우울한 표정을 보니 승유의 마음이 흔들렸다. 혼자 있게 하지 않겠다고 약조했던 날이 떠올라 가슴이 일렁였다.

한편, 정종은 애간장을 졸이며 초조하게 마당에서 서성이고 있었다. 대궐 입구 수문장에게 공주가 입궐하였는지 혹시나 하여 물어봤지만 입궐하지 않았다는 답을 들었다. 그래도 궐 안으로 들어가 강녕전 내관 전균에게 조심스레 물어보기까지 했었다. 하지만 경혜공주가 입궐했다는 말은 어디에서도 들을 수가 없었다. 낙담하여 사저로 돌아와 그때 이후로 자리에 한 번 앉지도 않고 서성거렸다. 정종은 경혜공주가 자신에게 냉담하다는 것을 잘 알고 있었다. 어찌 모르겠는가. 혼례 이후 두 사람은 같은 방에 단 한 번도 둘만 있어 본 적이 없었다. 기꺼이 손 한번 내어준 적 없는 여인. 그렇지만 정종은 여전히 공주를 아끼고 마음깊이 연모했다. 그녀가 이렇게 냉담할 수밖에 없는 연유를 너무도 잘 알기 때문에 더욱 더 연모할 수밖에 없었다.

정종이 번뇌에 쌓여 대문으로 나가는데, 문 앞에 공주의 가마가 와서 멈춰 섰다. 은금이 정종의 눈치를 보며 예를 갖추고는 서둘러 가마문을 열고 공주를 부축했다. 경혜공주는 대문 앞에 서 있는 정종을 보았지만, 본체만체 시선도 주지 않고 지나쳐 들어가려 했다.

"어딜 다녀오셨습니까?"

"알 필요 없습니다."

냉정한 공주의 대답에 정종은 감정을 누르려 애썼다.

"말도 없이 사라지시면 걱정할 것이라는 생각은 안 해보셨습니까?"

"요행으로 부마 자리를 얻었다 해서 사사건건 지아비 노릇 할 생각은 추호도 마십시오."

매섭게 쏘아붙이고 들어가려는 공주에게 정종이 목소리를 높였다.

"공주야말로 어리광 그만 부리십시오."

그 말에 공주가 굳은 얼굴로 돌아보았다.

"어리광이라 했습니까?"

"밤낮으로 주상전하와 세자저하를 걱정하신다는 분의 행동이 고작 이것입니까?"

나지막하지만 단호하게 나무라는 정종의 말은 공주를 분노에 떨게 했다.

'감히 네가, 내 속을 어찌 안다고!'

공주는 차마 입 밖으로 내지 못한 말을 눈으로 정종에게 쏟아 붓고는 들어가 버렸다. 어떻게 하면 공주의 마음을 열 수 있을지 아득하기만 한 정종은 한숨만 나왔다.

신면은 청풍관으로 가고 있었다. 아버지 신숙주의 부름으로 가고 있었지만 그곳에 아버지만 있지 않으리라는 것은 짐작하고 있었다. 아버지는 승유의 아버지 김종서와 다른 길을 걷고 있었다. 수양대군을 왕위로 올리기 위한 길. 역모의 길. 그것이 얼마나 두려운 길인지 알고 있었지만 신면은 제 발이 그곳에 이미 한 발자국 걸쳐 있다고 느꼈다. 청풍관 기녀의 안내를 받고 들어간 곳에는 수양대군을 위시해서 온녕군, 권람과 신숙주가 술자리를 갖고 있었다.

알고 있으면서도 그들과 함께 있는 아버지를 보는 신면의 마음은 기묘한 감정을 느꼈다. 그것은 떨림이기도 했고 어쩌면 불안이었다. 신숙주는 대군이 취기가 있으시다는 이유를 붙여 신면에게 호위를 명했다. 신숙주는 수양에게 혼례를 빨리 치르자는 무언의 압박을 하고 싶었다. 적어도 거사가 일어나기 전에 확실하게 해두고 싶은 마음이었다.

해시가 넘어갈 때쯤 세령은 승유와 함께 도성으로 도착할 수 있었다. 승유가 고삐를 이끌고 가는 말에 세령이 타고 있었다. 현덕왕후 능에서부터 지금까지 세령은 아무 말도 하지 않고 있었다. 그런데도 단 한 번 뒤돌아보지 않은 채 무심하게 말을 끌고 가는 승유가 너무도 야속했다.

순간 세령의 비단신이 벗겨져 툭 떨어졌다. 어째야 하나 당황하는데 승유가 문득 고삐를 당겨 말을 멈추게 하고는 세령을 보았다. 그리고는 세령의 한쪽 신발이 없는 것을 보고 뒤쪽을 쳐다보았다. 그러더니 성큼성큼 걸어가 비단신을 주워들고 돌아와 세령의 발에 신겨주었다. 그 모든 게 자연스럽고 무심하게 보여서 세령은 혼란스러웠다.

경혜공주의 사저로 세령이 들어가자 공주의 침소는 이미 불이 꺼져 있었다. 적막하게 가라앉은 저택의 분위기가 어두웠다. 은금에게서 공주가 무사히 돌아와 주무신다는 말을 듣고서야 세령은 안심이 되었다. 은금에게 품에 넣어두었던 손수건을 꺼내어 공주에게 전해주라며 건네고 돌아섰다. 정종은 자신의 침소에서 환한 달빛을 안주 삼아 혼자 술을 마시다가 그 모습을 보았다. 두런두런 들리는 말소리에 열려 있는 장지문을 쳐다본 것이다. 게다가 멀리 열려진 대문 사이로 승유가 언뜻 보이는 것 같아 표정이 심란해졌다. 승유가 세령의 정체를 알고 있는 것인지, 모른다면 말을 해줘야 하는 건지 분간이 서지 않아 조용히 장지문을 닫았다.

"마마를 찾아 왕후마마의 능까지 다녀오셨답니다. 그곳에 가고 싶어 하신 마마의 마음을 아셨던 모양입니다."

경혜공주는 컴컴한 방안에 앉아 은금이 전하고 간 세령의 손수건을 물끄러미 쳐다보았다. 자신을 찾아 어마마마의 능陵까지 찾아갔었다니……. 그 마음이 갸륵하게 느껴져 손수건을 펼쳐보는데 꽃잎이 떨어졌다. 그 꽃잎을 보자 공주는 가슴이 먹먹해져 한참 동안이나 물끄러미 바라보았다.

세령이 대문에서 나오며 승유에게 말했다.

"저녁나절에 돌아오셨답니다."

"다행입니다."

승유가 담담하게 대꾸했다.

"먼 길을 함께 다녀와 주셔서 감사합니다."

"해야 할 일을 했을 뿐입니다. 마음에 담지 마십시오."

세령은 돌아서야 한다고 생각했지만 자꾸만 머뭇거리게 되었다.

"야심한 시각인데 혼자 가실 수 있으십니까?"

승유가 세령의 뒤편을 쳐다보며 물었다.

"같이 왔던 아이가 곧 나올 것입니다. 걱정 마시고 먼저 가십시오."

세령이 승유에게 예를 갖추고 물러섰다. 승유는 차마 발길이 떨어지지 않았다. 다 끝난 인연인데, 왜 미련이 남는 것인지 답답했다. 두 사람의 침묵을 깨고 여리가 대문에서 나왔다. 한숨 자다가 일어난 것처럼 부스스한 몰골이었다.

"도대체 어딜 이렇게 다니시는 겁니까, 제 명줄을 끊어놓으시려고 작정하셨습니까?"

여리의 투덜대는 잔소리를 들으며 세령은 승유에게 다시 가볍게 목례를 하고 돌아섰다. 아무렇지 않은 척 담담하게 걸어갔다. 여리가 승유를 그제야 발견하고는 인상을 찡그리며 예를 갖추고는 휙 세령의 뒤를 따라갔다. 승유는 멀어지는 세령을 물끄러미 바라보았다.

한 걸음 한 걸음 멀어질 때마다 승유의 가슴 속에서 쿵쿵쿵 돌이 떨어져 내리는 것 같았다.

"도대체 아까 그분은 뉘신데 아가씨한테 막돼먹게 구시는 겁니까?"

여리가 호기심을 못 참고 질문을 쏟아댔다. 혼담이 있는데 외간 사내와 돌아다니면 안 된다. 도대체 어딜 다녀온 것이냐. 쉴 새 없이 종알거리는 여리의 말이 세령의 귀에는 하나도 들리지 않았다. 그저 마음이 텅 비어 버린 것처럼 공허했다. 단단하게 걸어 잠근 승유의 마음을 엿본 것 같았다. 공주와 승유 두 사람 모두에게 내쳐진 것 같은 느낌이 들어 세령은 쓸쓸하고 외로웠다.

"아가씨, 대군마님 이십니다!"

여리가 화들짝 놀라며 세령에게 속삭였다. 세령이 퍼뜩 정신을 차리고 앞을 보니 수양대군과 신면이 맞은편에서 걸어오고 있는 것이 보였다.

"오늘 일은 아버님께 입도 뻥긋해서는 안 된다. 알았니?"

세령이 여리의 입단속을 단단히 시켰다. 여리는 알았다며 입을 다문 채 고개를 끄덕였다.

수양대군은 심면과 사저로 걸어오며 세령에 대한 담소를 나누고 있었다. 천방지축인 딸이니 부디 아껴달라는 수양의 말은 신면의 마음을 일렁이게 했다.

수양은 갑자기 걸음을 멈췄다. 그 바람에 신면도 멈춰선 채 수양이 보고 있는 쪽을 바라보았다. 세령이 대문 앞에서 고개를 숙인 채 수양과 신면에게 예를 갖추고 있었다. 수양은 세령이 외출복 차림이라는 것을 알고 언짢았지만 표정을 감췄다.

"시집도 안 간 처녀가 이 야심한 밤에 귀가를 하느냐?"

온화한 얼굴로 세령에게 다그치는 수양에게 세령은 송구하다는 말로 대신했다.

"이보게, 내 뭐라 했나. 천방지축이라고 하지 않았나."

수양이 호탕하게 웃음을 터트렸다. 신면은 세령을 본 반가움에 미소를 띠며 바라보았다.

"이만 물러가겠습니다."

신면이 두 사람에게 예를 갖추고는 돌아서는 것을 수양은 만족스럽게 바라보았다. 세령은 혹여 수양이 호되게 나무라지는 않을지 긴장하고 있는데, 문득 천청벽력 같은 말이 나왔다.

"세령아, 잘 보거라. 참으로 헌헌장부[※]가 아니더냐. 장차 네 지아비가 될 사내이니라."

흐뭇하게 신면의 뒷모습을 바라보는 수양의 말에 세령은 충격을 받았다. 스승님의 벗과 혼인을 해야 하다니, 어찌 일이 이렇게 얽혀드는 것인지 감당할 수가 없었다

문종의 병세는 하루가 다르게 깊어갔다. 오래된 지병인 데다 근래에 있었던 일련의 사건들이 문종에게 악영향을 끼친 탓이 컸다. 홀로 궐에 있는 것이나 진배없는 세자에 대한 안타까움과 출합을 한 경혜공주에 대한 그리움이 더해져 문종의 병세는 깊어지기만 했다.

안평대군은 파리한 안색의, 형님이자 군왕인 문종을 침통한 얼굴로 지켜보았다. 안평은 왕위에 관심조차 없는 이였다. 선대왕에게서 예술적 기질을 물려받은 안평은 시詩, 서書, 화畵에 두루 조예가 깊었다. 권력투구에는 아예 관심조차 없었으며 그러한 오해를 받는 것도

※ 헌헌장부軒軒丈夫 : 외모가 준수하고 풍채가 당당한 남자.

저어하여 입궐하는 일도 많지 않았다. 그러나 또다른 형님인 수양대군의 야욕을 알게 된 후로는 마냥 좋아하는 그림이나 시에만 빠져 있을 수는 없었다. 자칫 왕실에 피바람을 몰고 올 수도 있을 수양 형님의 욕심을 가만히 지켜볼 수는 없는 노릇이었다. 하지만 그는 무엇을 해야 할지 몰랐다. 정치에 전혀 관심을 두지 않았기에 일어난 상황이었다. 안평은 죽음 그림자가 짙게 드리운 문종의 얼굴을 바라보며 큰 힘이 되어주지 못했던 것을 가슴 깊이 통탄하였다.

"수양 형님, 전하께서 출합한 경혜공주가 눈에 밟히시는 모양입니다. 제가 전하를 모시고 공주의 사저에 다녀왔으면 합니다."

안평은 눈물이 맺힌 채 수양대군을 쳐다보았다.

"거동조차 힘에 부쳐하심을 모르고 하는 말이더냐."

수양은 안평의 속내가 의심스러워 단호히 반대했다.

"괜찮다. 별 일이야 있겠느냐?"

그때 눈을 감고 자는 것 같았던 문종이 가쁜 호흡을 내뱉으며 말을 꺼냈다.

"어의도 없이 오고 가는 와중에 탈이라도 나신다면 어쩌십니까?"

수양이 짐짓 염려되는 것처럼 말했다.

"궐 안이 답답하구나."

문종이 시선을 안평에게 둔 채 간절하게 쳐다보았다. 안평이 문종이 손을 꼭 잡아주었다.

"정히 그리 하오시면 조심히 다녀오시지요."

어쩔 수 없다 싶어 수양은 한발 물러섰다. 설마 안평이 무슨 계책을 꾸밀 것이라고는 의심조차 하지 않았다. 안평은 산수山水를 벗 삼아 유유자적한 삶을 사는 것을 낙으로 삼는 동생이 아니던가.

경혜공주는 문종이 온다는 소식을 듣고 난 뒤부터 가만히 앉아 있지를 못하고 아바마마의 가마가 도착하기를 기다렸다. 가마가 오는 기색이 보이면 바로 알려드리겠다는 은금의 말에도 아랑곳하지 않은 채 대문 앞에서 이제나저제나 하며 아버지를 기다렸다.

그때 멀리서 내금위 무사들과 함께 문종의 가마가 들어오는 게 보였다. 이윽고 대문 앞에 가마가 조심스럽게 놓이고 내관들의 부축을 받아 문종이 내려섰다. 출합 날 알현했던 때보다 병색이 완연해진 문종의 얼굴에 공주는 충격을 받았다. 공주는 한달음에 달려가 내관을 밀치고 직접 문종을 부축했다.

공주의 사저에 들렀는데도 이부자리에 누운 채 일어나지 못하는 문종의 모습에 공주는 가슴이 미어졌다. 하지만 문종은 공주의 얼굴을 보니 마음이 놓이는 듯 미소를 짓고 있었다. 그 힘없는 미소가 공주를 아프게 해서 눈물이 나왔다. 눈물을 보이지 않으려 뒤돌아 눈물을 찍어내는 딸을 정종은 안쓰럽게 바라보았다. 문종의 탁한 눈동자에도 눈물이 고여 흘렀다. 정종이 망설이다가 손수건으로 문종의 눈물을 닦아주었다. 문종은 정종을 물끄러미 바라보았다. 그 얼굴에 진심이 보이는 것 같아 문종은 조금은 안심이 되는 것 같았다.

"전하, 잠시 물러가 있겠사옵니다. 공주마마와 밀린 정담 나누소서."

정종이 듬직하게 고하고는 자리에서 물러났다. 문종은 그가 공주를 아껴줄 것이라는 믿음이 들었다. 더 오래 살아서 공주와 부마가 자식을 낳고 사는 모습을 보고 싶다는 맘이 간절히 들었다. 공주가 문종의 손을 꼭 잡았다.

"아바마마, 소녀는 무탈하게 잘 지내고 있사옵니다."

문종은 힘없이 고개를 끄덕이며 미소를 지었다.

"전하, 신이 불충을 무릅쓰고 전하를 이곳으로 모신 이유가 따로 있사옵니다."

안평이 조심스럽게 말을 했다. 문종이 의아한 듯 쳐다보았다.

"전하를 간절히 뵙기를 청하는 이가 있사옵니다."

안평의 말이 이해되지 않아 문종은 의아했다.

그때 옆으로 나 있는 장지문이 천천히 열렸다. 문종이 힘겹게 고개를 돌리고 바라보았다.

바닥에 이마가 닿도록 부복해 있는 초로의 노인을 보자 문종의 눈이 커졌다. 김종서였다.

경혜공주는 자리에서 일어나 물러났다. 문종은 회한이 가득한 눈으로 김종서를 바라보았다. 김종서는 죄인처럼 부복하고 있었다.

"종친의 신분으로 정사에 관여하길 꺼리는 이 사람을 설득한 이가 바로 우상입니다."

안평이 말했다.

"나는 참으로 용렬한 왕이다. 충신도 알아보지 못하고 야속한 마음만 먹었구나."

문종이 한스럽다는 듯 말했다.

"송구하옵니다, 전하. 신 김종서, 지난날의 불충은 전하와 세자저하를 굳건히 지켜낸 후 그 죗값을 치를 것이옵니다."

김종서가 피를 토하는 심정으로 말했다.

"고개를 드시오, 우상. 이 못난 아비가 끝까지 자식들을 지켜주지 못하고 우상에게 그 짐을 지우게 됐구려. 그대를 볼 낯이 없소."

슬픔이 배어 나오는 문종의 말에 김종서는 가슴이 미어졌다.

"어인 말씀이시옵니까? 신 김종서 목숨을 바칠 준비가 되어 있사옵니다."

충심으로 답하는 김종서의 맹세가 문종의 마음을 잠시나마 든든하게 만들었다.

한성부 무예수련장은 훈련을 끝내고 땀범벅이 되어 있는 무관들의 열기로 뜨겁게 달아올랐다. 웃통을 벗은 채 옹기종기 모여 앉아 창과 검을 손질하고 있는 모습이 늠름했다.

한편에 앉아 검을 손질하고 있는 신면과 송자번도 땀으로 얼굴이 번들거렸다.

한창 검을 닦던 송자번이 일어나더니 예를 갖췄다.

"오셨습니까?"

신면이 고개를 들고 보니 승유가 와 있었다. 신면은 반갑기도 하고 꺼려지기도 하는 복잡한 감정이 들었다. 승유의 얼굴 또한 복잡해 보이는 것을 보니 심상치 않았다.

　승유는 세령과 헤어진 후 찾아온 번민 때문에 뜬눈으로 밤을 새웠다. 끝내야만 하는 인연인데 부질없이 자꾸 붙잡으려 드는 제 자신이 못 견디게 미웠다.

　'강물이 흐르는 것을 막을 수는 없는건가?'

　승유는 돌덩이가 내려앉은 듯 답답한 마음을 달랠 길이 없어 말을 타고 정신없이 달렸다. 말을 타고 달리면 가슴이 뻥 뚫린 것 같다는 말은 거짓이었다. 아무리 달려도 가슴을 짓누르는 돌덩이는 내려가지 않았다. 승유의 거침없는 박차에 말은 어느새 기진맥진해 가고 있었다. 승유의 말이 더 이상 달리기를 멈추고 천천히 걷기 시작했다. 승유는 벌판을 둘러보다 말고삐를 도성으로 돌렸다.

　사람들 속에 있지만 완전히 혼자였다. 누구에게도 말할 수 없는 그리움이 승유를 외롭게 했다. 사방에서 요란하게 울리는 삶의 모습과 소리들이 승유에게는 보이지도 들리지도 않았다. 그저 마음가는 대로 말고삐를 이끌었다. 한참을 그렇게 도성 안을 돌아다니던 말이 문득 멈춰 섰다. 말의 움직임이 멈추자 승유의 머릿속도 잠시 멈췄다. 여기가 어디쯤인가 주위를 둘러보았다. 눈앞에 그네가 보였다. 세령과 함께 했던 그네 터. 꽃가지를 입에 문 채 아름답게 하늘을 날아오르던 세령. 승유는 머릿속이 하얘지는 것 같았다.

　흐르는 강물을 막아도, 막아본다고 해도 결국은 흘러넘치는 법이다. 승유는 세령을 향한 마음이 거대한 강물이 되어 흐르고 있다는 것을 처음으로 느꼈다.

　적막한 골목을 깨우는 말발굽 소리가 요란하게 들려왔다. 다급하게 박차를 가하며 달리는 별감의 표정이 심각했다. 별감의 말은 그대로 경혜공주의 사저에 다다르자, 구르듯 말에서 뛰어내려 대감을 두드렸다.

　"문을 여시오! 어서 문을 여시오!"

　대문이 열리고 들어온 별감의 전언을 듣고 정종은 핏기가 가시는 것 같았다. 하지만 맘을 굳게 먹었다. 공주를 지키겠다고 다짐하지 않았는가. 듬직한 지아비가 되어야 했다. 정종은 은금을 불러 공주에게 알리라고 전했다. 은금이 공주의 처소에 들어간 지 얼마 되지 않아 공주가 자리옷* 차림으로 뛰쳐나왔다. 창백해진 얼굴로 정종을 절박하게 바라보는 그 모습을 보니 정종도 마음이 아팠다.

　"입궐하시려면 의복을 갖추셔야지요."

　정종은 최대한 차분해지려 애쓰며 은금에게 공주의 입궐 채비를 서두르라고 말했다.

　그 시각 또 한 명의 별감이 김종서의 저택에 도착해 있었다. 대청마루 위에 서 있는 김종서에게 별감이 부복해 있었다. 난데없는 한밤중의 소란에 김승규와 가노들 두어 명까지 나와서 지켜 서 있었다. 불길한 예감이 들어 김종서의 눈이 별감의 입을 쏘아보고 있었다.

---

* 자리옷 : 잠옷

"안평대군께서 보내셨사옵니다. 주상전하의 환후가 몹시 위독하시다는 전갈입니다."

별감이 토해낸 말에 김종서는 눈을 질끈 감았다.

"이대로 전하께서 승하하시면 수양대군의 섭정은 돌이킬 수 없습니다, 아버님."

맏아들 승규가 위기감을 느끼고 아버지를 쳐다보았다. 그때 별감이 품에서 뭔가를 꺼냈다.

"안평대군께서 긴히 전해드리라 하셨습니다."

별감이 건네준 것은 문종이 내린 명패*였다.

김종서는 승규에게서 명패를 건네받았다. 목숨을 바칠 각오는 이미 오래전에 했었다. 이제 실행에 옮길 때였다. 김종서는 문종이 내린 명패를 비장하게 바라보았다.

대궐은 온통 훤하게 불이 밝혀져 있었다. 관복을 휘날리며 강녕전으로 향하는 수양대군은 이제 때가 왔다는 생각에 사뭇 흥분이 되었다. 평생을 기다려온 순간이었다. 그렇게 오래 참고 기다렸던 일, 이제 조금만 더 버티면 원하던 것을 손에 쥘 수 있게 될 것이다. 수양의 뒤를 따르는 온녕군과 권람, 신숙주 등의 표정도 사뭇 비장했다. 무겁게 가라앉은 강녕전을 코앞에 두고 수양이 멈춰 섰다.

"교지敎旨**는 준비됐는가?"

---

* 명패命牌 : 왕이 신하를 부를 때 보내던 벼슬아치의 이름이 적힌 나무패.

**교지敎旨 : 임금이 벼슬아치에게 주던 공식적인 발령.

수양이 신숙주를 돌아보며 물었다.

"만반의 준비를 마쳤사옵니다."

품에서 은밀히 교지를 꺼내 보이며 신숙주가 답했다. 수양은 가만히 고개를 끄덕였다.

"병조부터 내금위, 총통위까지 어떤 군사의 움직임도 놓쳐선 아니될 것이네. 섣불리 움직이면 역모로 간주하노라 엄포를 놓으시게."

이미 손안에 모든 것이 들어온 것처럼 수양이 권람에게 명했다.

수양은 강녕전을 바라보았다. 이제 곧 자신의 것이 될 강녕전을 바라보며 크게 숨을 들이마셨다.

강녕전 동온돌 안은 눈물범벅이었다. 문종은 얼마 남지 않은 생명을 겨우 붙잡은 채 버티고 있었다. 경혜공주는 문종의 손을 부여잡은 채 눈물을 흘리고 있었다. 어린 세자 홍위 역시 벌개진 얼굴로 연신 눈물을 흘리고 있었다. 문종의 곁으로 안평대군이 다가왔다. 눈물을 억지로 참느라 눈이 발갛게 충혈된 안평은 문종의 귓가에 나지막이 무어라 속삭였다.

그러자 문종이 조용히 눈을 떴다. 문종은 울고 있는 딸과 아들에게 조용히 차례로 시선을 맞추고, 정종을 쳐다보았다. 그리고는 마침내 내관 전균에게 시선을 멈추고 힘겹게 눈짓을 했다. 그러자 전균이 품에서 돌돌 말린 교지를 꺼내어 안평에게 건넸다.

그때, 수양의 목소리가 들려왔다.

"전하!"

눈물을 흘리며 들어서는 수양을 보고 안평은 황급히 품 안에 교지를 감추었다.

"전하, 수양이 왔사옵니다. 부디 눈을 떠 아우를 보소서!"

큰 소리로 통곡하는 수양을 보는 경혜의 시선이 분노로 파르르 떨렸다. 그 자가 흘리는 눈물 한 방울 한 방울이 문종에게 독물처럼 흘러드는 것 같아 온몸이 떨려왔다.

문종이 잡고 있던 생명의 끈이 점점 약해지고 있었다.

"홍위야……."

"소자, 여기 있사옵니다."

세자가 울먹이며 무릎걸음으로 좀 더 가까이 다가갔다. 문종이 세자를 쳐다보고는 경혜공주를 찾아 시선을 허공에서 헤맸다. 공주가 문종의 손을 부여잡았다.

"아바마마……."

문종의 눈에서 눈물이 주르륵 흘러내렸다. 순간 문종의 손을 잡고 있던 경혜공주가 흠칫 하며 손을 바라보았다. 축 늘어진 문종의 손을 보자마자 공주가 감당하지 못하고 정신을 놓았다.

안평대군을 위시하여 정종과 세자가 놀라 문종을 향해 통곡을 했다. 그러나 그 뒤편에 앉아 있는 수양대군의 표정은 차분하게 가라앉은 채 무표정했다. 이제 수양의 시대가 열린 것이다.

강녕전 앞마당에 모여 있던 대소신료들과 종친들이 잔뜩 긴장한 채 강녕전만 기다리고 있었다.

이윽고 강녕전에서 통곡소리가 터져 나오자 민신, 조극관, 이개 등이 털썩 무릎을 꺾으며 통곡을 했다. 반면, 온녕군과 권람, 신숙주 등의 수양대군 측근들은 만면에 스미는 미소를 감추려 애쓰며 부복했다. 일제히 부복한 채 통곡하는 종친과 신료들. 그러나 확연하게 갈리는 두 진영의 표정이 조만간 불어닥칠 태풍을 예고하는 듯했다.

반듯하게 누워 있는 문종의 얼굴을 바라보는 세자의 눈에서 눈물이 멈추지 않았다. 얼굴 한 번 본 적 없는 어마마마, 이제는 아바마마도 가셨다. 세자는 모든 것이 자기 것이지만 그 어느 것도 자기 마음대로 할 수 없는 자신의 처지가 한스럽고 두려웠다.

"저하! 심기를 굳건히 하오소서."

수양대군이 세자에게 말했다.

"교지를 내릴 것입니다. 이 숙부가 모두 갖추어 놓았으니 저하께서는 그저 제 곁에 계시면 될 것입니다."

온화하게 미소 짓는 수양의 얼굴을 보고 세자는 당황했다. 어찌 이렇게 빨리.

"숙부……!"

"모든 종친과 대신들이 기다리고 있습니다. 가시지요."

수양이 부드럽지만 단호하게 말했다. 세자는 숙부가 두려웠다. 덧없이 가버린 문종이 원망스러웠다. 궐 밖으로 나간 공주가 부러웠다.

수양대군은 세자를 옆에 끼고 당당하게 강녕전 앞에 우뚝 섰다. 이미 왕이 된 듯 수양은 위엄을 세우며 모여 있는 신료들과 종친들을 내려다보았다. 제각기 두려움과 기대에 찬 얼굴을 한 종친들과 신료들이 수양의 입이 열리기만 기다리고 있었다.

"전하께서는 미처 고명顧命*을 남기지 못하고 승하하셨소이다. 이에 마땅히 전하의 뒤를 이을 세자저하께서 친히 교지를 내리셨소."

수양이 신숙주에게 눈짓을 보내자, 수양이 한걸음 앞으로 나와 교지를 펼쳤다.

"나 왕세자 홍위는 아직 어려 종사를 돌보기 미력하다. 그리하여 제1왕숙인 수양대군에게 간곡히 청하는 바……."

"멈추시오!"

갑작스런 안평대군의 외침에 신숙주가 말을 멈췄다. 수양도 놀라 쳐다보았다.

일제히 안평대군에게 쏠리는 시선이 호기심에 가득찼다.

"아우가 나설 자리가 아니네."

수양이 단호하게 안평을 질책했다.

"주상전하께서 고명을 대신해 제게 친히 교지를 내리셨습니다."

안평의 말에 좌중은 술렁거리기 시작했다. 안평은 들고 있던 교지를 신숙주에게 건넸다.

수양이 매서운 눈으로 교지를 쏘아보았다. 신숙주는 당황한 채 수양을 흘깃 쳐다보았다.

"우부승지가 직접 읽으시오!"

어쩔 수 없었다. 신숙주는 안평에게 교지를 받아 펼쳤다.

※ 고명顧命 : 임금이 유언으로 나라의 뒷일을 부탁함.

272

교지를 펼치고 훑어보던 신숙주는 아찔함을 느꼈다. 선명하게 찍혀 있는 문종의 옥새 자국이 보였다. 신숙주는 당황하여 수양을 보았지만, 수양으로서는 방법이 없었다.

"제2왕숙인 내가 친히 전하께 받은 교지일세. 어서 온 종친과 백관들 앞에서 읽으시게!"

안평의 다그침에 신숙주는 떨리는 목소리로 교지를 읽기 시작했다.

"과인은……, 김종서를 좌의정에 제수하는 바, 김종서를 위시한 의정부가 왕세자를 보필할 것을 당부하노라."

수양의 눈에서 불꽃이 튀었다. 그때, 어둠 속에서 천천히 걸어 나오는 자가 있었다. 김종서였다.

수양은 사모관대를 한 김종서를 보고 경악을 금치 못했다. 세자에게 예를 갖추자, 세자는 비로소 마음이 놓이는지 굳어 있던 표정이 풀렸다.

김종서는 형형한 눈빛으로 수양을 쏘아보았다. 그리고 모여 있는 대소신료들과 종친들을 쳐다보았다.

"이 김종서가 눈 뜨고 있는 한, 더는 종친이 정사에 관여해서는 아니 될 것이오! 이를 거스르는 자는 목숨을 내어놓아야 할 것이외다!"

엄한 목소리로 외치는 김종서를 수양이 이글거리는 눈빛으로 쏘아보았다. 그리고는 서늘한 바람을 일으키며 뒤돌아 나갔다. 치욕스러웠다. 종친들과 대소신료들 앞에서 자신에게 치욕과 수모를 안겨준 김종서가 이가 갈리도록 증오스러웠다.

강녕전을 뒤로 하고 걸어 나오는 수양의 얼굴이 일순 무섭게 일그러졌다. 문득 멈춰 서서 뒤를 돌아보았다. 멀리 김종서가 세자와 함께 서 있는 모습이 보였다.

"김. 종. 서. 그리 원한다면 이 손으로 죽여드리리다!"

나지막이 읊조리는 수양의 눈이 살기로 번득였다.

궐 안의 파란波瀾과는 상관없이 승법사에는 고요함이 감돌았다. 세령은 마음이 어지러워 문종의 쾌유를 빈다는 핑계로 승법사에 와 있었다. 하지만 마음은 고요해지지 않았다. 탑을 돌며 기도를 해도, 부처님 앞에 절을 해도 이룰 수 없는 연모의 정 때문에 집중이 되지 않았다.

태평하게 잠이 든 여리를 보니 한숨만 나와서 방을 나섰다. 환한 달빛이 서늘하게 세령을 비췄다. 세령은 차라리 이대로 사라져버렸으면 좋겠다고 생각했다. 마음에 다른 사람을 품고서 어떻게 혼례를 치른단 말인가. 마치 하늘에 떠 있는 저 달이 대답이라도 해줄 것처럼 세령은 한없이 달을 쳐다보았다. 그러나 무정한 달은 아무 말이 없었다.

세령이 체념한 채 뒤돌아서다 심장이 얼어버리는 줄 알았다. 눈앞에 승유가 있었다. 헛것을 보는 것인가, 싶어 눈을 깜빡이며 다시 쳐다보아도 그대로였다.

승유였다.

제 눈으로 보면서도 믿을 수 없어 세령은 못 박힌 듯 꼼짝도 하지 못한 채 승유를 바라보았다.

그때 승유가 발을 한걸음 떼는가 싶더니 세령에게로 곧장 걸어왔다. 세령의 심장이 금방이라도 터질 것처럼 요동쳤다. 성큼성큼 세령에게로 걸어온 승유가 세령을 확 품에 끌어안았다.

격하게 뜀박질하는 심장 소리에 세령은 정신을 잃을 것만 같아 뒤척이며 승유를 밀쳐내려 했지만, 그럴수록 승유는 더욱 힘주어 세령을 안았다.

"다시는 내 눈에 띄지 말라니까 왜 내 머릿속에서 내내 사라지지 않는 것이오."

승유는 자신의 마음이 흐르는 대로 두기로 했다. 제 힘으로 막을 수 없는 것이라면 그녀와 함께하는 것을 두려워하지 않겠다고 생각했다. 그래서 무심코 세령이 말했던 그네터 뒤편에 있다는 절로 올라왔다. 부처님께 자신의 맹세를 다짐하려고 올라온 참이었다. 세령이 사저에 있지 않고 절에 있을 줄은 꿈에도 몰랐다. 그런데, 그곳에 세령이 있었다. 승유는 믿을 수 없었다. 흐르는 것은 막을 수 없다. 승유는 어떤 거대한 힘이 자신과 세령을 묶어두는 것이라고 생각했다.

헤어질 수 없는, 함께여야만 하는 나의 연인.

"이제 와서 어찌 또 이러십니까. 그리 차갑게 밀어내실 땐 언제고."

"더는 나 자신을 속이기 싫소. 더는 아닌 척할 수가 없소. 이제는 내 마음속에서 그대를 밀어내지 않을 것이오."

승유는 세령을 품에 안고 애절하게 바라보았다.

세령은 눈물이 그렁그렁해져 승유를 마주보았다. 승유의 애틋한 눈빛을 바라보니 그간의 원망이 눈 녹듯 사라져버렸다.

"스승님을 잊으려고 얼마나 애를 썼는지 모릅니다."

세령이 벅찬 가슴을 애써 감추며 말했다.

"나 자신을 억누를 수가 없어 여기까지 왔으니 그대가 싫다 해도 어쩔 수 없소."

세령의 눈에서 기어이 눈물방울이 뚝뚝 떨어졌다. 승유는 세령의 얼굴을 어루만지고 조심스레 쓰다듬었다. 세령이 뺨을 붉히며 승유의 얼굴을 바라보았다. 이윽고 승유의 얼굴이 천천히 다가오더니 세령의 입술에 입을 맞추었다. 부드러운 입술의 감촉, 떨리는 숨결과 숨결이 두 사람을 더욱 애타게 만들었다.

승유는 세령의 눈가에 아직 촉촉이 젖어 있는 눈물을 손으로 닦아 주었다. 다시는 이 여인이 눈물을 흘리는 일이 없게 하겠다고 생각했다. 지금 당장은, 오직 이 순간만을 위하자고 되뇌었다.

"이름이 무엇이오?"

승유는 넌지시 물어보았다. 세령은 입을 열려다 말고 문득 망설였다.

"내게 말 못할 이유라도 있소?"

"여리입니다……."

"여리, 여리라. 예쁜 이름이오. 예서 지내는 것이 무섭지는 않소? 안심하고 가도 되겠소?"

"예."

"묻고 싶은 것이 많지만 오늘은 밤이 깊었으니 이만 가겠소. 조만간 다시 오리다."

승유는 세령의 뺨을 부드럽게 쓰다듬으며 발길을 돌렸다. 아쉬움이 가득한 손길이었다.

"스승님, 또 뵐 수 있는 것이지요?"

또다시 볼 수 있을지 세령은 불안했다. 매번 마지막인 듯 불안한 만남과 이별의 순간이 참으로 견디기 어려웠다.

승유가 세령의 마음을 읽은 듯 환하게 웃었다.

"오지 말라고 해도 기어이 올 것이오."

승유가 다짐하듯 말하고는 뒤돌아서 절을 내려갔다.

세령은 어둠 속으로 사라지는 승유의 모습을 물끄러미 바라보다 가슴이 벅차올랐다. 그의 마음이 온전히 느껴져 진심으로 행복하다고 느끼며 돌아섰다.

"아가씨, 그분은 뉘신데……."

언제부터 나와 있었는지 여리가 마당에 서 있었다. 승방에 앉아 세령은 여리에게 자초지종을 말했다. 여리의 호기심만 키워놓아 봤자 좋을 게 없었다. 여리는 세령의 고백을 모두 듣고 입을 다물지 못했다. 자칫하면 몸종인 자신까지 주리 틀기를 당할지도 모를 일이었다. 다시는 김승유를 만나지 말라고 여리는 세령을 말렸다. 하지만 세령의 귀에는 그 말이 들어오지 않았다.

"그분께서 더는 자신을 속이지 않으시겠대. 나도, 날 속이기 싫어."

"아가씨……."

마음을 결정하고 한결 차분해진 세령의 얼굴을 보고 여리는 입을 다물지 못했다.

태풍의 눈

"두 사람이 만나서는 안 될 사람이라는 것을 정녕 모르십니까?"

"만나서 안 될 사이라는 것은 대체 누가 정해놓은 것입니까?

사람이 정하는 것입니까? 하늘이 정하는 것입니까?"

새로운 군왕이 된 단종端宗의 명을 받고 승유는 승정원 주서로 다시 입궐하게 되었다. 승정원은 왕명 출납을 맡아보는 관아로 임금의 비서기관이다. 김종서는 승유를 단종의 측근으로 두어 힘을 보탤 수 있도록 한 것이다. 단종은 김종서를 믿는 것만큼 그의 아들 승유도 믿었다. 진심으로 예를 갖추고 자신을 대하는 충신들이라 여겼다. 게다가 자형인 정종과도 막역한 사이라니 더욱 든든했다. 어리지만 영민한 단종은 담대함을 갖추지 못한 자신의 흠을 잘 알았다. 하지만 좌상 김종서의 도움을 받아 정치를 하며 조금씩 힘을 키워나가리라 굳게 다짐했다. 돌아가신 선대왕마마의 한을 강건한 군왕이 되어 모두 풀어드리겠노라 가슴 깊이 새겼다.

"아바마마께서 계셨다면 오늘 같은 자리를 참으로 기꺼워하셨을 겁니다."

단종이 문종을 그리며 말했다.

"전하, 선대왕마마께서는 지하에서도 전하를 보살피겠노라 하셨사옵니다. 두려움 없이 나아가시오소서. 이 김종서, 사력을 다해 전하의 뒤를 지키겠나이다."

김종서가 충심으로 말하며 부복했다. 뒤이어 승유도 충심을 맹세하듯 함께 부복했다.

단종은 고맙고 든든하여 그 모습을 흐뭇하게 바라보았다.

"참으로 고맙습니다, 좌상."

김종서는 아버지처럼 따뜻하게 단종을 바라보았다. 초로의 충신과 어린 군왕을 바라보는 승유의 마음에서 뜨거운 것이 차올랐다.

수양대군은 심기가 불편했다. 궐 안은 김종서가 온통 휘어잡고 있었다. 일개 대신에 불과한 이가 감히 제1왕숙을 멸시한다는 것에 참을 수 없는 분노를 느꼈다. 게다가 단종을 알현하러 가다가 마주친 김종서는 단종이 보는 앞에서 큰소리로 일갈을 했었다. 함부로 궐 출입을 하다가 전하의 곁에서 섭정을 노린다는 곡해를 받을지 모른다는 이유였다. 그것도 돌려 말한 것이 아니라 노골적으로 말했다. 게다가 단종은 더 이상 제 염려는 말라는 말로 에둘러 김종서의 말에 동의했었다. 왕이자 조카인 단종이 총명하다는 것을 수양도 잘 알았다. 조카가 김종서를 등에 업고 정치를 해나가기 시작하면 수양은 자신의 야망을 실현시킬 날이 오지 않을 수도 있다는 것을 너무도 잘 알았다. 온녕군은 김종서의 나이가 있으니 조금만 참아보라고 했지만, 한명회는 고개를 저었다.

"그러니 더 큰일 아닙니까? 좌상은 제 목숨이 다하기 전 전하의 주변을 모조리 정리하려 들 것입니다. 그것이 무엇이겠습니까? 대군과 같이 위협적인 종친 무리들부터 밟아놓는 것이겠지요."

한명회의 판단이 정확하다고 수양은 생각했다. 더 이상 미룰 수는 없었다.

"정성껏 마련해온 잔치를 서둘러야겠네."

수양의 말에 모두들 이심전심인 듯 음흉한 미소를 지었다. 그것이 어떤 잔치인지 모두들 잘 알고 있었다.

피의 잔치. 신숙주는 아직 수양의 음모를 잘 모르고 있었다. 신숙주는 잠시 동안 머물렀던 승정원에서 자신의 서책들을 챙기는 마음이 복잡했다. 책 꾸러미를 안고 집현전으로 다시 돌아가는 길에 김종서와 마주쳤다. 신숙주는 그대로 뒤돌아서고 싶을 정도로 굴욕감이 엄습했다. 하지만, 그는 그 자리에 멈춰 서서 김종서에게 예를 갖췄다.

"집현전으로 돌아가시는 길인가?"

김종서가 물었다.

"예."

신숙주가 대답하기가 무섭게, 민신과 조극관이 그의 변절을 조롱했다. 집현전의 학자로 명망을 떨치다가 입신에 눈이 멀어 용상을 넘보는 수양의 앞잡이 노릇을 했다고 매섭게 쏘아댔다.

신숙주는 아무 말도 할 수 없었다. 민신이나 조극관 같은 자들보다 자신이 못한 게 무엇인가.

감히 저 따위 자들이 자신을 비아냥거리는 것이 참을 수 없을 정도로 치욕적이었다.

"명망 있는 학자로 남으시게."

담담한 김종서의 말은 신숙주의 얼굴을 달아오르게 만들었다.

"제 앞길까지 염려해주실 필요는 없습니다."

제 욕망을 들킨 것 같은 치욕감이 밀려와 신숙주는 짐짓 좌상을 노려보았다.

"수양대군과 거리를 두시게. 이것이 자네의 목숨이나마 보존해줄 마지막 경고일세!"

김종서는 단호하게 신숙주에게 답하고는 그대로 지나쳐갔다.

집현전으로 돌아간 신숙주는 가슴 깊이 정치에 대한 욕망이 다시금 끓어오르는 걸 느꼈다. 반드시 수양을 용상에 올려 이 모욕과 수치를 깨끗이 씻어주리라.

신면은 종학 집무실에 앉아 있으면서도 계속 딴 생각에 빠져 있었다. 신숙주가 좌상 무리에게 수모를 당하는 장면을 직접 목격한 것이다. 아버지가 역모를 꿈꾸는 수양에게 줄을 대고 있는 것은 신면도 이미 알고 있는 사실이고, 또한 그것이 역적으로 몰려도 어쩔 수 없는 큰 죄라는 것도 잘 알고 있다. 누구에게나 당당했던 아버지였는데 축 늘어진 어깨를 보는 것은 아들에게 충격적이었다.

신면은 맞은편에 앉아서 정종과 환하게 담소를 나누는 승유를 쳐다보았다. 삭탈관직 당하고 쫓겨났던 승유가 좌상이 된 아버지 덕으로 지금은 승정원 주서가 되었다. 하필이면 신면의 아버지가 잠시 머물렀던 그 곳으로 말이다. 신면은 불현듯 승유에 대한 분노가 치솟아 흠칫 놀랐다.

그때, 세 사람의 스승인 이개가 들어왔다. 오랜만에 보는 제자들의 모습에 이개는 감개무량했다. 삭탈관직 당한 뒤 항상 마음속으로 걱정했던 승유는 승정원 주서로 책봉되어 임금을 보필하게 되었고, 언제 제대로 사람 구실을 할까 골치 아팠던 정종은 부마가 되었고, 언제나 듬직한 신면은 한성부 판관으로 활약하고 있는 것이 뿌듯했다.

"아직도 네 녀석들이 한 몸처럼 붙어 다니는 것이 보기 좋구나. 각자 가는 길이 다르다 하여도 신의를 목숨처럼 지켜야 한다. 알겠느냐?"

이개는 세 사람을 바라보며 온화하게 당부했다. 승유와 정종, 신면은 스승에게 머리를 조아리며 그러겠노라고 대답했다. 어쩌면 이개는 앞일을 예감했는지도 모른다. 너무도 달라진 세 사람의 길이 이 막역한 친구들의 삶을 언제 할퀴고 지나갈지 모른다는 생각이 들었다.

스승을 만나고 나온 승유는 벗들을 두고 훌쩍 먼저 가버렸다. 정종은 오랜만에 벗들과 부어라 마셔라 할 작정이었는데 먼저 내빼버린 승유가 야속했다. 정종은 승유가 어렴풋이 느끼고 있었다. 언젠가부터 승유는 그 여인을 다시 만나고 있는 것이 분명하다. 그렇게 생각하니 전에 느꼈던 불안감이 다시 엄습해서 무심코 신면을 쳐다보았다. 정종의 표정이 자못 심각했는지 신면이 의아한 얼굴로 쳐다보았다.

"왜 그런 얼굴로 쳐다보나?"

"어? 아닐세. 그냥 저 승유 놈이 만나는 여인이 도대체 누군지 궁금해서……."

신면의 물음에 말을 돌린다는 것이 정종이 그만 실언을 하고 말았다.

"만나는 여인?"

신면의 표정이 금세 굳었다.

"아, 그냥 감이야, 감. 어디 좋은 기녀라도 봐뒀나 보지. 이만 가세."

당황한 정종이 되는 대로 지껄이고는 먼저 앞서 나갔지만, 신면은 움직일 수가 없었다. 혹시 승유가 세령을 다시 만나고 있는 건 아닌지 불안했지만, 그럴 리 없다고 생각하며 고개를 저었다.

세령은 승법사에 매일같이 찾아갔다. 어머니 윤씨는 이제야 세령이 음전하게 행동한다고 생각하고 승법사에 불공 드리러 가는 세령을 칭찬했다. 어머니에 대한 죄책감이 밀려왔지만 승법사에 가는 것을 멈출 수가 없었다. 세령은 승유가 언제 올지 몰라 승법사에 하루도 빠지지 않고 갔다. 꼭 다시 오겠다고 약속한 지 보름이 넘어가고 있는데 아직 그를 만나지 못한 세령은 마음이 조급해졌다. 그간에 국상國喪이 있었다는 것은 까맣게 잊어버릴 정도로 세령은 승유에게 온통 빠져들어 있었다. 경혜공주가 어떻게 지내고 있는지 찾아가볼 생각은 하지도 못했다.

승방에 앉아 작은 면경面鏡에 얼굴을 들여다보고 있는 세령. 여리가 한숨을 쉬며 쳐다보았다.

"아가씨가 거울을 들여다보시다니 해가 서쪽에서 뜰 일입니다요."

핀잔 섞인 여리의 말에 세령이 거울을 놓고 일어나 승방의 문을 열고 밖을 내다보았다. 하지만 마당에는 아무도 없었다.

"오늘도 못 오시는 건가……."

"대체 어쩌려고 이러십니까? 며칠째 불공 드린다고 마님한테까지 거짓으로 속여가면서. 게다가 그분은 아가씨를 궁녀로 아신다면서요?"

여리의 잔소리가 계속 이어졌다.

"다시 뵈면 말씀드릴 거야."

세령은 오늘 만나면 자신이 진정 누구인지 말할 작정이었다.

승법사로 이르는 길목에 있는 너럭바위에 세령이 앉아 물끄러미 길목을 내려다보고 있었다. 어디선가 바스락 소리라도 들릴라치면 벌떡 일어나 목을 길게 빼고 쳐다보았지만 걸어오는 사람은 아무도 없었다. 무정하게 울어대는 산새소리만 세령의 기다림에 답하는 것 같았다. 한참을 그렇게 기다리던 세령은 오늘도 그분을 역시 못 만나고 가는구나 싶어 한숨을 쉬며 돌아섰다.

그때 멀리서 발걸음 소리가 들려왔다. 세령은 문득 환청이 들릴 정도로 승유가 그리웠나 싶어 자기도 모르게 웃음이 나왔다. 그런데 발걸음 소리가 점점 가까워지자 세령은 혹시나 싶어 얼른 뒤돌아보았다. 아니나 다를까, 힘찬 걸음으로 성큼성큼 걸어오는 승유가 보였다.

세령의 얼굴이 환하게 빛났다. 승유도 기다리고 서 있는 세령을 보고는 만면에 미소를 지었다.

세령과 승유는 인근 계곡 길을 천천히 올라갔다. 계곡 물소리가 시원하게 울려 퍼지고, 아름다운 풍광이 두 사람 주위를 병풍처럼 둘러싸고 있었다.

"오늘도 안 오시는 줄 알았습니다."

"일부러 늦은 게요. 애를 태워야 이리 반가운 줄 알지."

거드름을 피우는 승유를 세령이 얄밉다는 듯 흘겨보더니 휙 앞서서 걸어갔다. 그 모습이 사랑스러워 승유는 미소지었다.

"다시 입궐하여 분주한 나날을 보내느라 오고 싶어도 올 수가 없어 애가 탔소."

세령은 걸음을 멈춰서서 승유를 바라보았다. 다시 입궐을 하시다니 마음의 짐이 조금 덜어진 것 같았다. 그것이 또 고맙고 죄송스러워 세령이 다시 걸음을 옮기려는데, 승유가 세령의 손을 잡았다.

"어쩌다가 절에 머물게 됐소?"

승유의 물음에 행복감에 젖어 있던 세령의 마음에 다시 파문이 일기 시작했다.

"전에도 종종 들렀던 곳입니다."

세령은 진실을 말해야 한다고 생각하면서도 쉽게 말이 나오지 않았다.

"양친은, 계시지 않소?"

"실은 제 양친께서는……."

세령이 어렵게 입을 떼는 것을 본 승유는 말을 가로막았다.

"괜한 걸 물었소. 복색이 궁녀라기보다는 대갓집 규수에 가까워 별 어려움은 없는 줄 알았소."

승유가 서둘러 말을 늘어놓았다.

"그리 다소곳한 척하니 꼭 다른 사람 같소. 당돌하게 사내 등을 밟고 말에 오르던 그 여인은 대체 어딜 간 게요?"

세령은 분위기를 돌리려 짐짓 농을 던지는 승유의 말에 자기도 모르게 피식 웃고 말았다.

가파른 계곡길이 이어지자 세령의 숨이 조금씩 차올랐다. 승유가 손에 쥐고 있던 부채를 세령에게로 내밀자, 세령이 부채 끝을 잡았다. 부채만큼의 사이를 둔 채 두 사람은 다정하게 걸어갔다.

둘은 폭포수가 있는 곳까지 이르러 너른 바위에 잠시 앉아 쉬었다. 세령이 이마에 맺힌 땀을 손수건으로 눌러 닦는데, 시원한 바람이 불어왔다. 승유가 부채를 펼쳐 저를 부치는 양 부채질을 하면서 실은 세령 쪽으로 바람을 보내주고 있었다. 세령은 손수건으로 승유의 이마를 닦아주었다.

눈길만 살짝 마주쳐도 세령은 가슴이 벅차올랐다.

승유는 발갛게 상기된 세령의 얼굴을 쳐다보다 빙그레 웃더니 갑자기 헛기침을 했다.

"글은 어디서 배웠소? 강론 때 보니 제법 공부가 되었던데……."

"어깨 너머로 배웠습니다."

"어깨 너머 솜씨 치고는 꽤 하더이다, 공주마마."

세령은 공주마마라는 말에 깜짝 놀랐다.

"흠… 직강 김승유, 강론에 들어가겠나이다."

세령은 눈을 동그랗게 뜨며 의아한 눈으로 승유를 바라보았다.

승유가 짓궂은 표정으로 소매 춤에서 세필細筆을 꺼냈다. 계곡물을
먹 삼아 바싹 마른 바위를 종이 삼아 글을 써내려갔다.

換我心 爲你心 始知相憶心*

"환아심換我心하여 위니심爲你心하니 시지상억심始知相憶心이라. 내 마
음을 바꾸어 네 마음이 되고 보니 비로소 서로 그리워함이 이렇게 깊
었음을 알겠네."

세령이 승유가 쓴 시를 읽고 풀어 읽었다. 세령은 승유의 마음이
전해지는 것 같아 마음이 따뜻해졌다. 승유에게서 세필을 건네받아
이번에는 세령이 물을 먹 삼아 바위 위에 글자를 써내려갔다. 한 자
한 자 정성들여 적는 세령의 글을 승유가 물끄러미 바라보았다.

問世間 情是何物 直教生死相許**

"문세간問世間하여 정시하물情是何物인고? 세상을 향해 묻습니다. 정
이란 무엇이냐고. 직교생사상허直教生死相許라 하리라. 나는 대답할 것입

---

* 換我心 爲你心 始知相憶心 : 후촉사람 고경이 쓴 시의 한 구절.

** 問世間 情是何物 直教生死相許 : 금나라 원호문이 쓴 〈매피당〉이라는 작품에 나오는 한 구절.

니다. 우리로 하여금 아무런 망설임도 없이 삶과 죽음을 서로 허락하는 것, 그것이 바로 정이라고…….''

승유는 세령이 적은 글을 풀이해 읊으며 세령의 절절한 마음을 가슴으로 느꼈다.

승유는 세령을 바라보았다. 햇살에 환하게 빛나는 세령의 얼굴은 너무도 아름다웠다. 발갛게 상기된 뺨, 고운 목덜미, 바람이 불 때마다 전해오는 그녀의 향기.

세령은 뚫어져라 쳐다보는 승유의 시선에 부끄러워 그만 고개를 돌렸다. 흐르는 계곡물에 손을 담그고 흐르는 물살에 이리저리 흔들었다. 차가운 계곡물도 세령의 붉어진 뺨을 식혀주지는 못했다. 세령은 갈증을 느끼고 계곡물을 두 손으로 떠 담았다. 그리고 입으로 가져가는데 승유가 냉큼 세령의 손을 끌어당기고는 물을 마셔버렸다. 세령은 물을 모두 마시고는 장난스럽게 싱긋 웃는 승유에게 얄밉다는 듯 손에 남은 물기를 탁 튕겼다. 승유도 질세라 계곡물에 손을 담그고는 물장난을 하려는 양 자세를 잡았다. 물세례를 맞겠구나 싶어 자기도 몰래 고개를 돌리고 눈을 감는데 어째 아무런 반응이 없다. 세령이 실눈을 뜨고 슬쩍 쳐다보았다.

어느새 일어난 승유가 웃으며 세령에게 손을 내밀었다. 세령이 그 손을 잡고 일어났다. 행복한 이 순간이 한없이 계속 되었으면 좋겠지만 두 사람은 아쉬운 걸음을 옮겼다.

승법사 근처에 다다르자 세령은 마음이 어두워졌다. 이렇게 헤어지면 또 언제 만날 수 있을까. 신면과의 혼담은 어찌 해야 좋을지 잊고 있던 괴로움이 다시 떠올랐다.

"안색이 왜 이리 어두워졌소? 내가 가는 것이 서운하오?"

남의 속도 모르고 농을 하는 승유가 얄미웠다.

"놀리지 마십시오."

세령이 짐짓 토라진 것처럼 말했다.

"공주마마 탄일誕日 때 마마의 사저로 전하를 뫼시고 가야 하오. 그 일만 무사히 마치면 바로 오리다."

승유가 달래듯 약조를 하자 세령의 마음도 조금 풀리는 듯했다. 공주마마의 탄일이 얼마 남지 않았다니…….

세령은 공주마마 생일을 까맣게 잊고 있었다.

승유가 세령의 얼굴을 말없이 바라보았다. 세령은 부끄러워 부채를 펼쳐 얼굴을 가렸다. 승유가 장난치듯 세령의 얼굴을 보려고 이쪽으로 저쪽으로 자꾸 얼굴을 들이밀었다. 그때마다 세령이 부채를 옮겨 승유의 얼굴을 가렸다.

"괜히 놀리지 마시고 이만 가십시오."

세령이 발갛게 달아오른 얼굴을 들키기 싫어 그리 답했지만, 승유의 대답이 없었다.

아무 기척도 없는 것이 의아해서 부채를 치우는데, 바로 코앞에 승유의 얼굴이 다가와 있는 게 아닌가. 놀랄 새도 없이 승유는 세령의 입술에 입을 맞추고는 휙 뒤돌아서 산길을 내려갔다.

세령은 제 입술을 손으로 매만지며 승유를 바라보았다. 승유는 돌아선 채 세령을 보며 뒷걸음질로 걸어 내려가고 있었다. 넘어질까 걱정되어 세령이 인상을 찌푸렸다.

"넘어지십니다. 앞을 보고 걸으십시오."

승유는 세령을 향해 활짝 웃어주고는 그제야 뒤돌아섰다. 승유도 제 입술을 가만히 만져보았다. 아직도 부드러운 그녀의 입술 촉감이 느껴지는 듯했다. 달콤한 향기……. 어디선가 지저귀는 새소리가 마치 제 노랫소리인 냥 흥겨워져 걸어가는 발걸음이 절로 기운이 났다.

그 시각, 수양대군은 핏빛잔치를 벌일 준비에 박차를 가하고 있었다. 이미 한명회와 함귀 무리들이 꾸려놓은 백여 명의 사병들을 철저하게 훈련시키고 있었다. 수양대군의 저택 사랑채에서 모여 피비린내가 진동하는 음모를 꾸미는 이들의 표정에는 두려움이라고는 없었다. 신숙주는 자신이 어떤 일에 뛰어들고 있는지 잘 알고 있다고 생각했다. 적어도 한명회가 살생부殺生簿를 꺼내기 전에는 말이다. 잔치에 모실 귀한 손님들이라며 한명회가 내민 살생부를 펼치는 순간, 신숙주의 얼굴이 굳었다. 김종서, 안평대군, 민신, 조극관……. 수많은 이름들이 살생부에 적혀 있는 것을 목도目睹한 신숙주는 이미 돌이킬 수 없는 곳에 와 있다는 것을 깨달았다.

모든 것이 준비되었으나 거사일이 문제였다. 나라를 뒤엎는 일은 신중해야했다. 일전의 일들 때문에 김종서의 경계심이 한층 더 높아졌으리라 추측할 수 있었다.

"한꺼번에 죽일 수 없다면 김종서부터 쳐야지요. 나머지는 오합지

졸일 뿐이니 우왕좌왕 할 것입니다."

이런저런 계책들이 오고가는 와중에 한명회가 말했다.

권람은 말처럼 쉬운 일이 아니라며 반대했다. 김종서는 과거 맹장猛
將이었던 만큼 주위에 걸출한 무인들이 꽤 포진해 있었던 것이다.

"내가 직접 김종서를 찾아가야겠네."

수양의 말에 모두들 의아하게 바라보는데, 한명회만 무릎을 치며
파안대소했다.

"누군들 김종서가 제 집 안방에서 대군에게 칼을 맞으리라 생각이
나 하겠습니까?"

한명회의 웃음소리가 높아졌지만, 좌중은 놀란 눈을 굴리기만 했
다. 그게 가능한 일인가?

그 의문에 답이라도 하듯 수양이 섬뜩하게 웃기 시작하자, 신숙주
는 그만 등골이 서늘해지는 것 같은 공포를 느꼈다.

밤 늦은 귀가길, 세령은 승유의 부채를 이리저리 펼쳐보기도 하고
부채질을 하기도 하면서 그의 체취를 느끼고 있었다. 여리는 그것이
못내 못마땅해서 입을 삐쭉거렸다.

"남정네 부채 하나 갖고 뭘 그리 실실거리십니까?"

세령은 여리의 핀잔일랑 아무렇지도 않았다. 평생 이렇게 행복한
적이 있었던가 싶을 정도로 집으로 가는 발걸음이 구름을 밟는 듯
했다.

"이러다 정말 경을 칠 일이 생길 겁니다. 아가씨 때문에 저까지 곤

란해지면 억울합니다요."

여리가 진심을 담아 세령에게 부탁하는데, 세령이 여리에게 입을 다물라고 다급하게 손짓했다.

집 앞에 수양과 신숙주 등이 보였다. 세령은 부채를 얼른 장옷으로 가리고 다가가 어르신들께 예를 갖췄다.

"불사에서 이제 돌아오느냐?"

"예, 아버지."

신숙주는 다소곳한 세령을 눈여겨보았다.

"장차 며느리가 될 아이가 야심한 밤에 드나드는 것을 보셨으니 혼담을 물리자 해도 할 말이 없습니다, 사돈."

수양이 너스레를 떨며 말했다. 신숙주는 별말을 다한다는 듯 답하며 다시 세령을 보았다. 세령의 장옷 사이로 남자의 부채가 삐죽하게 나와 있는 것이 보였기 때문이다.

여리는 심장이 오그라드는 듯했다. 연애질은 아가씨가 하는데 왜 자기가 애간장을 끓여야하는 건지 돌아버릴 것 같았다. 세령이 승유와 함께 있는 모습을 여리는 오늘도 보았다. 승법사 앞에서 세령에게 입맞춤하고 돌아서던 김승유를 보니, 세령이 왜 저리 좋아하는지 알겠다 싶으면서도 불안해 미칠 지경이었다. 이러다가 들키는 날엔 아가씨 간수 못했다고 죽도록 얻어맞는 일만 남을 거란 생각에 한숨만 나왔다. 그런데 제 생각은 안중에도 없다는 듯 마루에 앉아서 멍하니 부채만 쳐다보고 있는 세령을 보니 여리는 열불이 나서 부채를 뺏어버렸다.

세령은 신숙주를 만난 일 때문에 잊고 있던 혼담이 떠올라 심란한 상태였다. 아무래도 수양에게 이실직고를 해야 하는 건가 고민하고 있는데 여리가 부채를 빼앗는 바람에 깜짝 놀랐다.

"지금 이까짓 부채가 대수입니까? 시댁 어른이 될 양반까지 뵌 분이 이래도 되냐고요!"

여리가 진정으로 화를 냈다.

"이게 뭐하는 짓이야, 이리 줘."

세령이 부채를 달라고 손을 내밀었지만, 여리는 아랑곳하지 않았다.

"언제까지 이렇게 만나고 다니실 겁니까? 신분은 궁녀, 이름은 여리, 언제까지 거짓으로 만나고 다니실 건데요?"

여리가 작정한 듯 따지고 들었다.

"이리 달라니까!"

"김승유라는 분, 다시는 만나지 마십시오. 그러면 돌려드리겠습니다."

세령은 여리가 자신을 타이르는 것이 못마땅하게 느껴져 벌떡 일어나 부채를 뺏으려 했다. 그 바람에 여리가 부채를 놓쳐 바닥에 떨어졌다. 세령이 흙이 묻을세라 얼른 부채를 주우러 몸을 돌리는데 그 자리에 수양이 서 있었다.

"김승유라니!"

세령은 격노한 수양의 얼굴을 보며 경악했다. 세령은 고개를 숙인 채 차마 아버지 얼굴을 똑바로 볼 수 없었다.

수양은 세령을 엄히 다그쳐 그간의 일을 모두 고백 받았다. 아비의 말을 거역하고 승유를 다시 만난 것은 참을 수 없이 화가 났지만, 그래도 제 신분을 밝히지 말라는 약속은 지켰다는 사실에 안도했다. 제 딸이 김종서의 아들을 연모한다는 사실에 운명을 탓하면서도 이것이 어쩌면 김종서에게 혼담을 넣었던 자신의 불찰이라고 여겨졌다. 하지만 딸의 사랑은 이루어질 수 없는 것이었다. 김종서는 죽여야만 하는 인물이었다. 그런 자의 아들과 딸이 어찌 하나가 될 수 있는가.

"김승유를 더는 만나지 않겠다고 아비와의 약조를 어긴 것이냐?"

"송구합니다."

"연모하는 것이냐?"

세령은 차마 대답을 못하고 고개를 떨구었다.

"김승유도 너를 그리 생각하느냐?"

"아마도……."

"세령아. 너는 곧 혼례를 올릴 몸이다."

"그 혼례를 거둬주시면 안 됩니까?"

절절한 눈빛을 보니 딸의 진심이 느껴져 수양은 더욱 격노했다.

"네 정녕 아비의 뜻을 거역할 생각인 게냐!"

"그것이 아니오라 아버지, 저는……."

간곡히 부탁하는 세령의 말을 수양이 단칼에 잘라냈다.

"어허! 혼담은 돌이킬 수 없으니 그리 알거라. 계속 딴 생각을 품는다면 더는 너를 내 여식으로 여기지 않을 것이야!"

수양이 엄포를 놓고 자리를 박차고 나가자, 세령이 벌떡 일어나 뒤따르려는데 장지문이 세게 탁 닫혔다. 세령이 문을 열려고 손을 뻗는데 수양의 엄한 목소리가 들렸다.

"따라나올 것 없다!"

수양은 곧바로 잔뜩 긴장한 채 머리를 조아리고 있는 여리에게 세령의 바깥 출입을 엄히 단속하라고 호되게 꾸짖고 갔다.

멀어지는 수양의 발걸음 소리가 세령에게 비수가 되어 꽂혔다. 이제 막 행복해졌는데 이것이 끝일 수는 없었다. 승유의 웃는 얼굴이 떠올라 세령은 주저앉아 눈물을 흘렸다. 눈물이 뺨을 타고 흐르자 승유가 자신의 뺨을 쓰다듬던 손길이 떠올랐다. 애틋하게 바라보던 눈동자가 떠올랐다. 머릿속이 온통 승유에 대한 것뿐인데 어떻게 잊으라는 것인지 세령은 아버지가 원망스러웠다.

얼마나 울었을까. 갑자기 방문이 드르륵 열렸다.

"아가씨 덕분에 안방마님께 끌려가 목숨만 살려달라고 손이 발이 되도록 싹싹 빌고 오는 길입니다요. 이제 혼례 전까지 아무 데도 못 가시니 그리 아십시오."

손자국이 벌겋게 남아 있는 얼굴로 여리가 야속한 듯 세령을 쳐다보고는 문을 탁 닫아버렸다.

세령은 경혜공주의 탄일만 기다렸다. 승유를 만나 자신의 처지를 고할 수 있는 것은 이날뿐이었다.

막상 탄일이 되었지만 여리의 감시가 어찌나 살벌한지 도무지 나갈 방법을 찾을 수가 없었다. 오늘이 마지막이라고, 자신이 수양의 딸이라고 말하고 헤어지겠다고 설득해도 여리는 꿈쩍도 하지 않았다. 여리는 상전이 제 생각만 하는 것 같아 야속하면서도 꽃 같은 세령이 연모하는 사람을 만나지 못해 안절부절못하는 것이 안타까웠다. 며칠 새 세령의 모습이 번민으로 초췌해진 것 같아 안쓰러웠다. 승유와 세령, 두 사람이 함께 있는 모습은 그림처럼 예뻤다. 참 잘 어울리는 한 쌍이라고 생각했었다. 하지만 안 되는 것은 안 되는 것이다. 여리는 단호하게 말렸다.

그런데 간절히 원하면 이루어진다더니 세령에게 드디어 기회가 생겼다. 세정이가 비단보자기를 들고 와서는 볼멘소리로 투덜거렸던 것이다.

"또 무슨 잘못을 했기에 언니 시킬 일을 날 시키는 거유? 공주마마 탄일이면 탄일이지 이런 건 뭐 하러 갖다 바치냐고."

세령의 눈빛이 빛나는 것을 여리가 보고 한숨을 내쉬었다.

세령은 동생 세정과 함께 어머니 윤씨와 마주 앉았다. 세정은 세령이 일러준 대로 바람이라도 쐴 겸 공주마마 사저에 같이 다녀오겠다고 말했다. 대신 딴 데로 새지 못하도록 자신이 찰싹 달라붙어서 감시할 것이라며 함께 가는 걸 허락해달라고 했다. 세령은 경혜공주의 탄일은 평소 제가 챙겼다며 아쉬운 듯 덧붙였다.

윤씨는 세령의 진심을 가늠이라도 하는 듯 물끄러미 쳐다보았다.

"네가 저지른 짓의 경중을 모르느냐? 네 아버지께 듣고 기함을 했느니라."

윤씨가 나지막이 세령을 나무라자 세령은 할 말이 없어 고개를 떨어뜨렸다.

아무것도 모르는 세정이 호기심이 가득한 채 무슨 일이냐고 캐물어대자, 윤씨는 귀찮은 듯이 얼른 다녀오라는 말로 세령의 부탁을 허락했다.

세정은 궁금해서 참을 수 없었다. 분명히 언니한테 무슨 일인가 생긴 것이 확실한데 도통 말을 하지 않으니 더욱 궁금했다. 최근에는 말을 타러 나가는 기색도 없고 얌전히 불공만 드리는 것 같았는데 이상했다. 대문을 나서자마자 세령에게 무슨 일이냐고 재촉했으나 세령은 묵묵부답이었다. 세정은 저만 따돌려지는 것 같아 기분이 상했다. 게다가 서너 식경 뒤에나 보자고 하고선 세령이 먼저 휑하니 가 버리자 입을 삐쭉거렸다.

"얄미운 언니, 빨리 시집이나 가버리라지."

경혜공주의 사저 앞마당에는 각지에서 올라온 하례품들이 쌓여 있었다. 신기한 듯 바라보는 은금과는 달리 공주는 시큰둥한 표정이었다. 오늘은 동생이자 임금인 단종이 오는 날이었다. 공주는 전하 맞을 채비를 단단히 해두라고 일렀다. 정종은 들키지 않으려고 몰래 숨어서 그 모습을 지켜보고 있었다.

정종은 얼른 공주의 안방으로 들어갔다. 정갈한 느낌의 방안을 한참 둘러보는 정종의 얼굴에 미소가 어려 있었다. 정종이 공주의 침소에 든 것은 이번이 처음이었다. 공주는 단 한번도 정종이 침소에 드는 것을 허락하지 않았다. 화려한 장신구들, 자개로 장식되어 있는 경대 어쩐지 향긋한 향기를 머금은 것 같은 방안의 공기를 킁킁댔다. 그러다 문득 제 손안에 든 것을 내려다보았다.

은가락지. 이것을 어디에 둘까 이리저리 놓아보며 고민하다 드디어 결정하고는 서안書案*위에 조심스레 놓으려는데, 갑자기 장지문이 드르륵 열리는 소리에 정종은 심장이 떨어지는 줄 알았다. 은가락지를 쥔 손을 뒤춤에 감춘 채 정종은 벌떡 일어섰다.

"감히 어딜 들어와 있는 겁니까?"

공주가 싸늘한 표정으로 정종을 다그쳤다.

"길례 후 처음 맞는 탄일이지 않습니까. 무언가 드리고 싶어서……."

정종이 변명을 하는데, 공주가 차갑게 말을 잘랐다.

"남의 방에 몰래 스며들어 말입니까?"

정종은 할 수 없다 싶어 뒤춤에 감췄던 손을 천천히 내밀었다.

"어머니께서 가세가 기운 다음에도 며느리를 주겠노라 끝까지 간직하고 계셨던 것입니다. 놀래주려 했는데 그만 실례를 범한 꼴이 되었습니다."

정종은 은가락지를 서안 위에 내려놓고 방을 나갔다. 공주는 정종이 놓고 간 은가락지를 집어서 보았다. 오래되어 이런저런 세월의 흔적이 남은 은가락지가 공주는 탐탁지 않았다. 하나부터 열까지 마음에 드는 구석이라고는 눈을 씻고 찾아봐도 없는 사람이라고 생각이 들었다. 경혜공주는 서랍을 열어 가락지를 툭 던져 넣었다.

정종은 자신의 선물이 그다지도 탐탁지 않은 것인가 서운했다. 이제는 조금씩 마음을 열어줘도 되지 않는가 싶었다. 정종은 공주가 자신을 멀리하는 것이 혹 승유 때문은 아닐까 생각했다. 비록 궐 밖에

---

*서안書案 : 옛날에 책을 얹던 책상.

서 만난 사람은 아니었을지라도 승유의 집안과 승유의 인물을 보고 마음이 기울었던 것은 아닌가 생각이 들어 마음이 쓰렸다.

풀이 죽어 자신의 방으로 돌아가는데 세령이 비단보자기를 든 채로 걸어 들어오는 게 보였다. 저 여인이 또 어쩐 일인가 싶어 정종이 유심히 쳐다보았다. 세령도 정종을 보자 얼른 예를 갖추고 내당으로 서둘러 들어갔다.

세령은 은금에게 비단보자기를 건네고는 전하께서 언제 거동하느냐고 조심스럽게 물었다. 모른다는 은금의 말에 세령은 실망했다. 서너 식경 뒤에는 돌아가야 하는데 언제 오실지 모르니 어떻게 해야 할지 몰랐다. 세령이 일어서 가려는데 은금이 공주를 만나고 가라고 붙잡았다.

세령은 공주에게 할 말이 많았지만 말할 수 없는 이야기였다. 말할 수 없는 이야기를 품고 공주를 만나는 게 겁이 났다. 게다가 한동안 공주에 대해서 아무 생각도 못했을 만큼 승유에게 빠져 있었던 것에 죄책감이 들었다. 더군다나 승유를 만나 고백을 하려면 공주에게 시간을 뺏겨서는 안 되었다. 반기지 않을 것이라는 말로 그냥 가려는데, 은금이 냉큼 경혜공주에게 고했다.

"마마님, 세령 아가씨 드셨습니다."

세령은 난처했다. 공주가 아무 답을 하지 않기를 간절히 바랐었는데 '들어오라'는 공주의 대답이 들렸다.

윤씨가 마련해 준 다과로 차려온 다과상을 경혜공주는 물끄러미 바라보았다. 색색깔의 다과들이 먹기에 아까울 정도로 예쁘고 정성들인 듯 보였다.

"어머니께서 정성껏 챙겨주신 것들입니다."

"먹을 것이 없을까봐서?"

말은 까칠하기 그지없었지만 말투는 예전보다 부드러워져 있었다. 세령이 문득 공주를 쳐다보았다.

문갑 위에는 현덕왕후 능에서 따온 들꽃이 한지에 한 폭의 그림처럼 붙어 있었다. 세령은 공주의 노여움이 조금은 풀린 것 같아 기뻤다. 경혜공주는 모르는 척 시치미를 떼며 다과를 한 개 집어먹었다.

"그럭저럭 먹을 만은 하구나."

단종이 탄 가마가 지나가고, 내금위 군사들과 문내관과 전균 등의 내관들, 상궁들 한 무리가 긴 행렬이 거리를 지나갔다. 백성들이 머리를 조아린 채 땅바닥에 부복하며 임금의 행렬을 지켜보았다. 오랜만에 누이의 집을 찾아가는 단종의 얼굴이 상기되어 있었다. 승유도 행렬의 끄트머리에서 천천히 뒤따랐다. 오늘만 지나면 세령을 다시 만날 수 있다 생각하니 절로 웃음이 났다.

신면은 한성부 군사들과 함께 경혜공주의 사저로 도착했다. 사저 주변을 경계하라는 임무를 맡고 나온 터였다. 군사들에게 빈틈없이 경계를 하라고 명령하는 신면의 모습이 새삼 든든했다.

이윽고 단종의 행렬이 도착했다. 정종과 신면이 서둘러 예를 갖추었다.

"그간 안녕하셨사옵니까?"

정종이 안부를 묻자, 단종은 궐 밖에서 만나니 더욱 반갑다며 밝게 웃었다. 신면은 단종의 옆에 서서 웃고 있는 승유를 보았다. 순간 아버지에게 쏘아붙이던 김종서의 목소리가 겹쳐져 신면의 얼굴이 딱딱하게 굳었다.

승유는 굳어 있는 신면의 얼굴을 보고 씩 웃었다. 승유는 신면이 전하 앞에서 잔뜩 기합이 들어간 것이라고 생각한 것이다. 승유가 얼굴 좀 펴라고 눈짓을 보냈지만, 신면의 굳은 표정은 풀리지 않았다. 단종이 앞서 들어가고 나자, 정종이 승유와 신면의 어깨에 제 양팔을 척하니 올려놓고는 장난스럽게 빙글거리며 웃었다. 무슨 일인가 승유가 쳐다보았다.

"지금 안에 와 있어."

은밀한 얘기인 듯 목소리를 낮추며 정종이 말했다.

"누가?"

승유가 물었다.

"이 놈이 좋아하는 수양대군 댁 장녀."

정종이 툭 던지듯 말하고는 먼저 들어갔다. 승유와 신면, 두 사람은 각기 다른 이유로 멍해졌다.

경혜공주는 단종이 도착한 것을 모른 채 내당에서 세령과 담소 중이었다.

"곧 전하께서 오실 것이다."

경혜공주의 말에 세령이 고개를 끄덕였다.

"김승유가 전하의 곁에 있는 것을 아느냐?"

세령은 차마 거짓을 고할 수 없어 가만히 고개를 숙였다.

"마주치지 않는 것이 서로에게 좋을 것이다. 지금에 와서 네 정체를 밝힌들 무얼 하겠느냐."

담담하게 세령을 타이르는 공주의 말이 세령의 가슴에 새겨졌다. 더 이상 감정이 얽힌 채 하는 말이 아니었다. 진정으로 걱정하는 것 같은 말처럼 들려 세령의 마음이 혼란스러웠다.

"마마, 이만 물러가겠습니다."

세령이 예를 갖추고 일어나려는데, 밖에서 전하가 오셨다는 은금의 말이 들려왔다.

공주는 세령에게 어서 가보라는 듯 눈짓을 했다.

세령은 서둘러 뒷마당으로 나왔다. 전각 옆에 몸을 숨기고 들어오는 행렬을 지켜보았다. 경혜공주가 버선발로 뛰어나와 단종을 맞이하는 모습을 정종이 흐뭇하게 쳐다보았다. 단종의 뒤에 서 있는 승유를 보자, 세령의 눈동자가 애틋해졌다. 며칠 만에 보는 승유의 모습은 참으로 늠름해 보였다. 그러다 문득 세령이 있는 쪽을 향해 정종이 시선을 던지는 것 같아 얼른 몸을 돌렸다. 세령은 서둘러 뒷문 쪽으로 향해 걸어갔다. 오늘이 아니면 만날 기회가 없을지도 모른다 생각하니 세령의 발길이 떨어지지 않았다. 다시 만나봐야 좋을 것이 없다고 한 공주의 말이 맞을지도 모른다. 세령은 한숨을 내쉬고는 뒷문을 향해 힘없이 걸음을 옮겼다. 그때였다.

"어딜 그리 급히 가시오?"

세령은 흠칫 멈춰 섰다. 승유의 목소리. 천천히 뒤돌아보니 장난기 어린 눈빛으로 자신을 보고 있는 승유가 서 있었다. 세령은 저도 모르게 눈가가 촉촉하게 젖어들며 환한 표정을 지었다.

"왔으면 왔다 말을 할 일이지, 날 보지도 않고 그냥 가려 했소?"

승유는 대답 없이 미소만 짓는 세령을 물끄러미 쳐다보았다. 그녀의 눈가가 촉촉이 젖어 있는 것을 보자 무슨 일이 있는 건가 걱정이 들어다.

"공주마마를 뵈러 온 것이오?"

"예."

세령의 목소리가 떨고 있는 것 같아 승유는 불안해졌다. 더 물어보려는데 승유를 찾는 정종의 목소리가 쩌렁쩌렁 울렸다.

"조심히 가시오. 내 수일 내로 승법사로 가겠소."

눈치 없는 정종을 원망하며 승유가 돌아서는데, 세령이 승유의 팔을 잡았다.

"스승님, 당분간 승법사에 없을 것입니다."

세령의 눈빛이 흔들리는 것을 승유는 보았다.

"그게 무슨 소리요?"

"일이 있어 잠시 다녀올 것입니다. 다녀와서 말씀드리겠습니다."

차마 승유를 보지 못한 채 서둘러 말하는 세령을 이번에는 승유가 팔을 붙잡았다.

"대체 어디로 또 사라져버리는 게요?"

"그리 길진 않을 것입니다. 곧 돌아와 스승님을 꼭 찾겠습니다."

"진정이오?"

불안하게 바라보는 승유를 안심시키려고 세령은 일부러 환하게 웃었다. 하지만 웃을수록 흘러내리는 눈물을 참느라 세령은 안간힘을 썼다. 그 모습이 죄다 보여서 승유는 마음이 타들어가는 것 같았다. 그때 세령이 약조하자며 새끼손가락을 내밀었다. 승유는 불안감을 애써 누르며 세령의 새끼손가락에 천천히 제 손가락으로 감아쥐었다.

"몸조심하시오."

"그리하겠습니다."

승유는 애틋한 시선으로 세령을 바라보다 손가락을 풀었다. 세령이 예를 갖추고 돌아서자 승유는 참지 못하고 세령을 뒤에서 와락 끌어안았다. 승유의 마음을 온전히 느끼면서 세령은 천천히 승유의 팔을 풀었다. 그리고 뒷문을 열고 무거운 발걸음을 옮겼다.

신면은 두 사람이 만나는 광경을 모두 지켜보았다. 신면은 승유와 세령이 계속 만남을 이어오고 있었다는 사실에 충격을 받았다. 어쩌면 승유는 세령의 신분을 아는 것이 아닐까 의구심이 들었다. 그렇게 생각하니 참을 수 없는 불쾌감이 들었다. 혼담이 오가는 것을 알면서도 만나왔다는 것인가.

윤씨의 회초리가 매섭게 세정의 종아리에 부딪혔다. 찰싹, 찰싹 소리가 날 때마다 새빨간 줄이 종아리에 그어졌다. 그 옆에 세령이 침울한 얼굴로 서 있었다.

윤씨가 세정에게 나가 있으라고 말하자, 세정은 억울하다는 것처럼 세령을 쏘아보았다.

"왜 저한테만 이러세요, 언니가 먼저 그러자고 했단 말이에요!"

"같이 붙어 있겠다 해놓고 따로따로 들어온 주제에 무슨 말이 그리 많으냐! 더 맞아야 정신을 차릴 것이야?"

불같이 떨어지는 윤씨의 호통에 세정은 씩씩대며 나갔다. 세령은 제 차례라는 듯 치맛단을 걷어올리며 윤씨 앞에 섰다. 그런데 윤씨는 회초리를 내려놓으며 앉으라고 말했다.

세령은 의아했지만 어머니 윤씨의 얼굴이 심각한 것을 보고 얌전히 앉았다.

"그래, 그 김승유란 자를 만났느냐? 부모 말을 어기고 만나니 그리 좋더냐?"

"송구하옵니다."

"송구할 것 없다. 어차피 그 자와 너는 다시 만날 수 없으니! 이 세상에서 너와 맺어져서는 안 될 단 한 사람이 있다면, 그가 바로 김승유니라."

단호한 윤씨의 말에 세령이 간절한 눈빛으로 쳐다보았다.

"어머니!"

"네 아버지를 궁지에 몰아넣은 자의 핏줄과 연정을 나누다니, 네가 제 정신인 게냐?"

윤씨가 한심하다는 듯 말했다.

"그것이 무슨 말씀이십니까?"

"그의 아버지 김종서는 우리 가문의 씨를 말리려는 자이다! 네 부모 형제가 피를 토하고 죽어도 상관없거든 이 길로 가서 김씨 가문의 귀신이 되거라!"

매몰찬 윤씨의 말에 세령은 충격으로 아득해졌다. 그 일은 이미 끝난 일이 아니었던가. 스승님의 아버지가 우리 가문의 씨를 말리려 하다니. 이게 무슨 말인가. 청천벽력이었다.

단종이 궐로 돌아간 후, 정종과 승유, 신면은 후원의 정자에서 술판을 벌였다. 앉아 있는 세 사람의 모습은 같았지만 그 속내는 사뭇달랐다. 신면은 질투에 휩싸여 연신 술을 들이켰다. 과묵했던 신면의 입에서 승유에 대한 감춰둔 시기심이 모습을 드러냈다.

"공주인 척했던 그 여인이 궁녀였단 말이야?"

승유는 대답 대신 고개를 끄덕였다.

"거봐라, 내가 저놈한테 여자 생겼댔지?"

정종의 말에 신면은 시비조로 덧붙였다.

"그래, 그 궁녀와 혼례라도 올릴 셈이냐? 네 아버지가 궁녀 따위를 허락하시겠냐?"

신면의 한마디는 승유와 정종을 놀라게 하기에 충분했지만, 신면은 거기서 멈추지 않았다. 삭탈관직 당했던 승유가 승정원 주서로 입궐하게 된 것도 좌의정이라는 든든한 뒷배가 있기 때문이라고 고함을 질렀다. 승유는 정색을 하며 말조심하라고 했지만, 신면은 멈출 기색이 아니었다.

다행스럽게도 송자번이 들어와 신면을 찾지 않았다면 말싸움이 더 커졌을지도 몰랐다. 수양대군이 찾는다는 송자번의 말에 신면이 자리를 박차고 일어났다.

"그러는 넌, 수양의 뒤에 서기로 작정한 거냐?"

승유의 가시 돋친 한마디는 신면의 심장에 와서 꽂혔다.

"네놈들 정말 왜 이러냐?"

정종이 버럭 화를 내자 신면은 승유를 노려보다가 나갔다.

분노와 수치심에 휩싸인 채 수양대군의 사저로 찾아간 신면은 수양의 사랑채로 향하지 않고 세령의 처소로 걸어갔다. 확인하고 싶었다. 기다리기라도 한 듯 휘영청 밝은 달을 바라보고 있는 세령을 보자, 신면은 승유와 껴안고 있던 세령의 모습이 떠올라 입술을 깨물었다.

"언제부터 승유를 다시 만난 것입니까?"

"공주마마 사저에 계셨더란 말입니까?"

세령의 질문에 끓어오르는 속을 누르며 신면이 재차 물었다.

"두 사람이 만나서는 안 될 사람이라는 것을 정녕 모르십니까?"

"만나서 안 될 사이라는 것은 대체 누가 정해놓은 것입니까? 사람이 정하는 것입니까?' 하늘이 정하는 것입니까?"

세령은 감정에 북받쳐 격하게 말했다.

"아가씨와 나는 곧 혼례를 치르게 될 것입니다."

"알고 있습니다. 허나 스승님의 벗이듯, 저의 벗이 될 수 있다 생각하였을 뿐 혼례의 대상으로 여겨본 적이 없습니다."

세령의 말에 신면은 굴욕감에 사로잡혔다. 그래서 수양에게 모든 것을 토해냈다. 하지만 그 넋두리가 수양에게 큰힘이 될 것이라고는 예측하지 못했다.

수양대군은 대취하여 넋두리를 하는 신면을 보며 만면에 미소를 지었다. 신숙주와 신면, 둘은 비슷한 점이 많았다. 성공에 대한 욕망이 그 누구보다 강렬한 부자父子는 수양에게 꽤 유용하게 쓰일 수 있었다. 게다가 승유에 대한 질투심을 적절히 자극한다면 신면을 수월하게 이용할 수 있었다. 수양은 신면에게 조만간 일으킬 거사에 대해 언질을 주었다. 그것은 역모라고 신면이 경악하였지만, 수양은 알고 있었다. 신면이 결국 자신의 편에 서서 칼을 들 것이라는 것을.

몸이 이리저리 흔들거릴 만큼 대취하였지만, 승유의 정신은 너무도 또렷했다. 아버지에게 말해야한다고 생각했다. 순간 신면의 말이 떠올랐다.

'네 아버지가 궁녀 따위를 허락하시겠냐?'

고개를 저으며 생각을 떨치려는 승유는 사랑채 앞에서 옷매무새를 만졌다. 연모하는 사람이 있다고 아버지에게 말해야 한다고 생각했다.

그러나 막상 아버지 앞에 앉아 있으니, 차마 입 밖으로 나오지 않아 머뭇거렸다. 그런데 혼담을 알아보는 중이라는 김종서의 말에 더 이상 머뭇거릴 수 없었다.

"아버지께서 네 혼처를 찾으신다는 데 뭘 그리 놀래느냐?"

"송구하오나 혼사는 아직……."

"내 청렴한 반가의 여식을 찾아 너와 맺어줄 것이다."

승유는 망설이다가 말했다.

"마음에 둔 여인이 있습니다."

형은 놀랐지만 김종서는 어느 댁 규수냐고 물었다.

"반가의 여식이 아닙니다."

"뭐, 뭐라?"

"기녀이더냐?"

김종서가 물었다.

"아닙니다."

승규는 답답한 마음에 다그쳤다.

"아버님, 술 먹은 놈이 내뱉는 말 같지도 않은 소리입니다. 너 이리
나오너라!"

"아버님! 소자는……."

승규는 버럭 소리를 질렀다.

"나오라 하지 않느냐!"

승유는 어쩔 수 없이 일어나 김승규를 따라 나갔다.

김종서는 아들 승유가 염려되기 시작했다. 대체 이 아이가 어느 길
을 걷고 있는가……. "

승규는 승유의 뺨을 한 대 때렸다.

"네가 공주마마와 허튼짓을 하여 아버지께서 사직까지 하셨을 때
도, 이렇게까지 실망하지는 않았었다. 더는 여인의 문제로 집안을 휘
젓지 말거라. 만일 한 번만 더 분란을 만들면 더는 널 형제로 인정하
지 않겠다."

승규는 휙 하니 나가고 혼자 남은 승유는 맞은 뺨보다 마음이 더
아려왔다. 사랑채의 열린 틈으로 그런 아들을 내다보고 있는 김종서

는 더 마음이 아팠다.

　수양대군은 세령과 승유의 연정을 이용할 셈이었다. 이미 거사 일을 단종이 경혜공주의 사저로 출행하는 날로 잡은 참이었다. 단종이 고립되어 있을 때 김종서를 척살하고 나머지 측근들은 단종이 호명했다는 구실로 불러들여 처단할 셈이었다. 문제는 김종서의 집으로 찾아가는 구실이었으나 세령의 고백을 듣는 순간 번쩍 하고 계책이 떠올랐다.

　일이 어떻게 돌아가는지 알 턱이 없는 세령은 좌상대감에게 혼담을 다시 청해볼 것이라는 아버지의 말에 그저 감격했었다. 두 사람의 연정을 드디어 수양이 인정한 것이라 생각했다. 혼담이 성사되기 전까지는 수양의 딸임을 밝히지 말라는 아버지의 말에도 흔쾌히 그러겠노라 답했다. 수양이 아버지여서 얼마나 다행인지 모른다고 눈물을 흘리며 행복해했다.

　수양은 딸이 진정으로 행복해하는 모습을 보며 흠칫했지만, 미안하진 않았다. 그에겐 여식의 하찮은 연정 따위보다는 용상에 오르는 일이 더욱 중요했다. 그것을 성취하기 위해서라면 세령이 뿐만이 아니라 세정까지 내다 버려야 한다고 해도 무참하게 행할 수 있는 자였던 것이다.

　더구나 거사를 앞당길 수 있는 희소식까지 날아왔다. 경혜공주가 몸살 기운이 있다는 말을 들은 단종이 누이의 병문안을 가겠다고 날짜를 잡았다는 소식이 궐에서 날아왔다.

수양은 하늘이 제 편이 되어주고 있다고 생각했다. 모든 것이 순조로웠다.

✿

드디어 거사의 날이 밝았다. 수양은 김종서를 만날 채비를 갖추었다. 부인 윤씨가 관복을 챙겨 입히며 불안한 기색을 내비쳤다. 오늘은 수양이 용상으로 오르는 시금석試金石이 될 수도 있는 반면, 또한 역모로 몰려 멸족지화滅族之禍를 당할 위험도 있는 날이었다. 그러나 수양은 자신만만했다. 김종서와 그의 자식들의 씨를 말릴 것이라고 호언장담했다.

연모하는 이의 가족이 몰살당하는 참극을 보게 될 세령을 생각하니 걱정이 앞섰다.

"김승유는 어찌하실 것입니까?"

"자식들까지 씨를 말려야지 김종서만 죽여서야 되겠소?

"세령이가 괜찮을지……."

"그 때문에 더더욱 죽여야지요. 죽은 자를 어찌 연모하겠소. 내 딸을 생각해서라도, 김승유! 그놈을 반드시 없앨 것이오!"

살기어린 눈을 번뜩이며 웃고 있는 수양을 보며 윤씨는 처음으로 등골이 서늘해지는 섬뜩함을 느꼈다.

그 공포를 맛본 것은 윤씨뿐만이 아니었다. 세령은 어머니께 자수실을 빌리러 들렀다가 이 끔찍한 대화를 모두 들어버린 것이다. 오늘 스승님의 일족이 몰살당한다!

세령은 온몸이 사시나무처럼 떨려 그 자리에 서 있을 수가 없었다.

"겉으로만 따뜻한 척하는 네 아비보다야 낫겠지"라고 말했던 경혜 공주의 말이 속절없이 떠올랐다. 그간 공주가 했던 말은 모두 사실이었다. 아버지는 용상에 뜻을 품고 있었다. 김종서를 죽이고, 조카를 내몰아 용상에 앉으려 한다. 세령은 극심한 공포와 무력감에 그만 주저앉고 말았다.

이 사실을 반드시 승유에게 알려야만 한다. 아버지는 오늘 피를 부르는 사자使者가 되어 스승님의 집으로 가신다. 방에 앉아 어떻게 하면 승유에게 이 사실을 알릴 수 있는지 궁리하던 세령은 갑자기 온몸이 파르르 떨려왔다. 만약 이 사실을 승유에게 고한다면, 반대로 자신의 가족이 화를 입게 될 것이다. 그것도 멸족을 면하기 힘든 역모의 죄를 지게 되는 일이라 하지 않았던가. 사랑하는 이의 가족을 살릴 것이냐, 아니면 나의 피붙이의 목숨을 구할 것인가. 세령은 감당하기 힘든 저울의 무게에 정신이 아득해졌다. 세령은 차마 가족을 저버릴 수 없는 일이었다. 하지만 승유가 비참하게 죽는 것을 가만히 보고만 있을 수도 없었다.

수양대군이 외출하려고 나서자 윤씨를비롯한 식솔들이 모두 나와 배웅했다. 세령은 휘청거리는 몸을 추스르고 피를 뒤집어쓰러 가는 아버지를 불렀다.

"어딜 가시는 길입니까?"

세령이 절박하게 묻자, 수양은 온화하게 웃으며 말했다.

"밤새 걱정이 깊었던 게로구나. 오늘 이 아비가 네 문제를 매듭지을 것이야."

세령은 아버지의 그 웃음이 거짓이라는 것이 세상이 무너지듯 끔찍했다. 언제나 똑같은 표정, 똑같은 미소, 저것은 모두 용상에 대한 탐심을 감춘 가면일 뿐이었단 말인가. 절망에 휘청거리는 세령은 여리의 부축을 받아 겨우 방으로 들었다.

수양은 제 딸의 수상쩍은 낌새를 알아채고 윤씨에게 단단히 지켜보라고 일렀다. 윤씨는 무탈하게 돌아오시라 배웅하였지만, 이것이 진정 가문을 위하는 것인지 확신이 서지 않았다. 윤씨는 왕후가 되고 싶은 욕망은 없었다. 그저 세령과 세정이 좋은 곳으로 혼인을 가서 다복하게 살고, 막내 숭이가 온전히 제 몫을 해내는 장부가 되기를 바랐을 뿐이다. 그런데 이제 하룻밤만 지나면 모든 것이 뒤바뀔 판이다. 요동치는 심장의 떨림을 윤씨는 애써 감춘 채 세령의 방으로 갔다.

초췌한 세령의 모습을 보니 윤씨의 가슴이 미어졌다. 하지만 세령이 하려는 것은 멸족을 부르는 짓이었다. 윤씨는 모질게 마음을 다잡고 세령을 나무랐다.

"집 밖으로 한 발짝도 나가서는 안 된다. 아버지 뜻이니 거스를 생각 말거라."

"어찌 못 나가게 하십니까? 연유라도 말씀해주십시오."

잠시 두 모녀는 말없이 서로를 바라보았다. 서로의 속내를 알고 있으면서도 내놓고 얘기할 수는 없었다.

"아버지께서 정녕, 김종서 대감의 일가를 죽이려 하십니까?"

"다 들은 게로구나. 허면 네가 나갈 수 없는 연유도 잘 알겠구나. 네가 이 길로 달려가 김승유에게 모든 것을 밝힌다면, 아버지의 거사는 실패하고 우리 집안은 다 죽게 된다. 김승유를 살리고자 네 부모와 동생들을 죽일 셈이냐?"

"대체 왜 아버지께서는 그리 끔찍한 일을 하고자 하십니까? 그 댁이 무슨 죄가 있어⋯⋯."

세령은 따지듯이 물었다.

"닥치거라! 이미 죄가 있고 없음의 문제가 아니다. 어느 한 쪽이 죽지 않고는 끝나지 않는 일임을 거듭 말하지 않았느냐?"

윤씨부인은 문을 탁 닫고 나가버렸다.

아버지가 왜 그런 끔찍한 짓을 벌이는 것인지 세령은 이유를 알 수 없었다. 용상이 그렇게도 탐이 나셨단 말인가.

단종이 경혜공주의 사저로 간다는 소식은 신면도 들었다. 수양의 잔치가 벌어질 날이었다. 신면은 제 마음을 잡지 못해 혼란스러웠다. 하루 종일 수련장에서 애꿎은 검만 휘두르며 땀을 쏟아냈지만 번뇌는 더욱 깊어졌다. 그때 청풍관의 매향이 한명회가 부른다며 찾아왔다. 모두들 모여 있다고 했다.

'모두 모여 있다.' 그 말은 이제 거사가 시작된다는 말이었다. 더 이상 결단을 미룰 수 없다는 말이었다. 신면은 잠시 눈을 감고 숨을 골랐다. 자신의 운명은 이미 돌이킬 수 없는 길로 들어섰다는 생각이 들었다. 아버지 신숙주가 수양의 편에 선 그날 이후, 세령과의 혼담이 있다는 말을 들은 이후, 신면 그 자신도 어찌할 수 없는 운명의 길이 열린 것이라고 생각했다.

신면은 청풍관으로 향했다.

속절없이 흐르는 시간을 원망하며 세령은 방안을 서성거렸다. 가노들과 여리가 모두 세령의 방을 에워싸고 옴짝달싹 못하도록 감시 중이었다. 세령은 제 아비의 잘못으로 승유의 일가가 몰살당할 것이라는 사실을 견딜 수가 없었다. 게다가 그것이 아버지가 품은 옥좌에 대한 야망 때문이라는 것이 참을 수 없었다. 세령은 꾀를 내어 병풍 뒤에 숨었다. 조금 있으면 여리가 점심을 가지고 올 참이었다. 여리는 방 안이 텅 비어 있는 것을 보고 자지러질 듯 놀랐다. 아가씨가 사라졌다며 가노들이 정신없는 사이, 세령이 몰래 옆 창문을 열고 나와 담을 넘었다. 머리칼이 흐트러지고 옷이 흙투성이가 되는데도 상관없었다. 세령은 정신없이 달렸다. 나중은 어떻게 되도 상관이 없었다.

김종서의 저택으로 버선발로 뛰어간 세령이 마주친 것은 승규였다. 한눈에 봐도 제정신이 아님이 분명한 세령을 보고 승규는 인상을 찌푸렸다. 게다가 여인은 승유를 찾고 있었다. 호되게 나무라고 여인을 물리려는데 마침 김종서가 퇴궐하고 돌아왔다. 승유에게 고할 말이 있다는 절박한 여인의 눈빛은 김종서에게 뭔가 와 닿는 것이 있었다. 김종서는 가노들에게 신발을 갖다 주고 공손히 뫼시라고 말하고는 안채로 들어갔다.

세령은 그제야 안심이 되었다. 흐트러진 머리를 매만지고 옷매무새를 정리하면서 순간 가족들의 얼굴이 스쳐지나갔다. 이제 이 대문을 넘어서는 순간, 가족들의 생사는 나락으로 떨어질 참이었다. 그러나, 아무 이유 없이 몰살당하게 될 집을 보는 순간 결심이 섰다. 내가 몸 바쳐 참극을 막은 것만으로도 참형은 면할 수 있을 것이다. 세령은 그리 생각하며 대문으로 한 발자국 내디뎠다. 그때였다. 어느새 뒤쫓아온 여리와 수양의 가노들이 세령을 낚아챘다. 김종서의 가노들이 놀라 도와주려했지만, 여리가 나섰다. 아가씨의 정신이 온전치 못하여 불미스럽게 폐를 끼쳤다는 말을 하자, 김종서의 가노들도 어쩔 수 없이 멈췄다.

세령은 입을 틀어 막힌 채 가마에 태워져 그대로 끌려갔다. 땅이 꺼지는 듯한 절망. 이제는 끝이라는 크나큰 실망감을 느낀 세령은 아비의 잘못된 행로를 더 이상 막을 길이 없었다.

김종서는 고할 것이 있다고 했던 여인이 그 집 가노들에게 끌려갔다는 말을 전해 들었다. 뭔가 이상했다. 뭔가 좋지 않은 일이 벌어질 것만 같았다. 김종서는 오늘은 특별히 더욱 사방을 경계하고 임금의 안위에 만전을 기하라는 서찰을 써서 내금위장에게 보내라고 했다.

잠시 후 심각한 표정의 김승규가 손에 서찰을 들고 들어왔다.

"아버지, 수양대군이 보낸 것입니다."

심히 염려스럽게도 김승유가 궁녀와 정을 통하고 있습니다.

승정원 주서가 궁녀를 만나다니 이는 참형에 처할 일이지요.

금일 자시에 찾아뵙겠습니다.

"무슨 내용입니까, 아버지?"

"수양대군이 찾아올 것이다."

"수양대군이라니요? 무슨 연유로 그 자가 야심한 밤에 온단 말입니까? 아버지 품은 원한이 깊을 터인데……."

김종서는 대답대신 서찰을 건넸다.

"아버지! 승유가 만나는 여인이 궁녀라니, 그것이 사실이라면 이는 정녕 참형을 당할 일이 아닙니까? 수양을 집으로 들이실 것입니까?"

"그 자의 속셈을 캐볼 것이다. 승유를 또 다치게 내버려두지는 않을 것이야."

"그렇다면 만일에 대비해 집 안팎의 경계를 강화하겠습니다."

이때 마침 밖에서 승유의 목소리가 들려왔다.

"승유입니다. 아버지! 뵙기를 청하옵니다."

"승유에게 확인해봐야겠습니다."

"내가 직접 물을 테니 너는 잠자코 있거라."

산책하는 김종서의 뒤를 따라 걸으며 승유가 말했다.

"양가집 규수는 아니오나 총명하고 맑은 여인입니다. 제발 그 여인을 한 번만 만나주십시오."

"그 여인의 신분이 무엇이냐? 너는 이 아비에게 그 여인이 반가의 여식이 아니라 했다. 기녀냐 물었더니 그도 아니라 했다. 혹 궁녀이더냐?"

"아버지께서 그것을 어찌 아셨습니까?"

"궁녀가 맞느냐?"

"맞사옵니다. 허나 이미 출궁한 궁녀입니다. 국법으로 문제 삼을 일은 없사옵니다."

"승유야, 네가 그 여인을 아끼고 내가 너희들을 인정한다 하여도 세간의 시선이 너희를 가만두지 않을 것이다."

승유는 결의에 찬 목소리로 말했다.

"남의 이목 따위는 두렵지 않습니다. 아버지께서 허락해주실 때까지 소자는 기다릴 것입니다."

김종서는 승유를 걱정스레 바라보았다. 아직은 세상을 모르는 아들의 맑은 눈빛을, 그저 깊은 눈으로 바라보았다.

"그 여인 탓에 네 인생이 위태로워진다 해도 감내할 수 있겠느냐?"

"한 여인을 마음에 품고 다른 여인과 어찌 한평생을 살 수 있겠습니까?

"알았느니라. 당분간 집 안에서 자중하여라."

수양은 청풍관에서 질긴 악연에 종지부를 찍을 마지막을 점검하고 있었다. 온녕군과 한명회, 권람, 신숙주 등이 모두 모인 가운데 잠시 후 벌어지게 될 살육을 머릿속에 그리고 있었다.

네다섯의 무사만 데리고 김종서의 집안으로 들어가는 것은 호랑이 굴에 제 발로 들어가는 셈입니다. 권람은 수양을 걱정하며 말했다.

"남의 목숨을 취하려면 내 목숨도 걸어야하느니라."

신면은 착착 진행되어가는 잔치의 과정을 보고 들으며 점차 심장이 식어가는 듯했다. 신면에게 주어진 임무는 경혜공주의 사저를 지키고 있는 내금위를 해체하는 것이었다. 특히나 내금위장은 김종서의 수하였다. 그들부터 없애야 손쉽게 임금을 손안에 틀어쥘 수 있었다.

신면은 자신에게 부여된 임무를 받아들고 나니 더욱 정신이 하얗게 변해버리는 것 같았다.

오늘은 하늘을 뒤엎는 날이었다. 임금을 저버리고, 친구를 저버리고, 이제까지 살아온 삶을 저버리는 날인 것이다.

윤씨는 딸이 기어이 좌상 대감 집으로 찾아갔다는 사실에 놀라 세령을 곳간에 가두었다. 그 정도 이야기하면 알아들었을 줄 알았는데 세령은 막무가내가 아닌가. 가슴이 저리도록 아프더라도 제 가족을 생각한다면 그런 무모한 짓은 하지 않을 줄 알았다. 김승유를 향한 연정이 그리 깊은 것인가 안타까우면서도, 제 가족을 불구덩이로 밀어넣을 수도 있을 세령이 원망스러웠다. 윤씨 부인은 곳간에 딸을 가두고 문을 걸어 잠그면서 어서 이 밤이 끝나기만을 바랐다.

세령은 온 세상이 미쳐 돌아가는 것처럼 보였다. 정신없이 곳간 문을 잡고 흔들고 부딪혀 봐도 끄덕하지 않았다. 다급했다. 세령은 속치마를 찢어내고는 손끝을 물어뜯었다. 아픈지도 모른 채 힘껏 물어뜯은 손끝에서는 피가 후두둑 떨어져 내렸다. 세령은 속치마 조각에 서둘러 몇 글자를 남겼다. 승유만이라도 살려야 한다.

세령은 여리가 미음을 가지고 곳간으로 들어오자, 여리의 두 손을 부여잡고 애걸했다.

"다시는 만나지 않을게. 이제는 만날 수 없어도 좋아. 제발 그 분만은 살아계셔야 해."

세령은 애원하며 피로 적은 속치마 조각을 여리에게 건넸다.

여리는 마음이 아팠다. 단단히 지키라는 마님의 부탁을 받았지만, 창백한 얼굴로 아직도 손끝에서 피가 흐르는 세령을 보니 가슴 한편이 무너지는 것 같았다. 만나서는 안될 사람이지만 같이 있는 모습은 참으로 다정하고 보기 좋았던 두 사람이 아니었던가.

여리는 세령을 위해 이 일만은 해주고 싶었다. 이것만이라도 전해드려야 세령 아가씨가 정신을 놓지 않을 것만 같았다.

신발이 벗겨지는 줄도 모르고 정신없이 달려간 여리는 마침 대문앞에 나온 김종서의 가노에게 세령이 준 천조각을 맡겼다. 그리고 그 쪽지는 승유에게 건네졌다. 승유는 지저분한 천조각을 펼쳐보다가 가슴이 철렁 내려앉는 것 같았다. 그 안에는 피로 쓴 다섯 글자가 적혀 있었다.

'승법사 여리 僧法寺 璵璃'

승유는 깜짝 놀라 외마디 비명을 질렀다.

"피!"

승유는 그 길로 대문을 나섰다. 혈서를 쓸 만큼 다급한 상황이 무엇인지 짐작할수조차 없어 승유는 가슴이 뛰었다.

승유가 대문을 나서고 얼마 지나지 않아 수양의 교자가 김종서의 집앞에 도착했다. 집앞을 지키고 서 있던 가노들이 날카로운 시선으로 수양의 무리를 지켜보았다. 가노들은 수양의 교자꾼들과 시종들을 둘러보며 샅샅이 훑었다. 교자 안에 감춰진 무기들을 알아채지 못한 가노들이 고개를 끄덕이자, 수양이 대문으로 들어섰다.

수양의 그 걸음걸이는 마치 제 집안에 들어서듯 당당했다. 이제 곧 벌어질 피비린내 나는 참극을 기다려왔다는 듯 수양의 눈빛은 어두운 하늘의 달빛을 받아 섬광처럼 번뜩였다.

김종서는 사랑채에서 수양이 찾아온 연유를 떠올렸다. 오늘은 여러모로 예감이 좋지 않은 날이다. 군주는 또다시 누이의 사저를 방문한다고 하였고, 묘령의 여인이 찾아와 긴히 할 말이 있다고 하더니 곧바로 사라졌었다. 그런데 지금은 이런 야심한 시각에 수양이 찾아온 것이다.

불길한 느낌 때문에 김종서는 가노들에게 단단히 주의를 주었었다. 그리고 이제는 그 불길함이 그저 헛된 예감일 뿐인지 아닌지 곧 판가름이 날 터였다. 수양이 사랑채에 들어오고 두 사람은 팽팽한 시선을 주고받으며 앉아 있었다.

"내 자식이 만나고 있는 여인의 신분이 궁녀라는 사실을 어찌 아셨소?"

"지난 날, 내가 건넨 혼담을 대감께서 받아주셨다면 대감과 나는 우리 아이들과 더불어 더없이 평온한 날들을 맞이했을 것입니다. 종사의 앞날 또한 걱정이 없었겠지요."

"대군께서 헛된 욕망을 버리지 않는 한, 대군과 나의 화합은 있을 수 없는 일이오!"

"이 수양이 왕이 되고자 하는 일이 좌상께는 한낱 헛된 욕망으로 보이십니까?"

"군주란 하늘이 내는 것이지 인력으로 되는 일이 아니오."

김종서의 일갈에 수양이 답했다.

"진정한 군주란! 옥좌를 감당할 역량이 있는 자이겠지요."

"대군께서 옥좌에 오르고자 한다면 수많은 피를 흩뿌려야겠지요. 종국에는 대군의 손에 죽어간 자들의 원한을 두려워하며 더욱 큰 피를 부르게 될 것이오."

자신을 인정하지 않는 김종서를 향해 수양은 섬뜩한 미소를 지었다. 하지만 그 눈빛에 김종서도 굴하지 않았다.

"오늘 나는 대군의 신분으로 이 자리에 온 것이 아닙니다."

"또 무슨 계략을 꾸미는 게요? 또 다시 내 아들을 빌미로 어리석은 일을 꾸민다면, 그것은 스스로 무덤을 파는 일이 될 것이오!"

"어리석게도 내 김승유를 죽이려 했던 적이 있었지요."

수양의 말에 김종서의 얼굴이 분노로 일그러졌다.

수양은 이내 부드럽게 말을 이어갔다.

"허나 그것은 과거의 일일 뿐, 이 야심한 밤에 대감을 찾아온 것은 나의 못난 여식 때문입니다."

"그것이 무슨 소리요?"

"김승유가 그리 끔찍하게 아끼는 궁녀의 정체를 아십니까?"

김종서는 긴장한 채 수양을 노려보았다.

"나 역시 김승유의 상대가 그 여인임을 알고 적잖이 놀랐습니다."

"그것이 대체 누구란 말이오?"

"그 여인은 다름 아닌 이 수양의 여식입니다."

김종서는 너무 놀라 할 말을 잊었다.

"나보고 지금 이 허무맹랑한 얘기를 믿으라는 것이오?"

"믿기 힘드실 것이나 어김없는 사실입니다. 김승유는 내 딸 세령이를 여리라는 이름의 궁녀로 알고 있을 터이니 한번 확인해보시지요."

김종서는 수양을 노려보았다.

"김승유가 제 여식에게 보낸 서찰을 보니, 두 아이의 연정이 원체 깊고 간절합니다."

"서찰이라니?"

"김승유의 절절한 마음이 고스란히 묻어 있더이다. 좌상께서 직접 아드님의 필체를 확인해보시겠습니까?"

김종서는 승규를 불렀다.

"승규야, 당장 가서 승유를 불러오너라!"

승규는 승유를 찾으러 갔다가 집안에 없음을 알고 인상을 찌푸렸다. 밤이 되고부터 뵌 적이 없다는 가노들의 말에 승규는 화가 치솟았다.

'도무지 제 생각밖에 못하는 놈 같으니.'

집으로 돌아오면 혼쭐을 내어 주리라 생각하며 다시 사랑채로 향해 가던 승규는 어느새 마당 안 깊숙이 들어와 있는 수양의 교자를 미심쩍게 바라보았다. 승규는 교자로 다가가 왜 마당 안까지 들어와 있느냐며 교자꾼들을 다그쳤다. 교자 바닥에 천으로 덮어놓은 무기를 발견했다. 그때 눈 감짝할 새도 없이 승규의 가슴팍으로 날카로운 검이 날아왔다. 순간적인 상황에 아픔도 놀람도 잊고 승규는 가슴을 부여잡은 채 사랑채를 향해 내달렸다. 함귀 무리들이 본색을 드러내며 무기를 꺼내들고 승규를 쫓으려 했지만, 가노들이 막아서서 방어를 했다. 승규는 홀로 사랑채에 남아 있는 아버지를 향해 피를 흩뿌리며 달려갔다. 그리고 그 시각, 임운이 사랑채에 들어서 있었다.

"아버지, 피하십시오!"

김종서는 사랑채 밖에서 피 끓는 절규를 내지르는 아들 승규의 목소리를 들었다.

김종서는 눈썹 하나 꿈틀하지 않은 채 수양을 쏘아보았다. 수양은 어서 서찰을 보여드리라는 말을 내뱉으며 서늘하게 웃었다.

그때였다. 임운이 소매 안에서 철퇴를 꺼내들더니 휙 치켜들었다.

이렇게 끝인가. 김종서는 회한悔恨에 젖어 두 눈을 질끈 감았다. 철퇴가 서늘한 소리를 내뿜으며 허공을 갈랐다. 이윽고 김종서의 머리를 부수는 둔탁한 소리가 들렸다.

김종서는 순간 암흑이 밀려왔다고 생각했다. 그리고 그 암흑의 순간 속에서 먼저 간 아내와 두 아들들의 얼굴이 차례로 얼굴을 스치고 지나갔다. 잠시 후 완전한 어둠이 찾아왔다.

승규가 뒤늦게 사랑채로 구르듯이 뛰어 들어와 김종서를 품에 안았다. 가노들이 임운에게 달려들었지만 역부족이었다. 승규는 온몸으로 제 아비를 감싸며 악귀들에게서 보호하려 애썼지만 임운은 가차없이 철퇴를 내리쳤다. 김종서의 몸을 감싸 안은 채 장지문을 부수고 마당으로 떨어진 승규를 임운은 다시 한 번 내려쳤다. 승규는 피눈물이 고인 채 수양을 쏘아보며 숨을 거두었다.

김종서의 가노들이 한 무리 달려 나오기 시작하자, 함귀 무리들도 가세하여 달려들었다. 수양은 김종서의 아들과 피범벅이 되어 절명한 김종서의 마지막을 쳐다보며 소름끼치는 웃음을 터뜨렸다.

'이 질긴 악연은 나의 승리로 끝이 난 것이오. 잘 가시오, 좌상.'

승유는 승법사에서 불안과 설렘이 뒤섞인 채 여인이 오기를 기다리고 있었다. 밤은 깊어가고 검게 드리운 먹구름 사이로 간신히 초승달이 떠오르고 있었다. 승유는 달빛이 문득 붉게 물드는 것 같은 착각이 들었다. 아무리 기다려도 세령이 보이지 않자 순간 불안한 생각이 들었다. 날카로운 어떤 것이 심장을 마구 찌르는 듯 격통이 느껴졌다.

승유는 갑자기 뭔가에 홀린 듯이 승법사를 내려갔다. 승유가 쥐 죽은듯 고요한 저잣거리를 달려 집으로 가는데 수상쩍은 사병의 무리들이 이동하는 것을 보았다. 분명 뭔가 변고가 일어난 것이었다. 승유는 말에 박차를 가하여 서둘러 집으로 달려갔다.

활짝 열려 있는 대문을 보자 승유는 심장이 덜컥했다. 어디선가 불어온 바람에서 피 냄새가 배어 있는 것 같았다. 저도 모르게 떨리는 걸음으로 대문을 넘어선 순간, 눈뜨고 볼 수 없는 처참한 광경에 승유는 입을 다물 수 없었다. 내가 집을 잘못 찾은 것은 아닐까.

온통 피로 얼룩진 집 안의 모습에 승유는 정신을 놓칠 것만 같았다.

"아버지!"

승유는 서둘러 아버지의 사랑채로 달려갔다. 사랑채 앞마당 승규의 주검 앞에서 오열하고 있는 류씨와 아강이 보였다. 승유는 세상이 무너진 것 같은 착각이 들었다. 후들거리는 다리에 힘을 주며 달려갔다. 처참하게 망가진 형님의 시신을 보자 승유는 다리에 힘이 풀려 풀썩 무릎을 꿇었다. 그러다 더 믿을 수 없는 고통을 맛보았다. 승규의 시신 아래 아버지가 쓰러져 계셨던 것이다.

머리가 부서져 흥건히 피를 흘리고 있는 아버지를 보고 승유는 사지가 떨렸다. 하늘이 무너지는 것 같은 통한이 물 밀듯이 밀려왔다. 집 안에서 이런 처참한 참극이 벌어지는 동안 승법사에서 오지 않는 여인을 기다리고 있었던 자신을 도저히 용서할 수 없었다.

절망에 빠져 주저앉은 승유를 깨우듯 김종서가 손을 뻗어 아들의 옷자락을 붙잡았다. 다행스럽게도 김종서는 머리에 철퇴를 가격 당했지만 목숨을 부지하고 있었다.

"역모다! 수양의 역모를 고해야 한다."

수양이 역모를 일으켰다는 아버지의 말은 승유의 온몸을 얼어붙게 만들었다.

"당장 공주마마 사저로 달려가 나의 생존을 알려라. 이 김종서가 죽지 않고 살아 있으니 수양에게 굴하지 말고 굳건히 버티셔야 한다고. 전하께 반드시 그리 전하거라. 알겠느냐?"

승유는 어찌할 바를 몰랐다. 혹여 수양의 무리들이 또 찾아올지도 모르는 일, 이대로 아버지를 두고 갈 수는 없었다.

그러자 류씨는 울음을 참으며 강단 있게 말했다.

"도련님, 아버님은 제가 모시고 가겠습니다. 형님의 죽음을 헛되이 하고 싶지 않습니다."

지아비가 온몸을 바쳐 지키려 했던 것이 헛되게 할 수 없다는 말에 승유는 일어섰다.

김종서는 아들의 얼굴을 매만지며 비장하게 말했다.

"어서 가거라! 이는 네 목숨을 걸어야 하는 일이야! 살아서, 반드시 살아서 만나자꾸나!"

승유는 돌아올 때까지 살아만 계셔달라고 피 끓는 마음으로 쳐다보았다. 김종서는 가만히 고개를 끄덕이며 어서 가라고 눈짓을 보냈다.

승유는 말을 힘껏 차고 짙은 어둠이 깔린 골목을 달렸다. 다급한 말발굽 소리가 스산한 밤하늘을 깨웠다. 비통의 눈물이 자꾸만 앞을 가려 세상이 뿌옇게 얼룩졌지만 한시가 급했다.

역모다! 수양의 역모.

(2권에서 계속)

〈공주의 남자〉는 KBS 문화산업전문회사 프로젝트를 통해 〈바람의 나라〉, 〈추노〉에 이어 야심차게 내놓는 세 번째 프로그램입니다. 모두 소위 퓨전사극의 영역에 속하는 것들입니다. 이들 가운데 〈바람의 나라〉가 고대 신화시대의 왕조창건의 영웅담을 다뤘다면, 〈추노〉는 병자호란을 즈음한 노비와 추노꾼의 프리즘을 통해 세상을 바꾸고자 했던 민중의 이야기에 집중하였습니다. 그리고 이번에 선보이는 〈공주의 남자〉는 계유정난과 단종애사를 둘러싼 정사와 야담을 넘나드는 애틋한 사랑 이야기입니다. 세 작품 모두 각각의 다름이 있습니다.

이 책의 독자를 포함한 시청자 여러분은 김승유와 이세령의 사랑이 셰익스피어의 걸작 〈로미오와 줄리엣〉의 그것과 많은 부분 닮아 있다고 여기실 것입니다. 그러나 따지고 보면 로미오와 줄리엣의 사랑보다 더욱 절절하고 애틋한 것이 김승유와 이세령의 사랑입니다.

베로나의 몬테규와 캐플릿가의 혈투 속에 각각의 가문에 속한 두 청춘 남녀가 이룰 수 없는 사랑으로 애태우는 것도 비극이긴 하지만, 〈공주의 남자〉의 그것에는 비기지 못합니다. 로미오와 줄리엣의 가문이 대립하는 이유도 막연한 가운데 서로 칼을 겨눴다면, 김승유의 김종서 가문과 이세령의 수양대군 가문은 서로 죽이지 않으면 자신이 죽고 마는 매우 절박한 상황에 몰려 있습니다. 조선의 왕위를 지키려는 자와 빼앗지 못하면 도륙을 당할지도 모를 자의 대립, 이 피비린내 진동하는 무대에서 벌어지는 김승유와 이세령의 사연은 이탈리아 베로나에서 벌어진 로미오와 줄리엣의 비극보다 더욱 슬프고 아련합니다.

　모쪼록 〈공주의 남자〉로 인해 우리 역사에 대한 사회적 관심이 보다 높아졌으면 하는 바람입니다. 허구의 사실을 극적으로 꾸민 드라마이지만, 그 본원은 실재하였던 우리의 역사 속에 있습니다. 따라서 드라마와 책이 다루는 역사 이야기에 흥미를 느끼셨다면, 실제 흘러왔던 역사적 사실과 드라마의 내용이 어떻게 또 얼마나 다른지를 비교해보는 것도 또 다른 재미를 찾을 수 있는 기회가 아닐까 생각됩니다.

　끝으로 작품의 아이디어를 발상하고 석 달 넘게 여러 밤을 꼬박 새워가며 제작에 최선을 다하고 있는 김정민 PD에게 제작진을 대표하여 격려와 감사의 뜻을 전합니다. 아울러 〈공주의 남자〉가 그 아름다운 끝을 맺을 때까지 시청자와 독자 여러분께서 변함없는 사랑과 관심을 보내주시길 바랍니다.

최 지 영
KBS 프로듀서
〈공주의 남자〉 문화산업전문회사 대표이사

"수양대군의 딸이 계유정난을 거치면서 실종된 거 아세요?"
어느 날 〈대왕세종〉을 집필했던 윤선주 작가가 흥미로운 아이템을 이야기
해주었다. 수양대군의 두 딸 중 한 명이 계유정난을 거치면서 기록에서 사
라지게 되었고, 조선 후기의 민담집 《금계필담》에는 수양대군의 딸과 김종
서의 손자가 서로 사랑했다는 이야기가 전해오고 있다는 것이다.

너무 허무맹랑한 이야기라 드라마 소재로는 적합하지 않다고 생각했었
다. 그러나 윤선주 작가는 전혀 허무맹랑한 이야기가 아니라고 했다. 실
제로 정사인 《조선왕조실록》의 기록에는 수양대군의 딸이 둘이었다가 하
나로 바뀌어 나온다.

원수 집안간의 사랑, 조선시대판 로미오와 줄리엣. 잘 엮으면 미니시리
즈로 만들 수 있지 않을까 싶었다. 그러나 그것만으로 수양대군과 단종
의 이야기를 다시 만드는 것은 쉽지 않았다. 〈설중매〉, 〈한명회〉, 〈왕과
비〉, 〈사육신〉 등 이 시대를 다룬 드라마는 많이 있었고 뭔가 새로운 접
근 방법이 필요했다. 그러던 중 우연히 《조선공주실록》이라는 책에서 단
종의 누이 경혜공주의 이야기를 읽게 되었다.

유레카! 심장이 뛰었다. 김종서의 손자, 수양대군의 딸과 문종의 딸이

주인공이 되는 드라마를 만든다면?!

그렇게 해서 〈공주의 남자〉의 초안이 마련되었다. 김종서의 손자는 나중에 김종서의 아들로 바꾸었고(김종서의 손자 행남은 계유정난 당시 세 살이었다고 한다. 그래서 막내아들 김승유를 주인공으로 하는 것이 오히려 더 역사적으로 설득력 있다고 판단했다) 이시애의 난에 등장하는 신숙주의 차남 신면, 경혜공주의 남편 정종까지 다섯명을 주인공으로 하는 드라마의 틀이 마련되었다. '김승유-신면-정종'을 친구로 놓은 설정이나 경혜와 세령이 역할을 바꾼다는 설정은 김욱 작가의 아이디어에서 출발했다. 조정주 작가가 합류하면서 이야기의 살이 붙고, 피가 돌아 〈공주의 남자〉는 비로소 완성되었다.

아이템을 제공한 윤선주 작가, 그 아이템을 발전시킨 조정주, 김욱 작가에게 누구보다 감사하게 생각한다. 드라마 PD는 어떤 사람이어야 하는가를 알게 해준 이녹영 현 KBS 아트비전 사장님, 방송을 하기까지 가장 큰 도움을 준 한철경 선배, 어려울 때 조언을 해주던 정성효, 이건준 선배에게도 감사한 마음을 전하고 싶다. 이 책이 나오기까지 애써 준 최지영 CP, 김경원 PD, KBS 미디어 유상원 PD에게도 감사의 마음을 전하고 싶다. 무더위와 장마 속에서도 완성도 높은 작품을 만들기 위해 묵묵히 자신의 위치에서 최선을 다해주고 있는 〈공주의 남자〉 스태프들과 배우들 모두에게 고개 숙여 깊이 감사드린다.

김 정 민
〈공주의 남자〉 기획·연출

333

공주의 남자 제작팀

책임프로듀서/제작총괄 최지영	**특수영상** 마인드풀 조봉준 김주성	**진행차량** 김우근
극본 조정주 김욱	김률호 김준호 장진아	**대마** 남양숭마 유승규
프로듀서 이성주 김경원	이원호 김창연 황인원	**더미말** 셀아트 곽태용
제작 정승우 금동수	박보라	**대본인쇄** 아셈테크&슈퍼맨컴퍼니
제작이사 한상길	**컬러리스트** 김현수	**포스터** PLUG
제작부장 강봉관	**미술제작** (주)KBS아트비젼	**사진** 맹정렬
제작지휘 윤세열 유상원	**미술감독** 박용석	**디자인** 유지채
촬영감독 손형식 이윤정	**세트디자인** 전여경, 이현준 박상범	**현장스틸** 안홍태
포커스풀러 김영민	**세트** (주)아트인	**현장메이킹** 정상윤 박성철
촬영1st 유기종 황성필	**제작** 박광택 김경수 유균봉	**홍보** KBS 김성근 윤재혁 모스컴퍼니
조명감독 김상복 이창범	**장식** 김기현 우명훈	조경제 이규진 전은영
조명 오영삼 최중혁 안상진	**장치** 송종태 문제일 이상도	**온라인홍보** KBS미디어
문성관 윤동휘 임종호	이용학 남궁웅태	**웹기획** 차유미
이범성 김영환 이상민	**작화** 박준영 김홍현 박용석	**웹디자인** 박진규
발전차 이상범 권형일	**대도구** 김승운 박상범	**웹작가** 진영주
조명크레인 강성욱	**장식인테리어** 이정민	**웹메이킹** 정연규
동시녹음 천명호 김경습 이정수	**장식** 오기재 이현준 안지환 이봉준	**트위터홍보** 홍정윤
정우환 김동명 김민지	**장식제작** 이강요	**제작PD** 박병규 최한결 김지우 마태희
장비 쿨캠 이금상 김문수	**의상디자인** 이민정	**라인PD** 연철희
전명균 김승철 최재림	**의상제작** 신은자	**제작진행** 김혁준 주동희 권세라
지미집 최동화 정완진	**의상진행** 양광수 이석근 배수정	**제작행정** 박희연 김미선
렌트카 바로바로렌트카	김기형 신우현	**마케팅** 정인영 장수종
편집 김나영	**특수분장** 김부성	**보조작가** 박수현
편집보 윤이네	**분장** 김형곤 정해랑 오새리	**섭외** 로얄퀘스트 김행규 이진
제작편집감독 양세균 이태우	이인영 김현수 이진주	**스크립터** 고은정 최소희
제작편집 C.G 나유선	**미용** 손혜경 정현진 노선화	**FD** 허세민 금원정 권낙현 박세호
음악감독 이지용	**특수효과** 이동천	김준성 황인성 한영우 이루다
음악효과 고용혁	**진행** S/F시네마 민치순 김현준	**PA** 근희
음향감독 고광현	민창기 신종민	**조연출** 이나정 홍승철
음향효과 이지윤 정흥현	**무술감독** 박주천 한정욱	**연출** 김정민 박현석
김용대 박경수	**캐스팅디렉터** 최원우	**제작** 공주의 남자 문화산업전문회사
타이틀서체 강병인	**캐스팅지원** 유재일	어치브그룹디엔, KBS미디어
타이틀그림 남빛	**보조출연** 한국예술 소병철 이경락	**기획** KBS 한국방송
타이틀믹싱예고 마인드풀	김진우 서해현	
	스텝버스 동신투어 강현석	

초판 1쇄 발행 2011년 8월 30일 | 초판 2쇄 발행 2011년 9월 2일

기획 김정민 | 원작 조정주 김욱 | 글 이용연
출판기획 김경원 유상원 | 펴낸이 오연조

편집장 신주영   디자인 씨오디 고유경   마케팅 이정희   경영지원 도은아
펴낸곳 페이퍼스토리   출판등록 2010년 11월 11일 제 396-2010-000161호
주소 경기도 고양시 일산동구 장항동 846번지 센트럴플라자 9층
전화 031-900-9999   팩스 031-901-5122
이메일 paperstorybook@gmail.com

ⓒ 공주의 남자 문화산업전문회사, 2011

값 12,000원   ISBN 978-89-965834-1-7   04810